Meurtre entre les voûtes

Bruno Vincent

ISBN : 978 - 2 - 492598 - 20 - 3

140 chemin de Champvert
07140 Les Vans
04 75 94 95 61
leseditionsaupluriel@gmail.com
www.leseditionsaupluriel.com

Meurtre entre les voûtes

Roman

Bruno Vincent

LES ÉDITIONS au Pluriel

« L'ignorance mène à la peur, la peur mène à la haine et la haine conduit à la violence, voilà l'équation »

Averroès

PROLOGUE

Paris, 6 octobre 1307

La lune éclairait faiblement cette partie de la capitale. L'enchevêtrement des ruelles boueuses et malodorantes, la hauteur des façades austères, la pluie fine et froide qui ruisselait depuis des jours n'incitaient pas le pèlerin à s'attarder en cet endroit.

Quelques ombres furtives se glissaient cependant dans ce labyrinthe inquiétant et maintenaient l'illusion de la présence d'un quartier marchand où, le jour, les étals des poissonniers, marchands de tissus, négociants en épices, les cordonniers ou chaudronniers attiraient les clients de la région en quête de bonnes affaires.

Il n'était que dix-huit heures, mais le silence remplissait l'espace. Les étals avaient disparu, ne restaient que les déchets abandonnés à même le sol que les rats et les chiens errants se disputaient sans conviction.

Ce maigre festin fut interrompu par le déplacement d'une ombre silencieuse. Au détour d'une impasse, une cape noire prit forme au bénéfice de la lueur d'une bougie abandonnée négligemment sur le rebord d'une fenêtre.

L'être humain qui se trouvait sous cet habit sombre se déplaçait précipitamment par des petits pas saccadés, évitant une pierre par-ci ou une marre de boue par-là. Après avoir franchi un pont, il tourna à l'angle d'une rue et se retourna pour vérifier s'il n'était pas suivi. À y regarder de plus près, on remarquait un habit blanc sous l'habit sombre et des chausses montantes que les modestes habitants du quartier se seraient volontiers disputées pour les porter. Par moment, on percevait un cliquetis métallique qui indiquait que l'individu était probablement armé d'une dague ou d'une épée.

Sa déambulation se poursuivit dans ce dédale humide et se termina au milieu d'une grande place. Il s'arrêta, leva les yeux vers la façade d'une demeure imposante pourvue d'une porte massive et de quatre tours qui donnaient l'impression d'une forteresse imprenable. Au deuxième étage du bâtiment, une faible lueur indiquait que la demeure était habitée. Il se précipita à l'intérieur.

– Mon frère Geoffroy ! Il ne manquait plus que vous. Soyez le bienvenu.

Le nouvel arrivant se sépara de sa cape ruisselante de pluie et prit place autour d'une table où siégeaient déjà bon nombre de personnages. Ayant abandonné l'épée et le fourreau sur le dossier de son siège, il se tourna vers l'assemblée. Celle-ci rassemblait six chevaliers en habits blancs, croix pattée apparente.

– Nous sommes au complet, nous pouvons commencer.

Celui qui s'était exprimé, debout, face à l'auditoire était un homme robuste, d'un certain âge et doté d'un charisme qui faisait penser à un militaire de carrière. Jacques de Molay, Grand Maître de l'Ordre des Pauvres Chevaliers du Christ et du Temple de Salomon,[1] poursuivit :

1 Templiers

– Mes chers frères, j'ai souhaité vous réunir, car les nouvelles ne sont pas bonnes. Il marqua un temps d'arrêt pour mieux capter l'attention de son auditoire. Depuis que nous avons perdu Saint-Jean-d'Acre et abandonné la terre sainte pour nous réfugier à Chypre, notre mission de protection des pèlerins en route vers le Proche-Orient n'est plus de mise. Bien sûr, nous avons beaucoup à faire avec l'administration des commanderies et nous devons également poursuivre nos opérations financières ainsi que nos échanges commerciaux, mais les temps ont changé…

– Qu'est-ce qui vous préoccupe monseigneur ? demanda Pierre d'Aumont, gouverneur de la province d'Auvergne.

– Comme certains d'entre vous s'en sont rendu compte, des rumeurs circulent sur notre compte. Des propos calomnieux sont colportés. D'aucuns soutiennent que nous pratiquons l'adoration du malin, l'idolâtrie et le reniement du Christ.

– Mensonges ! Foutaises ! reprirent en cœur quelques chevaliers.

– Nous le savons bien, mes seigneurs, se désola le Grand Maître, mais certains frères nous ont trahis… D'anciens templiers renégats actuellement en prison ont monnayé leur libération contre des révélations infondées d'impiété et de luxure à notre encontre. Mes protestations auprès du Pape Clément V pour demander justice et réparation n'y ont rien changé. J'ajoute que la prospérité de notre ordre a attisé des convoitises. N'oublions pas que nous sommes les créanciers des Rois de France, de certains royaumes et de leurs seigneurs. Malheureusement pour nous, notre Roi Philippe IV considère que les ordres militaires sont un obstacle au développement des monarchies centralisées, ce qui est le cas de la France selon lui.

– Mais nous n'avons spolié personne et les activités de nos commanderies sont transparentes ! s'exclama Gérard de Villers, précepteur de France.

– Oui en effet mon ami, le fait est que le Roi voit nos richesses comme une menace, cela suffit. Je crains aussi l'influence de son conseiller Guillaume de Nogaret qui ne nous aime guère et qui tente de réunir les preuves des rumeurs dont je viens de vous parler. Il poursuivit. En tant que Prince Souverain, je suis invité le 12 octobre par Philippe le Bel aux obsèques de Catherine de Courtenay, épouse de Charles de Valois, frère de notre Roi. Je vais essayer de plaider notre cause.

– Que craignez-vous donc mon frère ? Qu'avez-vous prévu de faire ? Geoffroy de Charnay était intelligent et fin stratège. Précepteur de Normandie, bras droit du Grand Maître, il devinait qu'une décision importante se jouait dans l'instant.

– Nous devons mettre à l'abri notre trésor au cas où les choses tourneraient mal.

Chapitre I

Notre-Dame-de-Fourvière
Lyon, 13 octobre 2018, 7 h 30

– Allô, Éric, c'est Carlos ! Tu as cinq minutes là, on est sur une affaire ?

– Pu… Carlos ! Pourquoi m'appelles-tu sur mon portable privé, tu sais bien que j'ai pris des jours de repos… !? Et elle est où Annabelle, tu peux pas voir ça avec elle ? S'agaça le commissaire principal Éric Dessert.

– Je sais, te fâche pas, elle est à côté. C'est elle qui m'a dit de t'appeler. C'est du sérieux…

Le docteur Carlos Gonela, alias *le Croque*, chef du service de médecine légale à l'hôpital Édouard Herriot de Lyon, ne rentrait pas dans la catégorie des débutants. Diplômé de médecine de l'université de Paris-Saclay en 1988, il s'était ensuite spécialisé en anatomopathologie[2] et en toxicologie puis avait exercé durant plusieurs années en région parisienne où il avait travaillé en étroite collaboration avec la Direction de la Police judiciaire de Seine-Saint-Denis.

Rapidement, le fameux « 36 quai des Orfèvres » avait eu recours à son expertise dans des affaires les plus complexes. C'est lui d'ailleurs qui avait contribué à résoudre l'affaire Guy Georges en 1998. Il avait aussi, parmi ses faits d'armes, accompagné une équipe d'enquêteurs internationaux dans les Balkans pour rassembler

---

2 Science qui étudie les lésions des tissus

les preuves du massacre perpétré à Srebrenica par les forces serbes sur la population bosniaque durant la guerre en Europe de l'Est et permis l'arrestation du dirigeant Slobodan Milosevic. Après la comparution de ce dernier pour crimes de guerre devant le Tribunal pénal international pour l'ex-Yougoslavie en 2002, Carlos Gonela avait été pressenti pour se voir décerner la médaille de l'Ordre national du Mérite, mais il avait refusé cet honneur.

D'un très grand gabarit — un mètre 92 — longiligne, le visage émacié, les yeux bleu acier, il avait une physionomie peu banale. Il possédait entre autres une tignasse de cheveux noirs groupés en un chignon qu'il avait l'habitude de nouer avec de la ficelle, celle-là même avec laquelle il attachait les étiquettes d'identification des cadavres à la morgue de l'institut. Mais ce n'était pas cela qui attirait le regard au premier abord.

D'un naturel plutôt calme, voire nonchalant et peu loquace, le légiste aimait cependant provoquer son entourage par ses tenues vestimentaires... Difficile en effet de passer à côté de son *look* ! Imaginez un grand gaillard vêtu d'un blouson en vieux cuir râpé, pourvu sur le devant d'un amoncellement de pin's à caractère gothique tandis que la représentation brodée d'une scène surréaliste ornait le dos du vêtement. On pouvait y voir un rat noir perché sur un crâne dans une scène de fin du monde qui ne rassurait guère.

Un jean à trous et une paire de Convers complétaient le tableau. Vivant seul depuis la mort de sa femme dans un accident de voiture, il était un homme plein de contradictions, mais un professionnel hors pair, zélé et méticuleux jusqu'à la manie. Inutile cependant de préciser que la plupart des procureurs n'appréciaient pas de se trouver à ses côtés lorsqu'une enquête nécessitait de se déplacer sur le terrain, à plus forte raison en présence des médias.

Si le Croque appelait en personne, il valait mieux écouter ce qu'il avait à dire.

– Bon OK, balance ce que tu as, mais fais vite, j'suis en famille là…

– Je vais aller droit au but Éric, on a un cadavre sur les bras et tout fait penser à une exécution rituelle…

– Comment ça ?

– Si tu me laissais poursuivre… !

– …

– Le cadavre ou ce qu'il en reste est celui d'un homme d'environ soixante ans. Il a été retrouvé ce matin vers 6 h 30 dans la basilique Notre-Dame-de-Fourvière. Enfin… pour être tout à fait précis, c'est le vicaire qui a appelé le commissariat du 5e après avoir découvert un tronc dans la partie basse de la basilique, dénudé et en position inversée…

– Comment ça, un tronc ? Et qu'est-ce que c'est que cette histoire… ?

– Oui, tu as bien entendu. On est en présence d'un tronc d'homme démembré, mais ce n'est pas tout. Trois des membres de la victime, en l'occurrence les deux jambes et le bras gauche ont été placés dans les absides est, sud et ouest de la travée centrale de la partie haute du bâtiment, mais pas n'importe comment, il faut que tu voies ça. Et surtout, il manque le bras droit, on a fouillé partout sans résultat.

– D'accord, vous avez regardé à côté dans la chapelle Saint-Thomas ?

– Tu nous prends pour qui ?

– Ça va, ça va !

– On n'a rien trouvé Môoosieur le principal, ironisa le légiste.

– On a une idée de son identité ?

– Pas la moindre.

– Mode opératoire ?

– Difficile à dire...

– S'il te plaît Carlos, tu as bien une petite idée ?

– En tout cas, il n'est pas mort sur place, il n'y a pas assez de sang. Je pense également qu'il a été torturé avant de mourir et il y a une inscription bizarre sur le sol au niveau du transept, mais je t'en dirai plus sur place.
– Touchez à rien, j'arrive.

*

La basilique Notre-Dame surplombait la ville de Lyon au sommet de la colline de Fourvière depuis la fin du XIXe siècle. D'inspiration byzantine, gothique et romane, elle fut édifiée sur les ruines d'un forum romain et dédié à la vierge Marie. Son concepteur, l'architecte Pierre Bossan, avait imaginé un édifice constitué de deux églises superposées aux volumes extraordinaires et accessibles par un escalier monumental, la partie haute étant dominée par trois coupoles soutenues par quatre piliers aux chapiteaux corinthiens qui en imposaient au visiteur.

À l'intérieur, on était tout de suite ébloui par la beauté et la qualité des matériaux utilisés pour la décoration : marbre blanc de Carrare, granit rose du nord de l'Italie, marbre bleu de Savoie, onyx vert, association de l'ébène et de l'ivoire.

À l'étage inférieur, la crypte avait été édifiée en église basse. Dédiée à saint Joseph, elle était beaucoup plus austère que la partie haute de la basilique. Rien d'étonnant en effet de retrouver en ce lieu un autel évoquant la mort de Jésus, souligné par une mosaïque illustrant les sept péchés capitaux.

Le commissaire principal Éric Dessert était en pleine réflexion alors qu'il se frayait un chemin dans le « vieux Saint-Jean », quartier historique du 5e arrondissement de Lyon au volant de sa Porsche Targa de 1976. Que pouvait bien signifier toute cette mise en scène ? Et pourquoi dans ce lieu sacré ?

Éric fut accueilli par la capitaine Annabelle Dejour alias *la Guêpe* qui l'attendait avec impatience.

– Bonjour patron. Désolée de vous sortir de votre quotidien, mais il fallait absolument que vous jetiez un coup d'œil à la scène et puis ça commence à monter en pression dans les hautes sphères. Le vicaire a tout de suite appelé l'Évêque Barbacane qui a ensuite appelé le Préfet, qui a appelé le Procureur…

– Mouais ! le coupa Dessert, tu t'es renseignée pour savoir qui ça pouvait être ?

– On n'a rien pour le moment. Carlos a fait les premiers prélèvements, mais comme il vous l'a dit au téléphone, il manque des morceaux…

– On va voir ça.

Dejour n'insista pas, car elle savait que son chef préférait s'imprégner d'une affaire en se faisant une idée *in situ* de la scène d'un crime. *Je n'ai pas de temps à perdre avec les conjectures,* avait-il coutume de dire.

En ce début de matinée du 13 octobre, peu de touristes se trouvaient sur la colline. La présence d'une rue-balise, gardée pour l'occasion par un policier du 5e, indiquait clairement aux curieux de passer leur chemin. Plusieurs voitures de police étaient stationnées devant la basilique, gyrophares allumés ; celle du légiste était en retrait, coffre ouvert. Le policier souleva le ruban rouge et blanc pour laisser passer les deux enquêteurs.

Lorsqu'on se trouvait au pied de l'escalier d'accès à la basilique, ce qui attirait tout de suite le regard était l'imposante façade occidentale de 86 mètres de hauteur encadrée par deux tours monumentales : la « force » à gauche et la « justice » à droite invitait en effet à l'humilité et à l'introspection. De l'autre côté du monument, les deux tours « prudence » au nord-est et « tempérance » au sud-est étaient tournées vers le centre de Lyon. Elles semblaient veiller sur la capitale des Gaules et parachevaient de capter le regard du visiteur. Dessert, qui connaissait bien la basilique pour l'avoir visitée à plusieurs reprises, ne s'attarda pas sur le lieu et se dirigea immédiatement vers l'intérieur de la crypte, suivi de près par la capitaine.

Le jour éclairait faiblement la partie basse de la basilique à cette heure matinale, mais une rangée de spots puissants placés au fond de la nef facilita le déplacement des deux flics. Leur regard fut tout de suite attiré par la scène qu'ils avaient sous les yeux : deux hommes revêtus d'une combinaison blanche s'affairaient autour d'un tronc humain avec des outils de précision. Ils semblaient effectuer des prélèvements.

La dépouille renversée d'un homme corpulent se trouvait en effet enserrée dans les bras d'une statue placée au sommet de l'escalier menant de la partie basse à la partie haute de la basilique. La vision de ce corps démembré et — presque — suspendu conférait au malaise. Une inscription sous-jacente indiquait : « La sagesse de Dufraine ».

Dessert resta interdit devant le spectacle macabre qu'il venait de découvrir. L'atmosphère était pesante, un silence de mort s'était installé que personne d'ailleurs n'osait briser.

Au bout d'un moment qui parut trop long à tout le monde, le commissaire attaqua, s'adressant à sa capitaine.

– À quelle heure on l'a découvert ?

– À 6 h 30 ce matin, répondit-elle.

– Y'a des témoins ?

– Non.

– Tu m'as dit que le vicaire était sur place ?

– Oui, mais il n'a rien vu. Il a ouvert les portes de la crypte comme d'habitude à la même heure avant de découvrir le corps. Il n'a rien remarqué d'anormal.

– Pas de passants ni de touristes, des vieux qui font pisser leur chien… ?

– Non.

– Et les voisins, personne n'a rien vu ni entendu quoi que ce soit ? Vous avez fait une enquête de voisinage ?

Le Croque prit le relais.

– Attends Éric, on est arrivé y'a à peine une heure ! dit-il une pointe d'agacement dans la voix.

Le commissaire éluda. « C'est quand même pas rien de déplacer un corps comme ça. Y'a forcément quelqu'un qui a vu quelque chose… Annabelle, mets du monde sur le coup tout de suite. Rappelle les gars du service et dis-leur qu'ils se magnent. Va les chercher par la peau des fesses s'il le faut. Il nous faut des billes ». Dessert poursuivit tandis que la capitaine sortait son portable à la main.

– Qu'est-ce que tu peux me dire Carlos ?

– Eh bien, le type a soixante ans, peut-être plus, et il n'est pas mort sur place. Regarde, il n'y a presque pas de sang au sol. D'ailleurs, j'aurais été surpris qu'il y en ait !

– Ah bon ?

– Approche et vise-moi ça. Les techniciens s'étaient écartés pour les laisser passer. Qu'est-ce que tu vois, là ? Le Croque indiquait ce qui restait du membre inférieur gauche au niveau de l'amputation.

– C'est propre. On dirait que le tueur a utilisé un objet tranchant.

– Exact, probablement un gros couteau de boucher, mais ce n'est pas tout. Regarde attentivement…

– Sans blague, les vaisseaux ont été cautérisés ! Qu'est-ce que ça veut dire ?

– Ça, c'est à toi de nous le dire… Répliqua le légiste, un petit sourire en coin. Le flic fit grise mine.

– On dirait que le ménage a été fait ! poursuivit l'enquêteur. Tes gars ont fait des prélèvements sur la statue elle-même ?

– Oui, mais je doute qu'on trouve quelque chose. L'auteur de cette mise en scène s'est donné beaucoup de mal… Dessert ne le laissa pas terminer.

– Tu m'as dit qu'il avait été torturé ?

– Oui, regarde son visage. Il a probablement été tabassé avec un objet dur et il y a des traces de brûlures dans son dos. J'ai pu les observer en passant derrière la statue, mais je t'en dirai plus au labo quand on l'aura décroché.

– Il est là depuis combien de temps ?

– Vu la rigidité cadavérique, je dirais plusieurs heures…

– Rien d'autre sur le corps ?

– Si, le type est tatoué. Mais pas les tatouages basiques qu'on trouve sur les camés, non, plutôt des symboles. Regarde-moi celui-là. Carlos venait d'écarter le moignon du bras gauche. Au niveau de l'aisselle qui avait été soigneusement rasée, Dessert fut surpris de découvrir un tatouage rond représentant un labyrinthe. Sous l'aisselle droite, la présence d'un damier constitué de cinq cases noires et quatre cases blanches laissa le commissaire dubitatif. «*J'ai déjà vu ce genre de dessin*», pensa-t-il tout haut.

– Pas banal, hein ?! Je savais que ça te plairait.

L'enquêteur ne releva pas, mais le légiste qui le connaissait bien savait d'instinct qu'il avait fait mouche.

– Au téléphone, tu m'as parlé d'une inscription bizarre.

– Par ici mon poulet, ça se passe au niveau du transept.

– Arrête avec ça Carlos, tu sais que tu as gagné !

Trop content d'avoir produit son effet, Carlos ne boudait pas son plaisir d'en rajouter un peu. Il faut dire qu'il n'avait pas souvent l'occasion d'impressionner le patron du crim' lyonnaise.

Ils se déplacèrent au bas de l'escalier pour se retrouver dans la travée. Le légiste fit venir un technicien qui éclaira la zone avec un nouveau spot. On ne distinguait rien dans la pénombre, mais bien éclairé, le sol laissait apparaître un large dessin géométrique de couleur noire probablement réalisé à l'aide d'une bombe aérosol avec un «G» en son centre. Dessert mis un moment avant de décrypter la figure qu'il avait sous les yeux.

– On dirait une étoile… Une étoile à cinq branches ! s'exclama-t-il. Puis, se tournant vers le légiste. Ce n'est pas la marque du diable, ça ?

– Non, je ne crois pas. Regarde, les branches sont inversées : une en haut, deux en bas. Les adeptes de magie noire représentent le diable avec les deux branches tournées vers le haut, comme les cornes d'un bouc. Là, c'est autre chose et puis il y a ce « G »…

Le flic fut surpris.

– Tu t'y connais en diablerie ?

– Pas particulièrement, j'ai peut-être lu ça quelque part ?

– Il faudra aussi analyser cette peinture, faire des photos, des prélèvements d'ADN et les « paluches[3] », la totale quoi !

– C'est comme si c'était fait !

– Et les résultats ?

– Je sais, pour hier… On fera au plus vite, répondit Carlos dans un soupir.

L'examen du lieu se poursuivit quelques minutes. Dessert se penchait pour observer cette étoile avec la lettre énigmatique, se redressait puis réfléchissait, concentré. Carlos ne l'interrompit pas dans ses pensées et restait en retrait pour répondre à d'éventuelles questions.

– Bon, je n'apprendrai rien de plus ici. Tu as quelque chose d'autre à me montrer ?

– Viens avec moi, ça se passe à l'étage.

3 Empreintes digitales

En repassant devant le corps que des techniciens de la PTS[4] continuaient à observer, le binôme se rendit dans la partie haute de la basilique. C'était un lieu baigné de lumière. Tout éclairage aurait été superflu tant l'endroit rayonnait. Avec ses gigantesques vitraux colorés, il aspirait en effet à la contemplation et à la méditation… Mais le policier n'avait pas de temps pour cela. Il lui fallait terminer avec toutes ces constatations dont il savait que ce qui en découlerait lui donnerait du fil à retordre. Il avait hâte que le reste de son équipe rapplique.

Le légiste s'arrêta au milieu de la travée. Trois groupes d'hommes en combinaison blanche s'activaient dans trois endroits distincts de la basilique. Les flashs crépitaient et les sachets de scellés passaient de mains en mains.

– C'est là que les choses se corsent, dit-il.

« Comme si elles n'étaient pas déjà suffisamment compliquées », pensa Dessert. Mais il s'abstint de tout commentaire.

– Tu te souviens Éric, je t'avais dit au téléphone que les membres manquants du corps avaient été disposés de façon mystérieuse ? Viens avec moi, je vais te montrer.

Ils se dirigèrent d'abord à l'Est. Deux « blouses blanches » les laissèrent s'approcher.

– Voici le bras gauche ! Le ton était professoral. Il a été sectionné proprement et les vaisseaux cautérisés. Il y a fort à parier qu'il appartient au type de l'étage inférieur. Note bien la position : doigts tendus, coude relevé vers le haut en forme

4 Abréviation pour Police Technique et Scientifique

d'équerre, me semble-t-il, ongles arrachés *ante mortem.* Le type a dû souffrir le martyre. C'était plus une affirmation qu'une supposition.

Quant à la jambe gauche, elle était posée à la verticale sur un piédestal dont on avait ôté l'urne qui devait s'y trouver. Placée dans l'abside ouest, elle semblait collée à son support dans une position qui aurait presque prêté à rire. Mais les visages étaient fermés…

– Il faut que tu saches que cette jambe n'a pas été simplement posée. Nous avons trouvé des traces de colloïde sur le marbre. Le Croque attendait une réaction de son collègue.

– Qu'est-ce que ça veut dire selon toi ?

– Comme pour le bras, le dingue qui a fait ça voulait absolument qu'on trouve l'objet dans cette position précise.

La visite se termina par l'abside sud. Là, les gars de la police technique et scientifique s'étaient contentés de prendre des photos, mais n'avaient fait aucun prélèvement. Ils attendaient l'arrivée du chef d'enquête comme on le leur avait demandé.

– Qu'est-ce que c'est que cette plaisanterie ? Le flic n'en revenait pas. Il avait devant lui une partie de jambe suspendue par le milieu à un fil, en position parfaitement horizontale.

– On a vérifié, lui dit le légiste, zéro degré d'inclinaison. Il émit un petit rire nerveux. C'est du sérieux, je te l'avais dit !

Le commissaire principal Éric Dessert sortit de la basilique avec la mine des mauvais jours : avec cette affaire rocambolesque sur les bras, il pouvait dire adieu à ses repos. Heureusement, il reconnut trois collègues de son équipe qui venaient de se garer sur la place un peu plus loin. Cette arrivée lui remonta un peu le moral. Parvenu à ses côtés, le premier le salua amicalement. Il s'agissait de son adjoint, le commandant fonctionnel Thierry Schmidt.

– Alors patron, *z*'êtes tombé du lit où quoi ? Les deux autres arrivèrent dans la foulée.

Le grand flic leur fit un topo complet de la situation. Il y eut deux ou trois questions sans plus. Ils avaient compris que l'enquête s'avérerait difficile. Puis Dessert reprit la parole comme le ferait un chef militaire, à la fois précis, ferme et déterminé.

– Bon, Phil tu vas descendre dans la crypte. Tu ne lâches pas les techniciens d'une seconde. Je veux tout savoir sur ce corps. Tu seras donc chargé de retrouver l'identité du cadavre, c'est ta priorité. Refais aussi une fouille complète des lieux, on ne sait jamais ! Et tiens-moi au courant dès que tu auras quelque chose. L'intéressé disparut immédiatement. Gus tu te charges de l'enquête de voisinage. Le policier fit une grimace révélatrice. Je sais… mais il me faut des éléments sur l'auteur et vu sa manière de procéder, ça va pas être de la tarte de le retrouver. Tu interroges les vieux du quartier, ils sont toujours debout avant les autres, les chauffeurs de taxi du 5e, tu élargis s'il le faut… Les conducteurs de transports en commun, les loueurs de véhicules, les caméras du secteur s'il y en a…

– Vous pensez à quoi ?

– Je pense que tu vas avoir du boulot sur la planche… Les trois flics partirent d'un grand rire communicatif. En réalité, tous retenaient leur souffle et cette plaisanterie fit beaucoup de bien.

Le commandant Schmidt attendait les ordres de son chef. Policier intelligent et méticuleux, Dessert lui confiait les tâches les plus difficiles. Il pouvait notamment compter sur son grand sens de l'organisation et sur sa loyauté.

– Thierry, j'ai besoin que tu coordonnes l'équipe. Ça va pas être une sinécure, car les pistes sont multiples. Retourne d'abord dans l'église haute et rapproche-toi du Croque. J'ai le sentiment que l'auteur de cette boucherie essaie de nous dire quelque chose. Prends la Guêpe avec toi et essayez d'y voir plus clair. Occupez-vous aussi du morceau qui manque, je ne serais pas surpris qu'il soit entreposé dans un endroit à la con.

– On se retrouve en fin de matinée pour faire le point ?

– Ouais ! Et maintenant, je vais me farcir le sale boulot…

Ils furent tous les deux détournés de leur discussion par un concert de « deux tons » provenant des rues adjacentes et l'arrivée d'une colonne de véhicules de police tous phares allumés. Dessert savait parfaitement ce qui se passait : « *les huiles* » pensa-t-il le poing serré dans sa poche.

La Guêpe arriva sur ces entrefaites.

– Ah ! Au fait patron, le Préfet va venir faire un tour. Il sera accompagné de l'Évêque Barbacane, du Maire du 5e et du Procureur Decoin. C'est le Contrôleur général Paffin qui me l'a dit au téléphone tout à l'heure.

– Gnnnn !!! entendit-elle pour tout commentaire.

C'était d'ailleurs Paffin qui descendait de la première voiture. Si des autorités importantes étaient annoncées en visite quelque part — présence de ministre, crime de sang, inauguration, salon de machin-chose — on pouvait être sûr de croiser le Contrôleur général Serge Paffin. Dessert détestait les mondanités, mais plus encore le Contrôleur Paffin. C'était réciproque.

Ils se connaissaient bien cependant. Ils étaient issus de la même formation de commissaires de police de l'école de Saint-Cyr-aux-Monts-d'Or, promotion « 1987/1989 bicentenaire de la Révolution ». Bien qu'étant tous les deux policiers, ils n'avaient pas eu le même parcours professionnel. Paffin avait rapidement gravi les échelons en côtoyant les puissants et en se plaçant au gré des courants politiques. N'aimant pas le terrain, il préférait la douceur des salons feutrés. Il avait atterri au SRPJ 69[5] grâce à son entregent.

« *Paffin, pleutre, plouc ça commence pareil* » avait coutume de dire Éric Dessert pour se moquer de lui.

Le parcours de ce dernier était tout autre. Brillant enquêteur, tenace et dur à la tâche, le patron de la police judiciaire lyonnaise était passé par tous les services prestigieux : SRPJ - Paris, OCRB[6], le 36… Il avait même fait un court passage au RAID. Il avait la réputation d'être un « chasseur de crânes » pour reprendre une expression du

5 Service Régional de la Police Judiciaire du Rhône

6 Office Central de Répression du Banditisme

jargon policier. Selon Paffin, Dessert n'était qu'un « paysan ».

Ils se saluèrent à peine. La journée promettait d'être longue…

Chapitre II

Éric DESSERT
Sainte-Foy-lès-Lyon,
13 octobre 2018, 20 h

La douceur de ce mois d'octobre était appréciable après la période pluvieuse qui s'était installée sur la région lyonnaise en ce début d'automne. Les arbres commençaient à prendre leurs couleurs mordorées, les feuilles passant du jaune au rouge en une palette de tons chaleureux qui auraient inspiré un amateur d'aquarelle. Un léger vent du Nord jouait avec les feuilles mortes, les faisant monter ou descendre en de petits tourbillons éphémères qui chassaient les oiseaux venus profiter de cette fin d'après-midi tempérée.

Le commissaire principal Éric Dessert était assis dans son jardin. Il avait installé une petite table sur sa pelouse et profitait de cet instant paisible en sirotant une bière, l'air songeur. En arrière-plan de ce tableau bucolique, la vie trépidante de la capitale des Gaules le rappelait cependant à ses obligations d'enquêteur : un meurtre venait d'être perpétré sur son territoire et c'était à lui et son équipe de le résoudre.

Dessert était un homme robuste, de taille moyenne et plutôt musclé. D'un regard sombre, appuyé par des sourcils épais et des pupilles noires, il donnait l'impression de vous percer à jour lorsqu'il vous dévisageait. Ces collègues du service disaient de lui qu'il n'avait pas spécialement mauvais caractère, mais ils reconnaissaient toutefois qu'il pouvait s'emporter facilement si quelque chose l'agaçait ou si on le provoquait ou au contraire, qu'il pouvait s'enfermer dans son silence pendant plusieurs heures. En contrepartie de ce trait de caractère, il avait la réputation d'être juste et de défendre ses coéquipiers contre vents et marées dans les moments difficiles, ce qui lui valait le respect de tous.

En cette fin d'après-midi, plusieurs choses le tourmentaient. Il y avait d'abord cette dépouille démembrée, la mise en scène sordide, mais aussi quelque chose d'inhabituel dans le processus de mise à mort. Le Croque avait raison, le tueur était animé d'une sorte de rage, mais il avait aussi pris le temps de mettre en évidence des détails ce qui laissait entrevoir une motivation profonde, noire, mystique… Il le sentait.

Éric Dessert en avait vu dans sa carrière. Il avait enquêté sur des affaires complexes qui lui avaient donné du fil à retordre, côtoyé les pires délinquants. Il avait dû apaiser la souffrance des victimes ou de leurs proches, composer avec la hiérarchie lorsqu'il proposait des solutions trop expéditives… Il se disait en cet instant précis qu'il était fatigué de « toute cette merde » qu'à plus de soixante ans ce n'était plus de son âge et qu'il était peut-être temps de raccrocher… Mais l'adrénaline que ces enquêtes lui procuraient était la plus forte.

La réunion de mi-journée n'avait pas été fructueuse. Les techniciens n'avaient pas encore fourni les résultats des analyses de terrain. Sans nom à mettre sur le corps mutilé, difficile d'y voir clair. « *Il va me falloir de la patience*, pensa-t-il, *mais ce n'est pas mon fort !* »

Il fut tiré de ses réflexions par une petite voix à l'autre bout du jardin.

– Dis papy, tu viens jouer avec moi ?

Chapitre III

40, avenue Marius Berliet
Lyon, 14 octobre 2018, 6 h 30

Le planton du commissariat du 8e laissa passer la Porsche Targa en saluant le conducteur. Éric Dessert se rendait au siège du SRPJ 69, que les habitués avaient coutume d'appeler « la crim' ». Bien qu'ayant peu dormi, il était plutôt de bonne humeur, car son ami, le Procureur Antoine Decoin avait décidé — après moult interventions et coups de téléphone — de lui confier l'enquête, au grand désespoir du Contrôleur général Paffin qui aurait bien cantonné son service à des prises d'identité et des relevés d'empreintes, histoire de botter en touche même si c'était un peu caricatural. Cette petite victoire personnelle avait effacé une bonne partie de la fatigue accumulée depuis vingt-quatre heures.

Cette enquête promettait d'être rude, il avait suffisamment d'expérience pour le savoir. Les réunions de la veille n'avaient rien donné : aucune identité à mettre sur le cadavre, pas d'avancée concernant le bras manquant, rien sur le tueur… Bref, un début difficile.

– Salut Éric ! lança le commandant Schmidt dès qu'il vit son patron.

– Déjà là, Thierry… ! « *Toujours matinal, ça ne m'étonne pas de lui* », pensa Dessert.

Les deux flics étaient arrivés les premiers.

– Comment ça s'est passé hier avec les autorités, le Contrôleur général avait l'air sur les dents ?

– Mal. Il courait dans tous les sens et l'arrivée du Préfet avec le Maire n'a pas calmé le jeu. Il aura la pression dans les jours à venir et il va chercher à nous la refiler… Le Procureur nous fait confiance, mais faudra pas se planter ! Et toi de ton côté ?

– Quelques pistes, mais rien de bien concret. On n'a toujours pas de nom à mettre sur le cadavre, du coup j'ai préféré ne pas te déranger.

– Bon, on va attendre l'arrivée des autres. Tu m'organises un débriefing dès qu'ils seront tous là. Je sens que la machine à café va ronfler…

*

Le 40 avenue Marius Berliet était un bâtiment imposant du 8e arrondissement. Il abritait plusieurs services, dont le SRPJ et ses différentes antennes. En plus de la division criminelle que dirigeait Éric Dessert, il y avait la brigade de recherche et d'intervention — la BRI — ainsi que la division économique et financière et le service de la police technique et scientifique — la PTS —. Le chef de la crim' espérait beaucoup de ce dernier pour avancer dans cette enquête…

– Salut à tous ! dit-il une tasse fumante entre les mains. J'espère que vous avez passé une bonne nuit, car il va y avoir du boulot. Comme je l'ai dit à Thierry tout à l'heure, le Procureur Decoin nous a laissé l'affaire, mais on n'échappera pas à une information judiciaire. J'en saurai un peu plus aujourd'hui. Thierry, résume-nous l'affaire et vous autres, je vous demande toute votre attention, prenez des notes.

Le commandant exposa la situation en insistant sur les premières constatations faites la veille et sur les éléments recueillis sur place même s'ils étaient maigres. Il avait préparé un grand tableau blanc où figuraient photos, commentaires et flèches dans tous les sens comme dans les séries policières télévisées, mais il aimait bien que les enquêteurs détaillent par eux-mêmes leurs investigations…

– Phil, on commence par toi.

Philippe Clef — Phil — pour certains, la — molette — pour d'autres, n'avait justement rien d'un mou. Policier curieux et infatigable, « *un vrai rat d'égout* », disaient ses collègues ; capable de dénicher des indices dans des endroits à rebuter un spéléologue. Il était aussi un peu naïf, ce qui déclenchait parfois quelques bonnes rigolades à ses dépens.

– Hier, j'ai passé quelques heures avec les gars de la PTS mais ils n'ont rien pu me dire de déterminant si ce n'est qu'il est vraisemblablement mort étouffé. Pas de traces papillaires sur le corps, mais de légères brûlures dues au frottement d'une corde. Les techniciens pensent que le corps a été traîné à l'aide d'un sac ou d'une toile avant d'être hissé sur la statue grâce à une corde et un palan — d'où les traces de brûlures présentes sur le dessus des clavicules et au niveau de la ceinture abdominale —. La statue présente également des éraflures, il désigna les photos sur le tableau. On voit nettement le sillon provoqué par le raclement d'un mousqueton ou une pièce métallique en tout cas.

– Tu as des infos sur le membre manquant? intervint le commandant.

– Non, je n'ai rien trouvé dans la crypte qui pourrait être relié à l'affaire, en tout cas pas le bras…

– L'amputation?

– Si vous voulez parler de la cautérisation des membres, ce n'est pas du travail de chirurgien d'après eux. Le tueur a peut-être utilisé un fer à repasser… ?

– Dis donc Phil, c'est pas toi qui repasses à la maison, j'espère? intervint le commissaire principal.

Rire général dans la salle.

– Oh, ça va patron! L'intéressé poursuivit malgré tout, le calme étant revenu. J'ai aussi pensé qu'on avait peut-être chauffé un fer rond avec un chalumeau… ?

– Ouais, genre crème catalane, quoi! lança un enquêteur.

Nouveaux rires et nouvelle interruption.

– Vraiment, vous êtes pas marrants les gars!

Cette fois, c'est le commandant qui ramena le silence, mais difficilement. L'ambiance avait l'air décontracté, mais ce n'était qu'apparent, on voyait bien que tous étaient dans les starting-blocks.

– Bon, on verra ça plus tard. Parle-nous des plaies dorsales.

– Là, c'est intéressant! Le type a été torturé avant de mourir, c'est sûr. Nous avons constaté cinq trous parfaitement répartis sur le dos de la victime. Un sous la nuque, deux sous les omoplates et deux au niveau des hanches. J'ai repensé à l'inscription sur le sol de la basilique et en les comparant avec le sommet des pointes de l'étoile : bingo ! C'est le même symbole en miniature. Il y avait aussi des résidus dans les plaies, mais on n'a pas encore les analyses. C'est tout pour moi.

– Et les brûlures ?

– Les plaies ont effectivement été brûlées, mais on ne sait pas comment. Il préféra ne pas suggérer de mode opératoire.

– Quand les résultats ? intervint le commissaire principal.

– Peut-être en fin d'après-midi ?

– Gus ... !

Gustavo Mendez alias *Gus*, un ancien de la BAC[7] de nuit, une armoire à glace, très sollicité en cas de coups durs, mais un gentil dans la vie civile. Originaire d'Espagne, mais de mère française, il avait grandi dans les banlieues pauvres de la capitale ibérique avant d'arriver en France et de rentrer dans la police où il avait fait son trou. Gus prit la parole.

– *Gracias* Thierry ! L'enquête de voisinage n'a rien donné. Personne n'a rien vu, personne n'a rien entendu. *Nada*... ! Comme je n'avais rien à faire de plus, je me suis intéressé à la façon dont le tueur s'y était pris pour amener le corps et pénétrer dans la basilique. J'ai vu que la grille nord avait été forcée, car j'ai trouvé une trace de pesée sur

7 Brigade Anti Criminalité

un des montants. C'était à peine visible, mais le pêne était légèrement tordu. L'ecclésiastique m'a précisé que la grille était en parfait état de fonctionnement avant-hier. J'ai aussi pensé qu'il avait utilisé un petit utilitaire pour acheminer tout son attirail sans attirer l'attention des voisins. Il n'aurait pas pu utiliser un taxi ou un bus : trop voyant, le funiculaire de Fourvière non plus. J'ai fait le tour du secteur pour chercher une caméra et j'en ai trouvé une au numéro 3 de la place de Fourvière. Elle était un peu orientée sur la rue comme sur la photo. Il montra le tableau. Toutes les têtes se tournèrent simultanément.

– Qu'est-ce qu'il y a au numéro 3 ? interrogea Thierry.

– Rien de spécial, c'est une communauté de Sœurs qui s'appelle « Le Cénacle ». Il but une gorgée de café avant de poursuivre. J'ai pu visionner les bandes pour voir le trafic… Entre 21 h et minuit, y'a pas grand monde qui passe : quelques piétons, des bus, un camion d'artisan et des voitures. Après minuit c'est encore plus calme, mais à 2 h 15, on voit une fourgonnette sombre avec des vitres teintées qui ralentit au niveau de la grille sud avant de repartir… La plaque n'est pas visible, mais on devine le logo de la région Île-de-France avec une étoile rouge et peut être un « 75 » ?

– C'est lui, à coup sûr ! s'exclama Dessert.

– Oui, c'est ce que j'ai pensé, car après, y'a pratiquement plus de circulation avant 6 h. Comme la rue est en sens unique, on ne voit pas la fourgonnette repartir. J'ai aussi trouvé une trace de pneu dans la cour, à l'arrière de la basilique côté nord juste après la grille. Je n'en suis pas sûr, mais on dirait la roue d'un petit camion, les techniciens ont fait un moulage au cas où… *Y ya está.*

– Ok Gus, c'est du bon boulot ! Thierry, fais-nous un topo de ce que vous avez trouvé avec Annabelle.

– Pas grand-chose, patron. On s'est concentré sur la partie haute de la basilique, là où on a trouvé les membres. Les collègues de la PTS ont fait beaucoup de prélèvements sur place, mais tant qu'on n'aura pas les résultats, on ne pourra rien dire, asséna le commandant. Le tueur s'est donné beaucoup de mal pour parvenir à cette mise en scène. Avec Carlos, on est tombé d'accord sur le fait qu'il veut faire passer un message…

– Oui, c'est aussi ce que je pense, coupa Dessert. Il a un temps d'avance sur nous et il ne nous laisse que quelques maigres indices. À nous de les déchiffrer.

– En tout cas, le type est extrêmement précautionneux et déterminé : pas d'éléments pour le confondre, que des symboles et des dessins… À ce propos, on a quand même un peu avancé sur l'étoile à cinq branches, tu peux nous en dire un mot Marlène ?

Une femme élégante s'avança près du tableau à côté du commandant Schmidt. Tailleur et corsage impeccables dans des tons pastel, cheveux noués parfaitement en un chignon retenu par une jolie pince colorée, Marlène avait l'allure d'un mannequin, mais elle était surtout une redoutable enquêtrice que le chef de la crim' avait débauché de l'État-Major du commissariat du 8e où elle s'ennuyait en tant que secrétaire de direction. Dotée d'une excellente mémoire, douée pour les chiffres et les énigmes, Dessert avait tout de suite vu l'intérêt de l'avoir dans l'équipe. Depuis qu'elle travaillait à la crim', tout le monde parlait de « *la Souris* » en référence à ses compétences en informatique.

– Hmm ! Hmm ! Elle s'éclaircit la voix. La signification de l'étoile à cinq branches est multiple. On peut d'emblée écarter la référence à l'étoile rouge du Che Guevara ou celle des stars hollywoodiennes, dit-elle avec un brin de malice. Les collègues sourirent… Il est plus probable qu'elle représente un pentagramme ou un pentacle. Ce dernier possède un sens magique. Dans l'Antiquité, il était censé éloigner les forces du mal. Quant au pentagramme, c'est à priori un symbole universel utilisé dès le 1er siècle avant Jésus-Christ. On l'associe aussi à la *gnose* c'est-à-dire à « La Connaissance ». J'ai aussi trouvé que les francs-maçons parlent d'une étoile flamboyante qui représenterait « La Vérité » et les musulmans l'associeraient aux cinq piliers de l'Islam, notion héritée de l'Empire byzantin puis de l'Empire ottoman…

– D'accord Marlène, mais qu'est-ce que ça veut dire ? Le commissaire principal semblait aussi perplexe que ses collègues.

– Pour l'instant, je ne sais pas, mais en regardant les différentes photos de la scène de crime et en tenant compte de l'analyse de Thierry, je dirais que le meurtre a été méticuleusement planifié et que tous ces éléments ne sont pas là par hasard…

– Bien, continue de fouiller, on verra bien où ça nous mène. Il marqua une pause.

– Je crois qu'on a fait le tour. Des questions? Personne ne broncha. Éric Dessert prit un air solennel pour s'adresser à son groupe en guise de conclusion.

– Voilà ce que nous avons : un ou plusieurs types ont charcuté un homme d'environ soixante ans dont l'identité est pour l'instant inconnue. Il a d'abord été torturé puis démembré quelque part, avant d'être abandonné dans la basilique de Fourvière à une heure avancée dans la nuit du 12 au 13 octobre. Le bras droit a disparu et les autres membres — comme le corps d'ailleurs — ont été placés volontairement de façon énigmatique. Des dessins et des symboles mystérieux accompagnent la dépouille pour une raison que nous ignorons pour l'instant. L'auteur — ou les auteurs — de ce meurtre circule vraisemblablement dans une fourgonnette sombre immatriculée en région parisienne. On est d'accord là-dessus? Toutes les têtes opinèrent.

– Voici nos priorités : identifier le corps, retrouver le bras, cibler le lieu du crime, rechercher le véhicule du tueur et son propriétaire, résoudre l'énigme des symboles. Thierry, occupe-toi de coordonner tout ça. Une dernière petite chose, rien de tout ça ne doit filtrer dans la presse. Allez les gars au boulot, on se retrouve ici même en fin de matinée!

Chapitre IV

Rue vieille du temple
Paris, 8 octobre 1307, 6 h

Dans la lueur de ce jour naissant, des hommes s'activaient à déplacer des coffres et des marchandises emballées dans la cour d'une demeure de la rue vieille du Temple. Les allers-retours des petites bougies témoignaient d'une activité trépidante en ce lieu austère et mystérieux de ce quartier de Paris. Les caves avaient été vidées de leur précieux contenu quelques heures auparavant.

En cette froide matinée d'automne, à une heure où les paysans et les bourgeois sont encore aux prises avec le sommeil, les chevaliers donnaient des ordres précis à leurs serviteurs. Il fallait faire vite pour ne pas attirer l'attention.

– Mon Maître, que doit-on faire de ces malles ?

– Voyez avec le frère Geoffroy de Charnay. Celles-ci sont en partance pour La Rochelle, lui répondit Jacques de Molay.

– Dépêchons, dépêchons ! Déplacez-moi cette charrette et trouvez-moi un cheval pour celle-ci… Allez, remuez-vous !

Les bras ne manquaient pas, mais la tâche était conséquente, le Grand Maître avait prévenu.

La veille fut consacrée aux préparatifs. Des hommes furent chargés de rassembler les moyens de transport et leurs montures. Ils se déplacèrent dans tout Paris à la recherche des chevaux, bœufs et carrioles. Il fallait marchander, négocier, troquer…

Les six chevaliers avaient quant à eux procédé à l'inventaire complet des sous-sols de la commanderie. Il ne fallait rien oublier, mais se concentrer sur ce qui était transportable — le reste demeurerait en place — le précepteur de France Gérard de Villers étant chargé d'en dresser la liste.

La décision fut prise le soir du 6 octobre après maintes discussions, chacun pesant le pour et le contre. Certes, il y avait eu l'exposé du Grand Maître et ses craintes pour l'avenir de l'ordre, mais n'était-ce pas prématuré ? Jacques de Molay avait lui-même indiqué qu'il plaiderait la cause des chevaliers dans une semaine auprès du Roi et l'on ne douta pas qu'il y parviendrait. Il y avait aussi la somme d'énergie qu'une telle entreprise nécessiterait…

– Mon frère, ce travail est énorme ! s'était exclamé un chevalier. Êtes-vous sûr de vouloir l'entreprendre ?

Geoffroy de Charnay était alors intervenu en indiquant qu'il ne s'agissait que d'une simple précaution et que de toute façon, le trésor du Temple ne pouvait rester indéfiniment en ce lieu sous peine d'être un jour dévoilé. « *On trouvera un lieu* », avait-il dit.

On s'était rangé à ses sages paroles.

– Aujourd'hui mes frères, il s'agit de trouver le moyen de cacher nos biens de façon secrète et que ce secret puisse être gardé aussi longtemps que notre ordre survivra et peut-être même au-delà. Les mots étaient forts… Jacques de Molay enchaîna après une courte pause. Pour accéder au lieu, nous mettrons en place des signes de reconnaissance qui garantissent la légitimité du demandeur. Ces signes ne seront connus que de nous six et devront être transmis au nouveau Grand Maître élu lorsqu'il sera temps de le faire. Je souhaite également qu'un laïc — moins exposé que nous — puisse partager ce secret. J'ai pensé à Robert de Coucy, le dernier architecte a avoir œuvré sur la construction de la cathédrale de Reims. Il soutient notre cause depuis toujours et j'ai confiance en lui.

Le Grand Maître interrogea ses frères du regard, mais comme personne ne le contredit, il poursuivit.

– Si l'un d'entre nous fait défaut ou si le secret ne peut être communiqué à mon successeur, il sera chargé de le transmettre à son tour. Pour le lieu, cela ne peut être que hors du royaume et surtout, loin de l'influence de Nogaret et de sa milice.

– Mais alors… ? bredouilla Rimbaud de Caron, précepteur de Chypre.

– Oui mon frère, nos biens seront regroupés et conduits dans nos commanderies portuaires — sous couvert de marchandises — avant d'être expédiés par bateaux si les circonstances l'exigent. Il est capital que le voyage se fasse dans le secret le plus strict.

La grande pièce était devenue silencieuse, plus froide aussi. Le foyer allumé pour la circonstance était un maigre réconfort face aux visages fermés des chevaliers. Les flammes firent claquer une bûche dans une explosion de braises qui réveilla l'assemblée.

Le Grand Maître reprit.

– Nous allons d'abord expédier notre trésor dans quatre ports distincts sous la responsabilité de quatre chevaliers : mon frère Geoffroy de Gonneville, en tant que précepteur d'Aquitaine et du Poitou, vous serez chargé d'escorter le convoi vers Collioure. Rimbaud de Caron, je vous confie le déplacement vers Marseille. Pierre d'Aumont, vous vous rendrez à La Rochelle et enfin, Gérard de Villers irez à Boulogne. Sur place, vous vous tiendrez prêts à faire embarquer votre cargaison vers une destination commune que je vais vous indiquer et qui demeurera secrète…

La décision étant prise, Jacques de Molay avait indiqué à ses frères qu'il se rendrait à Reims le plus tôt possible accompagné de son fidèle bras droit pour instruire Robert de Coucy des nouvelles directives de l'ordre et le mettre dans la confidence. Ils se séparèrent tard dans la nuit.

*

Le lendemain matin aux aurores, deux cavaliers fendaient la brume naissante sur leur monture. Ils allaient bon train en direction du nord-est depuis la capitale. Ces messagers de la nuit, habillés en marchands, étaient porteurs d'instructions secrètes décidées la veille.

Leur destination se trouvait à plus de 36 lieues de leur point de départ et ils ne ménagèrent pas leurs efforts pour y parvenir. Ils longèrent d'abord la Marne puis évitèrent Meaux et ne firent halte qu'à Château-Thierry. Il s'agissait de ne pas éveiller la curiosité des paysans ou des villageois. On traversa ainsi des forêts denses, puis des cultures ; on emprunta des chemins détournés, on franchit des collines et des pâtures. Les pauses étaient rares, car leur temps était compté.

Lorsqu'enfin la cathédrale se dressa de toute sa hauteur au-dessus de la ville et leur fit face, Jacques de Molay, le visage marqué par la fatigue porta la main sur sa besace et la serra un peu plus fort contre lui.

– Nous y sommes, mon frère.

Les deux templiers pénétrèrent dans l'enceinte de la ville de Reims guidant leurs chevaux dans la pénombre. Ils se frayèrent un chemin au travers des ruelles mal éclairées et parvinrent à l'entrée de la cathédrale.

– Nous désirons voir le seigneur Robert de Coucy, demanda Geoffroy de Charnay au moine qui s'apprêtait à fermer le lieu.

– Le seigneur de Coucy n'est pas ici. Il s'est retiré dans son logis. C'est la petite maison au toit de chaume derrière la cathédrale.

– Merci mon brave.

Trois coups furent frappés à la porte.

La personne qui ouvrit était chétive, presque ratatinée dans son châle usé, mais le regard était vif. Elle écarquilla les yeux de surprise lorsqu'elle reconnut le Grand Maître du Temple.

– Entrer mes amis.

Les trois nobles s'installèrent autour d'une table. Les deux chevaliers étaient fourbus et sales. Leur chevauchée interminable les avait brisés et ils se laissèrent tomber sur leur chaise plutôt qu'ils s'y assirent. Le clerc, lui, ne s'était visiblement pas remis de sa surprise de voir débarquer dans sa demeure, à une heure tardive, deux templiers déguisés en marchands ; son regard passait de l'un à l'autre sans qu'il puisse prononcer une parole. Il ne s'attendait pas à cette visite impromptue.

Réalisant que ses visiteurs ne bougeaient pas, il se déplaça soudain au fond de la pièce et revint avec un pichet d'eau et trois gobelets.

– Robert mon ami, nous avons fait un long chemin pour vous voir. Ce que nous avons à vous dire est de la plus haute importance et ne souffre aucun retard. Nous sollicitons votre aide. Jacques de Molay s'était exprimé solennellement malgré la fatigue.

– Je vous écoute monseigneur.

– L'avenir de notre ordre est à un tournant de son histoire. Nous craignons que le Roi de France ne prête une oreille attentive aux soupçons d'hérésie et d'adoration du malin que l'on nous attribue, relayés en cela par ses conseillers dont Guillaume de Nogaret, le plus farouche d'entre eux. Il fit une pause.

– Nous avons tenu conseil et préparé un plan de sauvegarde de nos biens au cas où les choses tourneraient mal. Nous sommes six chevaliers dans la confidence et nous avons estimé qu'il serait prudent de partager notre secret avec une personne moins exposée que nous.

– Je comprends votre inquiétude. La rumeur est parvenue jusque dans la cité. Je ne suis pas ecclésiastique, mais il se trouve que l'on m'a rapporté l'indécision du Pape clément V sur la conduite à tenir vous concernant. Je crains que vous ne soyez guère soutenus contre les attaques dont vous êtes la cible. Qu'attendez-vous de moi ?

Le ton direct et la franchise de l'homme de science apportèrent un peu de réconfort à ses deux visiteurs. Ils se lancèrent.

– Nous avons dressé un inventaire de tous nos biens précieux qui figurent sur cette liste que nous allons vous remettre. Geoffroy de Charnay avait pris le document que lui avait tendu le Grand Maître. Cette liste doit rester secrète et vous ne devrez la transmettre qu'à une personne digne de confiance et uniquement en cas de nécessité absolue.

Jacques de Molay poursuivit.

– Voici le lieu de destination des cargaisons, prêtes à partir à mon signal, où elles seront entreposées en sécurité. Cette destination est codée ainsi que le mot de passe pour y accéder que je vais vous communiquer.

Robert de Coucy attendait, attentif.

– Le conseil des six chevaliers espère que ces précautions suffiront. Nous sommes nous-mêmes détenteurs de ces codes et espérons ne pas avoir à nous en servir. Vous serez notre ultime recours, mon ami.

– Vous pouvez compter sur mon aide.

Ils se levèrent tous les trois et scellèrent leurs paroles sur le champ.

CHAPITRE V

Respectable Loge Lumière Divine
Paris, 12 octobre 2018, 19 h 20

Tenue sombre, chemise blanche et cravate noire étaient de mise pour cette tenue régulière au 16 de la rue Cadet dans le 9e arrondissement de Paris. Un léger vent soufflait sur la capitale et le climat était plutôt doux en ce milieu de mois d'octobre.

Plusieurs frères se tenaient devant l'entrée du siège du Grand Orient de France. Un petit groupe s'était ainsi formé tandis que le *tuileur* vérifiait l'identité des visiteurs, condition nécessaire à l'accès au Temple.

Deux frères déjà pourvus de leurs décors maçonniques discutaient à l'écart en chuchotant. L'un d'eux portait une canne avec un pommeau doré, l'autre arborait une sorte de sautoir autour du cou, duquel pendait un petit carré suspendu à une équerre. Le porteur de la canne s'animait :

– Nous avons pas mal de visiteurs ce soir, le Vénérable Maître[8] va être content, d'ailleurs il ne devrait pas tarder.

– Normal, le secrétaire a transmis la convocation à toutes les loges du rite, cela incite les frères à nous visiter. Quant à Pierre, je ne l'ai pas encore vu. Il est toujours très ponctuel ou bien il passe un petit coup de fil pour nous prévenir de son retard. Je vais de nouveau essayer de le joindre, car on ouvre dans 10 minutes… « *Vous êtes bien*

8 Responsable d'une loge maçonnique

sûr le portable de Pierre Debrut, je ne suis pas disponible, mais...» Le frère raccrocha avant la fin de l'annonce.

– Je lui ai laissé un message tout à l'heure, mais je suis déjà tombé sur sa messagerie, il doit être en route.

– Je vais faire rentrer les derniers frères. Tu pourrais prendre le maillet en tant que Passé Maître[9]... ?

– Bien sûr, je vais vérifier que le candidat est bien installé dans la chambre de réflexion et je te rejoins tout de suite.

La cérémonie se déroula dans une ambiance chaleureuse. Le nouveau venu fut initié dans la plus pure tradition maçonnique. Il se souviendrait longtemps de cette soirée peu commune.

L'agape qui suivit regroupa l'ensemble des membres de la loge et quelques frères visiteurs au cours de laquelle on partagea un repas convivial. Lorsqu'à minuit symbolique la porte du Temple se referma, les deux officiers échangèrent une dernière fois.

– Et pour Pierre... ?

– Je le rappellerai demain.

9 Adjoint du Vénérable

Saint-Germain-en-Laye,
13 octobre 2018, 8 h

– Allô, Ekatérina ?

– Oui, répondit une voix féminine avec un léger accent slave.

– C'est Jérôme à l'appareil, désolé de te déranger. Pierre est-il chez vous ?

– Non. Il n'a pas passé la soirée à la loge ?

– Nous ne l'avons pas vu.

– C'est curieux, as-tu essayé sur son portable ?

– Oui, plusieurs fois, mais il ne répond pas. Je lui ai laissé un message…

– Il a peut-être changé ses plans ? Ce qui m'inquiète, c'est que nous avions rendez-vous chez son cardiologue ce matin.

– Oui c'est surprenant… Tiens-moi au courant s'il se manifeste, je souhaiterais lui parler de la cérémonie d'hier. Jérôme raccrocha.

Saint-Germain-en-Laye,
13 octobre 2018, 14 h 30

– Bonjour, gendarmerie de Saint-Germain-en-Laye, adjudant-chef Michel. Que puis-je faire pour vous ?

– Bonjour, je suis inquiète, car mon mari n'est pas rentré à notre domicile et il ne répond pas au téléphone. Je crains qu'il n'ait disparu.

– Depuis quand pensez-vous qu'il a disparu ?

– Depuis hier, je suppose ! Il devait partir pour deux jours et revenir très tôt ce matin, mais lorsque je me suis levée, j'ai vu qu'il n'était pas rentré et sa voiture n'est pas dans le garage.

– Quel était l'objet de son déplacement ?

– Il devait se rendre en province pour rencontrer un historien, à Lyon plus précisément. Le gendarme prenait des notes sur un petit calepin.

– Pouvez-vous retracer les deux journées de votre mari ?

– Mon époux est passionné d'histoire. Il a quitté la maison le 11 vers 8 heures pour se rendre à la Bibliothèque Mazarine dans le 6e arrondissement de Paris. Il a l'habitude de s'y rendre pour effectuer des recherches. Ensuite, il avait prévu de se déplacer à Lyon pour rencontrer un ami. Il m'a appelé vers 10 h 30 pour me dire qu'il avait terminé à la bibliothèque et qu'il partait pour Lyon.

– Avez-vous eu de ses nouvelles ensuite ?

– Oui, il a rappelé vers 15 h depuis une aire d'autoroute à l'entrée de Lyon, mais depuis…

– Vous a-t-il précisé le lieu de sa halte ?

– Non, il m'a juste dit qu'il avait fait bon voyage et qu'il allait reprendre la route.

– Vous m'avez dit qu'il devait rencontrer quelqu'un, connaissez-vous le nom de cette personne ?

– Oui, il s'appelle Damien Sénéchat.

– Qui est ce monsieur ?

– C'est un professeur d'histoire. Le gendarme fit une pause.

– Votre mari travaille-t-il ?

– Non, il a pris sa retraite il y a une dizaine d'années, mais il fait partie d'une association qui lui prend beaucoup de temps. Après une hésitation, elle poursuivit. Il est responsable d'une loge maçonnique située à Paris dans le 9e arrondissement.

Le gendarme n'insista pas, mais il lui posa la question qu'il gardait en réserve.

– Qu'est-ce qui vous fait penser que votre mari a disparu ? Il avait posé la question avec beaucoup de précautions. La plaignante mit un certain temps pour répondre, visiblement émue.

– Pierre devait présider hier soir à une tenue de loge et il n'aurait manqué cela pour rien au monde. Il avait prévu de se rendre directement à Paris depuis Lyon… Un des membres de l'association m'a appelé ce matin pour me dire qu'il ne s'y était pas rendu. Il ne répond pas à son portable depuis hier soir. Elle reprit son souffle. Ce matin à 11 h, il avait rendez-vous avec son cardiologue, car il doit se faire opérer prochainement. Nous étions censés y aller ensemble…

– Comment s'appelle votre mari ?

– Pierre Debrut.

Saint-Germain-en-Laye,
13 octobre 2018, 15 h

– Allô monsieur Damien Sénéchat ?

– Lui-même, à qui ai-je l'honneur ? La voix était grave, ferme et légèrement soupçonneuse.

– Je suis l'adjudant-chef Michel de la brigade de gendarmerie de Saint-Germain-en-Laye. Je voudrais vous poser quelques questions au sujet de monsieur Pierre Debrut. Le connaissez-vous ?

– Heu, oui. Pourquoi me posez-vous cette question ? Le ton restait méfiant. Le gendarme éluda.

– Comment le connaissez-vous ?

– Eh bien, nous nous sommes rencontrés il y a quelques mois dans le cadre de recherches à caractère historique.

– Pouvez-vous préciser ?

– Oui, Pierre m'avait contacté pour obtenir des informations sur un pan de l'histoire de France du milieu du Moyen Âge. Je suis enseignant en histoire et spécialiste de cette période, mais nous appartenons à la même association, lui à Paris et moi à Lyon.

– Je vois, dit l'adjudant-chef. Quand l'avez-vous vu pour la dernière fois ?

– C'était il y a deux semaines, il m'avait invité chez lui.

– Vous ne l'avez pas revu depuis ?

– Non, mais on devait se rencontrer hier dans l'après-midi et il n'est pas venu. C'est pour cela que vous m'appelez ?

Le gendarme ne répondit pas.

– Vous n'avez pas cherché à le joindre ?

– Si bien sûr, mais je suis tombé sur sa messagerie. J'ai pensé qu'il avait peut-être changé ses plans. La méfiance avait laissé place à l'inquiétude.

– Je vous remercie monsieur, il est possible que je reprenne contact avec vous. Michel raccrocha puis composa un nouveau numéro.

– Allô, monsieur le substitut ? C'est l'adjudant-chef Michel de la brigade de Saint-Germain-en-Laye à l'appareil. Il fit part au magistrat de l'affaire dont il avait été saisi.

– D'accord mon adjudant-chef, lui répondit-il, enregistrez la déposition de la plaignante et lancez la procédure de disparition inquiétante.

Chapitre VI

Institut Médico Légal
Lyon, 14 octobre 2018, 8 h

– Y'en a marre, c'est toujours moi qui m'y colle pendant que les autres font mu-muse devant l'ordi ! La Guêpe fulminait dans la voiture de service, car son chef l'avait envoyée assister à l'autopsie du macchabée à Édouard Herriot.

– Tu n'auras qu'à te mettre en retrait et laisser faire le Croque. T'es pas obligée d'être collée à ses basques… Avait-il précisé devant sa mine déconfite.

– Ouais, je peux aussi me bourrer le pif de vaseline ou m'coller une poche plastique sur la tronche, bougonna-t-elle… Il lui fit un petit clin d'œil qui la désarma. Elle disparut dans la foulée.

– Je m'suis encore fait avoir sur ce coup-là ! dit-elle tout haut dans sa voiture.

La capitaine Dejour était une collègue précieuse pour le commissaire principal Dessert. Elle était un tantinet râleuse, mais faisait toujours le job et même plus. Ancienne sportive de haut niveau, le chef de la crim' l'avait repérée lors d'une compétition de boxe de la Fédération sportive de la Police nationale. Il avait apprécié sa ténacité, son engagement et sa capacité à ne jamais rien lâcher. Son ancien patron — que Dessert connaissait et avait convaincu de la laisser partir de son service — disait d'elle « *elle est capable de poursuivre un lascar jusque dans ses chiottes s'il le faut* »… Son surnom de la Guêpe lui allait bien.

Un peu garçon manqué, il fallait parfois canaliser son énergie, ce qui lui valait d'être souvent associée au commandant fonctionnel Schmidt, réputé pour son calme olympien. Le binôme fonctionnait parfaitement.

– Encore toi Annabelle ! s'exclama Carlos en la voyant arriver à l'institut. Il partit d'un petit rire.

– Sans commentaire.

– Râle pas, ça me fait plaisir de te voir et puis, un peu de bricolage ne nous fera pas de mal…

En langage de légiste, ça voulait dire qu'il allait autopsier.

– Suis-moi au sous-sol, je l'ai mis au frais en attendant. J'ai demandé qu'un assistant nous accompagne, ça te pose un problème ?

– Non.

Normalement, un OPJ[10] assiste physiquement à l'autopsie d'un cadavre, question de légalité, mais la plupart du temps, Éric Dessert laissait le médecin agir à sa guise. Il avait une grande confiance en lui. Les règles de procédures n'étaient pas ce qu'il affectionnait le plus — au grand désespoir du Contrôleur général Paffin qui, lui, ne savait rien faire sans son code de procédure pénale à la main — mais parfois cela permettait de gagner un temps précieux dans les enquêtes. Le principal était cependant suffisamment prudent pour ne jamais franchir la ligne rouge. Cette fois-ci, il avait besoin des résultats immédiatement.

Le Croque, la Guêpe et l'assistant arrivèrent dans un lieu sans fenêtre, d'une propreté irréprochable.

10 Officier de Police Judiciciaire

On aurait pu se croire dans une salle d'opération chirurgicale classique, mais la blancheur des néons, l'absence de mobilier — en dehors des chariots en inox rangés ici ou là —, l'ambiance austère et la forte odeur de nettoyant ménager ne pouvaient tromper le visiteur. On devinait également une autre odeur que ne parvenait pas à couvrir le désinfectant… Le légiste tira sur un tiroir roulant en acier qui laissa apparaître une forme sous un drap blanc.

– Voilà notre homme ! Le linge fut retiré.

Cette forme blanchâtre, totalement démembrée, aurait indisposé n'importe quel individu, mais les trois professionnels ne cillèrent pas. Le spectacle avait cependant de quoi surprendre, car les membres amputés avaient été alignés le long du corps.

Le Croque se munit de gants chirurgicaux, protégea son visage à l'aide d'un masque et d'une paire de lunettes et dégaina un scalpel dans un geste théâtral. Les choses sérieuses allaient commencer…

Une incision précise en « Y » fut réalisée, partant du nombril et remontant jusqu'au sternum, se séparant ensuite en deux plus petites sous les pectoraux. Les pinces, sécateurs et autres instruments entrèrent en action sous l'œil circonspect de l'enquêtrice. Les viscères furent prélevés, pesés et stockés. Des examens plus précis furent également réalisés sur le corps et les membres, l'opération dura plusieurs heures.

La boîte crânienne subit-elle aussi une petite visite du médecin légiste : deux lobes sanguinolents reposaient sur un présentoir en inox. Pendant ce temps, l'assistant était sorti puis revenu en de nombreuses reprises pour effectuer les indispensables analyses. Ses résultats reposaient sur une petite tablette adjacente.

Carlos Gonela retira enfin son équipement et se dirigea vers son bureau. Il prit le temps de consulter les notes de l'assistant et revint vers la dépouille pour effectuer quelques vérifications d'usage. La capitaine Dejour l'observait sans broncher. Il se tourna subitement vers elle.

– Tu veux une bière ?

– Ça va pas, non ?

– Tout ça m'a donné soif, pas toi ?

– Pff ! souffla-t-elle en secouant la tête.

– Moi, j'en veux bien une, répondit l'assistant.

– On va trinquer ensemble alors, dit-il jovial.

Elle le vit se déplacer vers les tiroirs en inox qui étaient censés renfermer les dépouilles. Il en ouvrit un…

– Ah ! Celui-là est occupé, dit-il.

Il retenta sa chance en ouvrant un second tiroir.

– Et bien, voilà ! il me semblait bien avoir planqué quelques canettes au frais ! Ils décapsulèrent leur bière sous l'air attristé de l'enquêtrice.

Lorsqu'il avait terminé un travail, le légiste était d'une décontraction et d'une nonchalance qui tranchaient avec son professionnalisme habituel et qui pouvaient être déconcertantes lorsqu'on ne le connaissait pas. Cependant, même en le sachant, cette façon de faire — venant d'un médecin — n'était pas banale.

– Par où veux-tu commencer ? demanda-t-il après avoir consulté quelques feuillets.

– De quoi est-il mort ? interrogea la capitaine sans quitter le corps du regard.

– Il est mort asphyxié. Le tueur s'est probablement servi d'un sac en plastique qu'il a placé sur la tête ; j'ai retrouvé des résidus de polyéthylène au niveau des traces de strangulation que tu vois là sur le cou.

– Tu as pourtant dit à Dessert qu'il avait été torturé avant de mourir.

– Ce n'est pas incompatible. J'ai découvert qu'il avait inhalé du tri chlorométhane…

– Du quoi ?

– Du chloroforme si tu préfères… Le tueur l'a certainement endormi pour pouvoir mieux l'immobiliser. C'est ensuite qu'il l'a torturé. Je suppose qu'il devait être totalement immobilisé pour cela…

– Torturé comment ?

– On l'a d'abord frappé au visage avec un objet dur, un poing américain vraisemblablement. Le légiste accompagna son commentaire par des gestes adéquats. Ensuite, son tortionnaire lui a arraché les ongles des doigts un par un, sans ménagement je peux te l'assurer. Regarde cet index, la cuticule et l'éponychum ont disparu. L'épiderme est absent sur toute la surface de la matrice de ce doigt. C'est assez barbare comme procédé.

La Guêpe suivait les explications et prenait des notes.

– Combien lui en reste-t-il ?

– Aucun sur cette main comme tu peux le voir. Il ne s'est pas attaqué aux ongles des pieds. Il a peut-être manqué de temps, dit-il nonchalamment comme s'il s'était agi d'une manucure.

– Et les trous dans son dos ?

– Ton collègue Phil y voit un dessin en forme d'étoile… Pour ma part, je peux te dire qu'ils ont été faits à l'aide d'un objet pointu d'environ 1,5 cm de diamètre, mais irrégulier et chauffé à blanc. J'ai récupéré des paillettes de métal dans une des plaies qui sont en cours d'analyse. Le pauvre type a enduré le martyre. La Guêpe encaissa l'information avec un certain malaise. La pièce devint soudain plus froide qu'elle ne l'était déjà.

– L'heure de la mort, demanda-t-elle enfin ?

– Le 12 en fin de journée, mais ce n'est qu'une supposition. Vous en saurez plus en lisant mon rapport.

– Y a-t-il autre chose ?

– Le bol alimentaire. Ton gars a pris un repas normal en début d'après-midi. J'ai retrouvé des restes de pizza et…

– Je te crois sur parole et ce n'est pas « mon gars », la coupa l'enquêtrice un peu exaspérée par le ton goguenard du légiste. Et les membres amputés, tu as une idée du procédé employé ?

– Oui. Les membres ont bien été coupés avec un gros couteau de boucher et cautérisés avec une plaque de métal, elle aussi chauffée à blanc. Les hémorragies ont été stoppées net ! Ce n’est pas du grand art, mais c’est efficace.

« *Pas si con le Phil* », pensa-t-elle.

– Inutile de m’interroger sur la mise en scène, ce n’est pas mon boulot, mais je peux quand même m’avancer en disant que le tueur est un type costaud et qu’il était déterminé à le faire parler si c’était son intention. Je n’ai pas souvent rencontré une telle sauvagerie. Ça change un peu des petits meurtres routiniers, qu’en penses-tu ?

– Décidément, on n’a pas le même humour, lui dit-elle.

Chapitre VII

L'enquête

Lyon, 14 octobre 2018, 11 h 45

– Éric, on a quelque chose ! Le commandant Schmidt venait de rentrer dans le bureau de son supérieur suivi de près par Phil.

– OK, asseyez-vous.

Ils restèrent debout.

– J'ai fait le tour des disparitions inquiétantes sur tout le territoire depuis ces dernières 24 heures : il y en a 152. Après recoupement, j'en ai sélectionné 24…

– C'est bon Phil, envoie l'info, coupa Dessert.

– Il y a deux profils qui ressortent : un type de 45 ans d'un mètre soixante-dix et un deuxième de 62 ans un peu plus grand et de forte corpulence.

– Le second, il a disparu où ?

– À Lyon, avant-hier.

Le patron se recula sur sa chaise. Le commandant prit le relais.

– On s'est renseigné, le type a été déclaré disparu le 13 en début d'après-midi, il s'appelle Pierre Debrut. C'est la gendarmerie de Saint-Germain-en-Laye qui a lancé la procédure. J'ai appelé pour en savoir plus, mais le gendarme refuse de me communiquer les infos par téléphone ; ordre du substitut.

Ils regardèrent leur chef dans l'attente de sa réaction…

– Je vais appeler le proc[11], il nous faut des éléments sur ce type si c'est bien celui que nous recherchons. Les deux collègues approuvèrent.

La Souris fit son entrée alors que le principal était en communication avec le parquet.

– …. Oui Antoine, j'ai absolument besoin d'avoir ces éléments. Je te remercie et j'appelle le juge Lambert dès que j'en saurai plus. Il raccrocha.

Marlène attendait patiemment, un dossier sous le bras, toujours aussi élégante. Son visage affichait un large sourire.

– Marlène… ?

– J'ai trouvé pour l'étoile, dit-elle simplement.

– On t'écoute…

– Il s'agit bien de l'étoile des francs-maçons. C'était une de mes hypothèses.

Elle consulta ses notes.

– La franc-maçonnerie l'utilise pour indiquer à ses membres qu'ils doivent se tourner — symboliquement — vers le créateur afin d'être à même de pratiquer la justice et la vérité, plus précisément lorsqu'ils deviennent « compagnon maçon ». L'étoile s'inscrit dans un pentagramme qui lui-même s'inscrit dans un cercle. Elle se construit à l'aide d'une règle et d'un compas. Pour la dessiner, il suffit de tracer une droite et d'y placer trois points dans des rapports de 3 et 5. Ensuite on trace deux cercles de même rayon

11 Abréviation pour Procureur de la République

depuis deux des points. L'intersection entre la droite et l'un des cercles donne le sommet du pentagramme puis…

– Stop, Marlène, ton truc c'est du charabia. Y'a pas d'autres explications possibles ? demanda Dessert perplexe.

– Non, à cause de la lettre « G » ! Seuls les francs-maçons utilisent ces deux symboles couplés. Ils considèrent que le « G », placé au centre de l'étoile, est l'initiale du mot Géométrie ; science qui a pour application la propriété des nombres aux dimensions des corps. Mais elle fait aussi référence à la Gnose, c'est-à-dire la connaissance sacrée. Dieu, si vous préférez…

– Donc si je comprends bien, on a tracé sur le sol de la basilique une étoile maçonnique qu'on retrouve en miniature sur le dos du mort ?

Le patron ôta ses lunettes et fit la grimace. Les deux autres se regardaient avec des yeux grands ouverts.

La Souris ménagea son effet et reprit.

– Il y a aussi les chiffres ! Trois et cinq. Toutefois, pour les francs-maçons, ce ne sont pas des chiffres, mais des nombres. On les retrouve dans la construction de l'étoile comme je viens de vous l'expliquer. C'est d'ailleurs le « 3 » qui m'a interpellé en regardant les photos prises dans la basilique. Regardez, les membres amputés sont au nombre de trois et placés dans trois endroits distincts. D'après ce que j'ai lu, ils sont à l'orient, au midi et au septentrion, ce que j'ai pu vérifier.

– Tu veux dire que toute cette mise en scène a à voir avec la franc-maçonnerie ? s'exclama le commandant.

– Absolument. Carlos a parlé d'une sorte d'équerre formée par le bras gauche, ça pourrait être en rapport avec le responsable de la loge. Elle leur présenta un document illustré.

– Comme vous le voyez sur cette photo, le Vénérable Maître porte en effet une sorte d'écharpe pourvue d'une équerre lorsqu'il officie en loge. J'ai aussi découvert que les tatouages — le labyrinthe et le damier — sont des symboles bien connus des francs-maçons.

– Il me semblait bien avoir vu cela quelque part… Ça voudrait dire que notre victime est initiée ! Le commissaire se frotta le menton et fit la moue.

– Et pour les deux jambes ? interrogea Phil.

– Je ne sais pas encore, mais je vais fouiller, lui répondit Marlène qui repartit aussitôt satisfaite de sa découverte.

Les notes d'autopsie que la Guêpe avait ramenées de sa visite à l'IML furent ressorties. Les trois enquêteurs s'y penchèrent ensemble et après une lecture rapide, le commissaire expliqua :

– Si les deux informations sont mises en parallèle, cela indique que le tueur a eu recours à une sorte de rituel maçonnique pour torturer, mutiler et assassiner sa victime en ayant connaissance de son appartenance à une obédience maçonnique. Cette affaire commençait à s'épaissir… !

Gus se précipita à son tour dans le bureau bousculant presque ses deux collègues.

– Patron, j'ai des infos sur la fourgonnette. Il prit à peine le temps de respirer. C'est bien une voiture de location que le tueur a utilisée, mais elle a été volée à un loueur de la région parisienne. Je reconnais que j'ai eu un coup de chance... C'est un Peugeot Partner immatriculé PS — 714 — SY qui appartient à la société LERAT, rue des poissonniers dans le 18e. Le Directeur a signalé le vol le 11 dans la matinée.

– Joli coup ! Dessert attendait la suite...

– J'ai appelé mon beau-frère qui travaille dans un garage à Paris et il m'a dit que très peu de loueurs proposent des petits utilitaires banalisés. Il m'a donné la liste et j'ai fini par trouver...

– Et t'en es sûr ?

– C'est le même type de véhicule qu'on voit sur la caméra à Fourvière et les gars de la PTS m'ont dit que les empreintes du moulage pourraient correspondre aux pneus d'une fourgonnette.

– Bon on avance. Dessert se frotta les mains et réfléchit quelques secondes.

Le téléphone se mit à sonner.

– PJ Lyon, Éric Dessert.

– ....

– Merci, Antoine, on s'en occupe. Il raccrocha.

– C'est réglé avec les gendarmes des Yvelines, on aura les infos. Le juge Lambert va nous délivrer une commission rogatoire pour Paris. Thierry, tu t'occupes de ça avec la Guêpe.

Ça commençait à s'agiter au dernier étage du 40 avenue Marius Berliet.

– Gus, récupère-moi ces moulages et vérifie si ça correspond. Fais-moi aussi partir un télégramme national pour rechercher le véhicule volé. Et toi Phil, retourne voir Marlène et tâchez de comprendre à quoi riment tous ces symboles… Le bureau se vida d'une traite.

Le patron se retrouva seul pour digérer toutes les informations que ses enquêteurs avaient glanées.

« Ce cinglé voulait extorquer quelque chose à sa victime par la force, mais quoi ? Et pourquoi se donner tant de mal avec cette ostentation et prendre tous ces risques ? À moins qu'il ne cherche à brouiller les pistes… ? »

Lyon, 14 octobre 2018, 16 h

– Carlos ? T'as rédigé ton rapport ?

– Bonjour Éric ! Merci, moi ça va et toi ?

– Fais pas chier toubib…

– Eh oui, je l'ai sous les yeux. Il attendit la suite pour faire traîner exprès.

– Je t'écoute.

– La Guêpe a dû te dire qu'il est mort asphyxié, c'est confirmé.

– Quelle heure ?

– 18 h, je suis formel.

– Sac plastique ?

– Oui, une poche de supermarché. Rien de plus banal.

– Des traces d'ADN ?

– Aucune comme je le pressentais. Le type a voulu effacer toute trace le reliant au meurtre.

– Tu oublies la mise en scène macabre !

– Non, je ne l'oublie pas. Simplement, ce n'est pas mon job. C'est à vous de faire les déductions, je ne suis pas flic… Dessert n'insista pas.

– Les tortures, tu confirmes que c'est pas un travail de spécialiste ?

– Oui effectivement et je n'aurais pas voulu être à la place de la victime. Le tueur n'est certes pas un spécialiste au sens médical du terme, mais il a quand même fait preuve de méthode et doit posséder un certain aplomb pour faire ce qu'il a fait. Cherche du côté des types pas clairs et endurcis, genre anciens militaires nostalgiques ou mercenaires. Pour les ongles…

– Je suis au courant pour les ongles. Et l'étoile dans le dos ?

– Les résidus trouvés dans les plaies sont des particules de métal : acier pour être précis. Je peux pas te dire si c'est avant ou après la manucure, mais ça a été fait avec un objet pointu de gros diamètre.

– C'est-à-dire ?

– Une cheville de maçon ou un burin. Je ne peux pas être plus précis, car les chaires ont été chauffées à blanc. Un vrai barbecue !

Le légiste ne pouvait pas s'empêcher de glisser ce genre d'humour noir dans ses commentaires, mais le flic avait l'habitude et il s'en fichait. Seul le résultat importait.

– Avant que tu me poses la question, je pense qu'il est tombé inconscient pendant ce traitement.

– M'étonne pas. Qui peut résister à ça ?

Il respira un grand coup.

– Il n'y a que deux explications possibles : soit il s'agit d'une vengeance, soit on a voulu le faire parler.

– À mon avis, si la victime avait quelque chose à dire, avec ce traitement, elle a craché le morceau ! expliqua le légiste.

– On verra le mobile plus tard, coupa Dessert. Et l'amputation des membres, tu avais parlé d'un gros couteau.

– C'est le plus probable : hachoir ou feuille de boucher. Il faut tout de même beaucoup de force pour trancher un membre. Et là, je ne te parle pas de désosser un canard, il s'agit de sectionner un fémur.

– Donc, on a affaire à un boucher !

– J'aime bien ton humour, mais non, plutôt un type costaud et au cœur bien accroché. J'ajoute qu'il lui a fallu trouver un espace adéquat, car il devait y avoir du sang partout. Cherche un bâtiment désaffecté, un ancien abattoir, un squat abandonné, quelque chose comme ça.

Dessert se représentait parfaitement le tableau : une scène digne d'un film d'horreur.

Le Croque enchaîna.

– Je t'ai déjà dit qu'il avait cautérisé les plaies. Il s'est certainement servi d'un chalumeau et d'une plaque d'acier pour ça. Il a tranché puis cautérisé, puis de nouveau tranché et cautérisé, etc. Ensuite, il a tout nettoyé à l'eau de javel : aucune trace donc !

– Pu… ! C'est qui ce type et qu'est-ce qu'il veut ?

– Un original en quête de sensations fortes ? risqua Carlos un brin provocateur.

– J'attends ton rapport.

Saint-Germain-en-Laye,
15 octobre 2018, 7 h 30

– Roule moins vite Annabelle, tu me fous la gerbe !

– T'es qu'une petite frappe, je me traîne là.

– Tu pourrais au moins mettre ton clignotant quand tu tournes et t'arrêter aux stops, non ?

– L'enquête Thierry, tu oublies qu'on a un rencard chez les *cruchots* !

– C'est pas une raison, lève le pied…

La voiture de service se faufilait dans la circulation à une allure soutenue, un peu trop au goût du commandant Schmidt, mais Annabelle n'en faisait qu'à sa tête comme d'habitude. Nanterre, Rueil, Le Vésinet, les communes défilaient, ils y étaient presque.

Marcel Lambert, désigné par le Procureur comme juge d'instruction dans cette affaire, avait délivré une commission rogatoire au patron de la crim' lyonnaise. Son équipe pouvait ainsi se déplacer sur tout le territoire national dans le cadre de leurs recherches et rendre compte directement au magistrat de leurs investigations. C'était une procédure courante en cas de meurtre qui donnait aux enquêteurs des pouvoirs importants. Perquisitions, saisies, recueil d'informations, comparaison des données, audition des proches, ils avaient presque carte blanche.

– Thierry, si c'est notre homme, tu seras chargé de l'audition de la veuve. *Soft* l'audition, inutile de rentrer dans les détails. Parle-lui des tatouages, mais ne lui montre aucune photo, avait précisé Dessert.

– OK, c'est noté !

*

– Bonjour commandant, capitaine, je suis l'adjudant-chef Michel, commandant de la brigade. Monsieur le substitut m'a prévenu de votre arrivée. Les deux officiers le saluèrent.

Le gendarme exposa la situation générale à ses deux visiteurs. Il avait reçu l'ordre de sa hiérarchie de collaborer étroitement avec les représentants de la police qui lui rendraient visite. On lui avait donné peu de détail sur l'enquête en cours, mais il avait compris qu'il s'agissait d'une affaire sérieuse et en bon militaire, il n'avait pas posé de questions.

– Mon adjudant-chef, demanda le commandant, la femme du disparu vous a-t-elle donné des détails sur la disparition de son mari ?

– Oui, elle a précisé qu'elle n'avait plus de ses nouvelles depuis le 12 vers 15 h. Il l'a appelée avec son portable depuis une aire d'autoroute de la banlieue lyonnaise et ensuite, plus rien.

– Vous m'avez dit qu'il se rendait à Lyon pour rencontrer quelqu'un ?

– Absolument, pour une histoire de recherche historique si j'ai bien compris. J'ai appelé cette personne — un certain Damien Sénéchat — qui m'a confirmé que Pierre Debrut n'est pas venu au rendez-vous. Avec les explications de sa femme, c'est ce qui m'a incité à signaler sa disparition.

– Parlons de sa physionomie…

– Madame Debrut m'a dit que son mari est assez grand, brun aux yeux marron et corpulent. Attendez, je regarde mes notes… C'est cela, 1m82 pour 95 kg.

– Rien d'autre ?

– Si, elle m'a expliqué que son mari était porteur de tatouages — un sous chacune de ses aisselles — elle a aussi précisé qu'il est franc-maçon.

– Regardez ces photos, ça pourrait correspondre ?

– Oui, les deux dessins, c'est exactement ça ! Les deux policiers opinèrent.

– Vous pensez que c'est lui ? demanda le gendarme.

– On ne peut rien vous dire…

Schmidt et Dejour regagnèrent leur voiture et échangèrent pendant quelques minutes.

– Allô Éric ? On pense que c'est lui. Le disparu est franc mac' et le gendarme a confirmé pour les tatouages, ça peut pas être une coïncidence, tout correspond.

– D'accord, j'informe le Juge. J'aurais bien aimé attendre les résultats du prélèvement d'ADN, mais on n'a pas le temps. Il vous a dit ce que le type était venu faire à Lyon ?

– Oui, d'après sa femme, il avait rendez-vous avec un historien. Je t'envoie ses coordonnées par SMS.

– Bon, voilà ce que vous allez faire : vous filez tous les deux chez la veuve. Allez-y doucement, ça risque d'être un choc pour elle, mais on peut pas lui annoncer ça par téléphone. Prenez un max de renseignements ; je veux aussi savoir pourquoi le tueur s'est intéressé à ce type et essayez de creuser autour de ces fameuses recherches. Ensuite, le garage du 18e. Tâchez de voir si le voleur a été filmé. De mon côté, je m'occupe du contact lyonnais. À plus.

Saint-Germain-en-Laye,
15 octobre 2018, 9 h

Il s'était remis à pleuvoir. Le temps était gris, les nuages étaient bas et la chaussée détrempée. Annabelle n'était plus vraiment pressée d'arriver à destination, elle avait « levé le pied »…

– Le GPS indique qu'on y sera dans 15 minutes, je crois que c'est dans les beaux quartiers !

– Je ne connais pas l'ouest de Paris, mais nous n'avons pas le temps de flâner de toute façon…

Le commandant Schmidt était sombre. Certes, leur enquête progressait, mais il ne s'était jamais habitué à annoncer un décès dans une famille malgré ses vingt-cinq ans de carrière. Il redoutait ce moment.

*

Les deux flics étaient installés dans un salon chaleureux d'une demeure imposante du quartier de l'hôtel de ville de Saint-Germain-en-Laye depuis un quart d'heure. La Guêpe avait fait le job.

Il s'agissait d'une maison ancienne rénovée avec goût. Devant la bâtisse, un parc arboré invitait à la flânerie. On pouvait déambuler dans les allées bordées d'arbres d'essences originales — magnolias, catalpas, liquidambars — tandis que les pelouses foisonnaient de plantes multiples et variées où les insectes se disputaient les plus odorantes. L'endroit était apaisant.

Une théière fumante, posée sur une petite table de style retour d'Égypte, venait d'être apportée.

Recroquevillée dans un fauteuil, le regard vide, Ekatérina Debrut attendait les questions qu'on allait certainement lui poser. Elle avait confirmé pour les tatouages…

– Madame, la gendarmerie nous a expliqué que votre mari avait rendez-vous avec un correspondant à Lyon ? Cette rencontre était-elle prévue et de quoi étaient-ils censés parler ?

– D'histoire, je présume. Pierre était historien amateur. Cette passion lui est venue lorsqu'il est entré en franc-maçonnerie il y a trente ans. Il se passionnait pour le Moyen Âge et oui, cette rencontre était prévue…

– Vous parlait-il de ses recherches ?

– Non, pas vraiment. Je sais seulement qu'il avait découvert quelque chose d'important il y a quelques mois… Il s'agissait peut-être d'un livre ?

– Et son confrère ?

– Damien Sénéchat est professionnel. Il aidait mon mari dans ses recherches — recueillir des renseignements, savoir où chercher, ce genre de choses — ils étaient devenus amis. Il pourra sans doute vous en dire plus.

– Où se sont-ils rencontrés ?

– Lors d'un congrès de leur obédience, il y a plusieurs années.

– Savez-vous s'il prenait des notes sur ses recherches ?

La veuve ne répondit pas, elle se leva difficilement et se dirigea vers le fond du salon. Elle bascula un tableau qui représentait une femme portant une ombrelle et accompagnée d'un enfant au milieu d'un champ de coquelicots. Elle ouvrit un petit coffre et extirpa un carnet qu'elle tendit au commandant Schmidt.

– Je ne sais pas exactement ce qu'il contient, mais il y transcrivait des notes. Il possédait aussi un dossier regroupant le résultat de toutes ses recherches qu'il emportait parfois avec lui.

– Avez-vous ce dossier chez vous ?

– Non, je suppose qu'il l'avait emmené.

– Vous nous avez dit que votre mari ne vous parlait pas de ses recherches, mais avez-vous tout de même une idée du domaine sur lequel il travaillait ?

– Eh bien, il me semble qu'il s'agissait de l'histoire des origines de la franc-maçonnerie. Pierre recherchait des documents anciens qui auraient attesté de cette période. Il y a quelques semaines, il est rentré tard en expliquant qu'il avait fait « une découverte incroyable », ce sont ses mots. Il semblait bouleversé.

– Il ne vous a rien dit de plus ?

– Non, je suis désolé…

– Si vous retrouvez le dossier, faites-nous-en part s'il vous plaît ! Autre chose, avez-vous une idée sur une personne qui aurait pu lui vouloir du mal ?

– … non… non, je ne vois vraiment pas.

La discussion se poursuivit quelques minutes durant lesquelles les deux enquêteurs se firent préciser quelques informations nécessaires à l'enquête puis ils repartirent.

Paris 18e, 15 octobre 2018, 11 h 30

– Pourquoi qu'j'vous laisserais entrer ? Z'êtes qui d'abord ?

– Commandant fonctionnel Thierry Schmidt et voici ma collègue le lieutenant Dejour de la police nationale.

– Z'avez un mandat au moins ?

– Monsieur, nous sommes de la police criminelle et nous agissons sur commission rogatoire du Juge Lambert. Les mandats, c'est dans les séries américaines… La Guêpe écarquilla les yeux en présentant sa plaque d'officier.

– Bon bon, faut pas s'fâcher et pis, on sait jamais sur qui on tombe. On est dans l'dix-huitième là !

Le responsable de l'agence de location Lerat précéda les deux enquêteurs dans son bureau. C'était un petit espace miteux et sombre dans lequel la paperasse s'entassait un peu partout et qui n'incitait pas les clients potentiels à conclure une affaire. Il s'affala sur son siège éculé et les dévisagea l'un après l'autre de ses yeux de merlan frit qui semblaient dire « c'est pas moi, je le jure »…

Un rapide coup d'œil alentour permettait de se faire une idée de l'environnement peu banal de ce lieu. L'agence elle-même n'était pas une succursale moderne, ayant pignon sur rue. A priori, rien ne laissait deviner qu'il s'agissait d'un loueur de voitures. Des carcasses de moteurs étaient entreposées çà et là au milieu des tôles froissées et des outils de mécano qui faisaient plus penser à un garage de réparation automobile, la crasse en plus. On entendait quelque part au fond de cet espace, mais sans rien distinguer, une disqueuse électrique et le son du métal que l'on déchiquette.

– Nous sommes venus pour faire le point sur le vol de votre fourgonnette. Il s'agit bien d'un véhicule de votre parc de location ? interrogea le commandant Schmidt.

– Ben ouais…

– Que pouvez-vous nous dire sur les circonstances du vol ?

– Ben, pas grand-chose…

– Dites toujours ? Le type commençait à lui taper sur les nerfs avec ses expressions vagues et son air de chien battu.

– On s'est fait taxer l'Peugeot y'a quatre jours, dans la nuit.

– C'est vous qui avez découvert le vol ?

– Ben non, c'est Jojo. J'arrive jamais avant onze heures l'matin. J'ai déjà tout dit à vos collègues qui sont v'nus l'aut' jour…

– Il est où ce Jojo ?

Leur interlocuteur se tourna de trois quarts sur son siège en direction de ce qui ressemblait à un atelier.

– Hé ! Jojo ! Rapplique, y'a les keufs qui veulent te voir.

Le type qui déboula dans le bureau était affreusement sale. Porteur d'un bleu de travail — on aurait pu dire un « noir de travail » —, il était petit, presque chauve et pinçait entre ses lèvres un mégot éteint qui resta collé à la lèvre inférieure quand il ouvrit la bouche.

– Bonjour monsieur !

– … lut !

– C'est vous qui avez constaté la disparition du véhicule ?

– Mouaaais.

Les deux collègues se demandèrent l'espace d'un instant si cette discussion allait aboutir à quelque chose de sérieux.

– Comment avez-vous découvert le vol et à quelle heure ?

La question du commandant était pourtant simple, mais il avait l'impression que son interlocuteur faisait un effort de compréhension.

– À 7 h. Y'avait un trou dans le grillage. J'me suis dit « *Jojo, c'est pas normal* ». Comme on a qu'trois véhicules et qui sont pas loués, j'ai tout'suite vu qui manquait l'Peugeot.

– De quel grillage parlez-vous ?

Le patron répondit à sa place.

– Les véhicules y sont entreposés dans la cour derrière l'garage. Ça donne sur une p'tite rue. Y'a un grillage qui ferme la cour.

Le commandant commençait à perdre patience et la Guêpe était prête à piquer. Cet échange ne menait à rien et il fallait en finir. Ils se doutaient bien que cette affaire commerciale n'était pas claire, mais ils n'étaient pas là pour enquêter sur un éventuel trafic et n'avaient de toute façon pas le temps de fouiller, la procédure des collègues du 18e suffirait.

Schmidt demanda à tout hasard.

– Vous avez un système de vidéo surveillance ?

Les deux gars se regardèrent dubitatifs.

– Des caméras, vous en avez ou pas ?

– Ben non. Mais j'crois qu'la banque d'à côté en a une qui donne derrière…

Les officiers n'apprirent rien d'important sur la procédure envoyée par le commissariat du

18e en pièce jointe par SMS, mais l'OPJ joint par téléphone avait expliqué qu'un contrôle de l'entreprise Lerat était prévu dans les jours à venir. Ils ne furent pas étonnés.

La vidéo surveillance de la banque avait par contre filmé quelque chose. Elle était orientée vers l'arrière de la succursale, face à une porte en fer, mais on devinait en coin une partie d'un grillage de deux mètres de haut, accessible depuis une petite ruelle sombre en cul-de-sac.

Après une heure de décryptage des bandes vidéo, les deux enquêteurs purent voir un individu entrer dans le champ de la caméra. Il se posta prêt du grillage puis regarda plusieurs fois à gauche et à droite dans la ruelle avant de fouiller dans son sac à dos pour y extirper un outil. Il n'avait sans doute pas remarqué la caméra située en hauteur à l'angle du bâtiment et masquée par une gouttière. Il entreprit alors de découper la clôture de bas en haut et la fit pivoter pour élargir le trou ainsi formé.

Cinq minutes plus tard, le voleur ressortait au volant d'une fourgonnette noire, tous feux éteints, et disparaissait dans la nuit. La bande vidéo indiquait 2 h 30.

Chapitre VIII

Bibliothèque Mazarine
Paris 6e, 12 avril 2018, 10 h 30

– Bonjour, monsieur Debrut.

– Bonjour, monsieur Bordais.

– Toujours aussi ponctuel, n'est-ce pas ?

– Oui, absolument. L'histoire n'attend pas…

– Je pense que votre place au fond de la grande salle est disponible, il n'y a pas grand monde ce matin.

– Je vous remercie vivement.

– J'ai trouvé le livre que vous m'aviez demandé, intervint alors le conservateur avec un brin de malice dans la voix.

– Formidable ! Comment avez-vous fait ?

– J'ai fait jouer mes connaissances, à la bibliothèque du congrès à Washington et à l'académie des sciences de Saint-Pétersbourg… Mes confrères ont pu me mettre en relation avec un collectionneur privé. Vous pouvez disposer du manuscrit pendant une semaine, mais il ne doit pas sortir de la bibliothèque. Soyez extrêmement précautionneux, il s'agit sans doute du dernier exemplaire connu…

– Parfait, je vais en prendre soin.

Pierre Debrut s'installa à sa table habituelle, de laquelle on pouvait voir la Seine et le pont des Arts, passerelle menant directement à l'entrée de la cour carrée du Louvre après avoir traversé le quai François Mitterrand.

La bibliothèque Mazarine dans laquelle il se trouvait siégeait à l'Institut de France, 23 quai de Conti dans le 6e arrondissement de Paris. Lorsqu'au XXVIIe siècle, Mazarin confia à Gabriel Naudé — bibliothécaire et écrivain — la lourde tâche de constituer une bibliothèque au cœur de Paris, ce dernier put s'appuyer sur la collection privée du Cardinal, riche de plusieurs milliers d'ouvrages et la fit fructifier par la suite grâce à de précieuses acquisitions ainsi qu'une prospection dans toute l'Europe. Avec ses 40 000 volumes, il s'agissait à l'époque de la plus grande bibliothèque du vieux continent.

La bâtisse, construite en arc de cercle, était majestueuse avec sa grande coupole en arrière-plan et ses six colonnes soutenant le porche central. À l'intérieur, l'aménagement soigné des étagères, les lustres monumentaux, les bustes d'empereurs romains et de personnages illustres, les dorures et les boiseries conféraient à la bibliothèque Mazarine une certaine solennité.

Pierre Debrut était amoureux de ce lieu, de son histoire et de tout ce qui s'y trouvait. Il était devenu au fil du temps un visiteur régulier et un lecteur passionné. Lorsqu'il se plongeait dans la lecture de vieux ouvrages, il avait l'impression de remonter le temps et d'être un acteur d'une pièce de théâtre écrite des siècles auparavant.

Cet engouement pour l'histoire de France et plus particulièrement pour la période allant du Moyen Âge central au Moyen Âge tardif, lui était venu quelques années après son initiation en franc-maçonnerie. Au début, on lui avait conseillé de lire des ouvrages généraux pour compléter son apprentissage; ouvrages traitants de symbolisme, de philosophie et d'hermétisme, domaines pour lesquels il n'était pas familier, mais qui l'incitèrent à poursuivre sa quête de connaissance.

Il avait en effet eu accès à des livres qui le ramenaient sans cesse aux métiers du bâtiment, aux savoirs ésotériques et aux transmissions secrètes à travers les âges. Il y était question de la construction du Temple de Salomon, de la recherche de la vérité, d'élévation spirituelle et du perfectionnement de soi…

Mais ce n'était pas tout. L'ordre dans lequel il venait d'entrer, en plus d'être très codifié, remontait à une période très ancienne. Les traces écrites demeuraient suffisamment rares et floues sur son origine. S'il était largement admis que la franc-maçonnerie moderne, celle de Pierre Debrut, s'était forgée au début du XXVIIe siècle en Angleterre au sein de la haute société britannique, le véritable fondement de son existence était beaucoup plus vieux et trouvait probablement son origine au sein des corporations des métiers du Moyen Âge, guildes ou bâtisseurs de cathédrales… Pierre Debrut en était convaincu, mais il ne trouvait rien de probant dans la littérature classique, ni dans aucun écrit, quel qu'il soit qui put le renvoyer à une date sinon à une période précise de l'histoire. Il avait le sentiment qu'il fallait poursuivre ses recherches et faire preuve de patience. Il décida d'y consacrer tout son temps.

En plus de 20 ans, Pierre Debrut avait parcouru de nombreuses bibliothèques de l'Hexagone, visité les librairies les plus spécialisées, les foires aux livres... il s'était lui-même constitué sa propre collection faite d'ouvrages historiques les plus divers.

Au-delà de sa quête sur les origines de la franc-maçonnerie, une chose l'avait également intrigué durant toutes ces années : alors que les maçons travaillent habituellement autour des symboles en faisant sans cesse référence aux outils des ouvriers du bâtiment tels que le maillet, la jauge, l'équerre et la perpendiculaire, pourquoi sont-ils porteurs d'une épée. « *Qu'est-ce qu'une épée a à voir avec la franc-maçonnerie* » ? pensait-il souvent.

Cette question l'avait taraudé au point de devenir obsessionnelle. Il avait questionné ses « frères », effectué de nombreuses recherches pour finalement aboutir à deux explications possibles : au XXVIIIe siècle, beaucoup de postulants étaient gentilshommes donc porteurs d'une épée, mais le fait d'arborer une épée pouvait aussi provenir d'un héritage des ordres anciens de chevalerie. Il choisit de poursuivre dans cette dernière direction.

Et puis, il avait rencontré Damien Sénéchat à l'occasion d'un congrès du Grand Orient de France à Paris. Il s'agissait de l'assemblée générale de l'obédience suivie d'une tenue de Grande Loge où des représentants de chaque atelier étaient invités. En sa qualité de grand orateur, Damien Sénéchat était intervenu sur le sujet « des origines de la franc-maçonnerie à nos jours » qui piqua la curiosité de l'historien.

*

– Damien Sénéchat ?

– Oui mon frère, que puis-je pour vous ?

– Bonjour, je m'appelle Pierre Debrut, de la loge Lumière Divine. J'ai trouvé votre morceau d'architecture[12] remarquable.

– Merci, mais je n'ai guère de mérite, je suis aussi professeur d'Histoire dans la vie profane.

– Ne soyez pas si modeste, si je puis me permettre. Je suis pour ma part historien amateur et je m'intéresse également à cette période depuis quelques années. C'était passionnant !

Les deux hommes se serrèrent chaleureusement la main.

– J'ai noté que vous faisiez référence au manuscrit *Cook* et au *Regius*[13]. Vous n'avez pas mentionné d'écrits plus anciens…

– C'est que… Il n'y a pas de témoignage antérieur à cette période. Nous parlons tout de même de documents de la fin du XIVe siècle… Les manuscrits en question ne font d'ailleurs que mentionner des éléments, mais sans rien prouver.

– Tout à fait. J'ai étudié le manuscrit *Halliwell*.

L'enseignant fut surpris et intéressé par cet amateur qui mentionnait le vénérable parchemin par son nom originel.

– À quoi pensez-vous ?

– À l'Ordre des Chevaliers du Temple.

12 Essai sur un sujet donné

13 Ces deux écrits d'origine anglaise décrivent les obligations et le fonctionnement des corporations des bâtisseurs anciens ainsi que l'historique mythique de la création du métier.

– Je vois… Décidément, ce type lui plaisait. Je vous propose de nous retrouver quelque part pour en discuter, si cela vous convient ?

– Vous êtes de passage à Paris, je suppose ? Venez donc à mon domicile ce soir, nous poursuivrons cette discussion autour d'un bon repas et je vous montrerai ma bibliothèque.

*

Pierre Debrut posa délicatement l'incunable devant lui, chaussa ses lunettes et ses gants en coton puis il tourna avec fébrilité et émotion la première page en vélin de son précieux ouvrage *« Exegi Monumentum », Robert de Coucy, 1310.*

Chapitre IX

L'arrestation
Paris, 13 octobre 1307, 7 h

Une légère brume s'était répandue dans les ruelles de la capitale distillant son humidité sur le sol terreux et pénétrant jusque sous les porches en de petites gouttelettes froides qui recouvraient tout. L'automne était déjà bien avancé et le froid encore mordant à cette heure de la journée. La cloche avait tinté sept fois tandis qu'une corneille se posait sur le chapiteau du fronton de l'église Notre-Dame-des-Blancs-Manteaux. Immobile telle une gargouille de cathédrale, son plumage noir rendait le volatile presque invisible depuis la rue. Il inclina subitement le cou en direction d'une lueur qui approchait.

Une escouade remontait la rue des Blancs-Manteaux, torches en main, épées aux fourreaux. La corneille s'envola en croassant, abandonnant quelques plumes au passage des soldats. La troupe allait bon train, elle tourna à l'angle de la rue vieille du Temple et s'arrêta un peu plus loin devant une imposante demeure. Des coups furent frappés violemment à la porte.

– Ouvrez ! Ordre du Roi de France.

Une douzaine d'hommes en armure, alignés sur trois rangs, avaient pris place devant la demeure interdisant toute sortie intempestive des occupants. Les visages étaient durs, leur attitude était déterminée…

Une silhouette apparut soudain dans un grincement de gonds tandis que la lourde porte s'entrouvrait.

– Monseigneur… ?

L'émissaire ne lui laissa pas finir sa phrase.

– Où est ton Maître, manant ?

– Le seigneur de Molay est à l'étage…

Le serviteur fut écarté sans ménagement et la troupe pénétra dans le lieu, glaive en main. Parvenus à l'entrée d'une grande pièce, les hommes en armes furent accueillis par un « B*onjour, messieurs, que me vaut cet honneur » ?*

Le Grand Maître des Templiers leur faisait face, assis dans un large siège à accoudoirs. Il ne semblait nullement surpris de cette visite impromptue et ne bougea pas.

– Moi, Guillaume de Nogaret, conseiller de sa majesté le Roi Philippe IV et sur son ordre, je vous arrête Jacques de Molay.

– De quoi m'accuse-t-on ? Avait demandé le templier sans sourciller.

– D'hérésie et de simonie. Emmenez-le !

Les hommes de main se précipitèrent sur le templier, le saisissant fermement tandis que Nogaret faisait signe à un de ses sbires de le mettre aux fers. Le captif se laissa emmener sans protester.

Cette scène fut répétée des centaines de fois dans le royaume. Des soldats arrêtaient des chevaliers dans les commanderies et les emmenaient sans ménagement. Ceux qui tentaient de résister étaient abattus.

Cette opération de grande envergure, voulue par le Roi, fut planifiée dans le plus grand secret et réalisée de main de maître par les émissaires de Guillaume de Nogaret, ennemi juré du Temple. Tous les dignitaires de l'ordre furent arrêtés et peu de chevaliers en réchappèrent.

*

La veille de cette arrestation, en sa qualité de seigneur du royaume, le Grand Maître du Temple s'était rendu à l'invitation du Roi de France aux obsèques de sa belle-sœur, cérémonie qui devait être l'occasion pour Jacques de Molay de plaider la cause de ses frères, accusés injustement de crime d'hérésie.

Peu habitué aux arcanes de la politique et mal à l'aise en société, il n'avait pu approcher le Roi et lui parler. Il avait cependant perçu une tension dans son entourage. Guillaume de Nogaret et Enguerrand de Marigny ne l'avaient pas quitté un instant, se plaçant volontiers entre lui et le monarque pour l'empêcher de l'aborder.

Il se passait quelque chose…

Jacques de Molay s'était retiré à l'écart de la foule, il réfléchissait à ce qu'il devait faire. « *L'attitude des deux notables à mon égard est inquiétante*, pensa-t-il. *Ce devait être une simple cérémonie funéraire, mais j'ai plutôt le sentiment qu'on m'a attiré dans ce lieu pour une raison précise. Et s'il s'agissait d'un piège pour s'assurer de ma présence dans la capitale ?* »

Il s'adressa à son fidèle serviteur resté près des écuries à bonne distance de l'assemblée.

– Mon ami, va rejoindre le seigneur Geoffroy de Charnay. Dis-lui de faire partir la flotte, il comprendra. Pars sur le champ et ne t'adresse à personne d'autre que lui.

– Bien mon Maître.

Le cavalier et sa monture se fondirent dans la nuit…

Chapitre X

Damien Sénéchat
Lyon, 15 octobre 2018, 10 h

Éric Dessert avait eu quelques difficultés à faire redémarrer sa Porsche Targa ce matin-là. Le modèle de 1976, équipé d'une boîte manuelle à cinq rapports, possédait un moteur 2,7 litres 175 CV à la réputation fragile. Il connaissait bien les aléas de ce type de voiture de collection et parvenait en général à se débrouiller seul, mais parfois, elle pouvait se montrer aussi têtue que lui.

Il avait fait appel aux collègues du garage central auto de la police pour lui donner un petit coup de main, si bien que le rendez-vous qu'il avait fixé à Pierre Sénéchat avait dû être décalé.

« *Problème d'allumage* », avait déclaré le chef d'atelier à l'attention du commissaire principal en précisant que cela risquait à la longue de lui coûter cher. Il lui avait même conseillé de changer de modèle, mais le flic était du genre coriace. « *On verra ça* », avait-il répondu en grognant.

Pierre Sénéchat habitait dans le 4e arrondissement de Lyon que les habitants du quartier avaient coutume d'appeler « la Croix Rousse ». Dessert gara sa Porsche devant l'entrée et gravit les quelques marches du perron d'une petite maison de ville des années cinquante.

– Commissaire principal Éric Dessert, c'est moi qui vous ai appelé.

– Damien Sénéchat, bienvenu. Vous avez trouvé facilement ? Le ton était amical.

– Oui, avec le GPS.

Ils s'installèrent dans une pièce confortable dont les murs étaient couverts de tableaux colorés. Le flic y jeta un coup d'œil avant de s'asseoir.

– J'étais peintre professionnel avant d'enseigner l'histoire, affirma le propriétaire des lieux voyant que son invité semblait intéressé. Aujourd'hui, c'est plus un passe-temps qu'autre chose. Je ne vends plus beaucoup de toiles…

– Celui-ci est étrange, il me rappelle quelque chose ! Éric Dessert venait de désigner un imposant tableau, plutôt sombre par rapport aux autres.

Il s'agissait d'une scène macabre où l'on voyait en gros plan un squelette humain tenir un sablier d'une main et une balance de l'autre dans une posture qui incitait le témoin à le suivre. En arrière-plan, des ouvriers s'affairaient à la construction d'une cathédrale dont le centre présentait un puits sans fond. Sur un des côtés du tableau, une sphère céleste dardait ses rayons de feu sur le reste du tableau. Des symboles étaient également présents un peu partout dans l'œuvre que le flic crut reconnaître.

– Il s'agit d'une représentation personnelle de la Divine Comédie de Dante Alighieri. Il m'a demandé beaucoup de travail, expliqua Damien Sénéchat.

– « Au milieu du chemin de vie, je me retrouvai par une forêt obscure, car la voie droite était perdue». C'est bien l'enfer, le purgatoire et le paradis, n'est-ce pas ?

– Vous êtes observateur et connaisseur de surcroît !

– J'avais étudié le poème à l'époque. Mais ces symboles ?

– Ils ne figurent pas dans les représentations habituelles de l'œuvre, mais j'ai souhaité pimenter le tableau à ma sauce personnelle. Vous êtes certainement renseigné sur mon appartenance à la franc-maçonnerie ? Le commissaire principal acquiesça. Vous voyez ici les outils des bâtisseurs anciens qui symbolisent le travail de l'homme moderne sur lui-même. Ici vous apercevez les éléments dualistes — le labyrinthe, le damier — et là, le symbole de la supériorité de l'esprit sur la matière. Il avait désigné un compas ouvert. Mais vous ne vous êtes pas déplacé que pour observer mes tableaux, dit-il malicieusement.

– Non, je suis venu vous parler de Pierre Debrut ou plus exactement vous solliciter à son sujet.

– Un de vos collègues, un adjudant, je crois, m'a dit que la police serait susceptible de me contacter. De quoi s'agit-il ?

– Vous connaissiez bien la personne en question, vous étiez amis, je crois ?

– Oui. Mais vous parlez de lui au passé… ? L'artiste avait haussé les sourcils.

– Je crains de devoir vous annoncer qu'il est malheureusement décédé.

La nouvelle eut un effet sidérant sur le témoin. Son visage se décomposa et il mit quelques secondes à recouvrer ses esprits.

– De quoi est-il mort ?

– Il a été assassiné.

Dessert observait son interlocuteur. Les enquêteurs avaient souvent recours à cette technique pour confondre un suspect : donner une information de façon brusque puis observer la réaction qui s'en suivait. Dans le cas présent, Dessert eut le sentiment que Damien Sénéchat ne jouait pas la comédie. Sa tristesse n'était pas feinte.

Il attendit la suite.

– C'était une belle personne. Un type intelligent, modeste et agréable à côtoyer. Nous avions fait connaissance il y a quelques mois… Il ne finit pas sa phrase.

– Je comprends… Nous avons ouvert une enquête sur commission rogatoire pour retrouver le meurtrier. Nous savons que votre ami était aussi franc-maçon et nous pensons que son assassinat est lié à cette appartenance. Nous savons aussi qu'il effectuait des recherches à caractère historique également liées à la franc-maçonnerie et que vous aviez travaillé ensemble. Que pouvez-vous me dire à ce sujet ?

– Il y a beaucoup à dire… Lorsque j'ai rencontré Pierre, il m'a tout de suite plu. C'était à l'occasion d'un congrès de notre obédience durant lequel je devais intervenir en qualité d'orateur, de conférencier si vous préférez. Le thème portait sur l'histoire des origines de la franc-maçonnerie. Il est venu me trouver à l'issue de mon intervention pour discuter.

– Vous vous connaissiez auparavant ?

– Pas du tout. Il s'est présenté en tant qu'historien amateur, mais il possédait en réalité une grande connaissance du sujet. Il m'a invité chez lui le soir même pour en discuter.

– Que voulait-il savoir exactement ? Éric Dessert était impatient. Son flair de policier lui indiquait que son interlocuteur était « La » personne adéquate pour faire avancer son enquête et que la suite pourrait lui apprendre quelque chose de nouveau sur le meurtre.

– Eh bien, il m'a clairement suggéré que les francs-maçons étaient, selon lui, des héritiers directs des Templiers.

– Et ce n'est pas le cas ?

– Il n'existe à ce jour aucun document sérieux et irréfutable qui l'atteste. On peut juste affirmer que les francs-maçons y font parfois référence par certaines de leurs pratiques.

– Par exemple ?

– Le port de l'épée, l'évocation du GADLU…

– … ?

– Le Grand Architecte de l'Univers.

– C'est un peu court ? Dessert était sceptique.

– Oui. Cependant, le plus ancien manuscrit connu, mais fiable qui traite de maçonnerie — *le Régius* — date de 1390, il s'agit d'un écrit anonyme publié en 1840 par James O. Halliwell. Il est aujourd'hui la propriété du British Museum. Or, l'ordre des Pauvres Chevaliers du Christ et du Temple de Salomon — c'est comme cela que l'on nomme les Templiers — a perduré jusqu'au 3 avril 1312, date à laquelle le Pape Clément V émit la bulle « *vox in excelso* » proclamant sa dissolution. Avouez que la période séparant les deux évènements est très courte et qu'il y a de quoi se poser des questions !

– Ce qui était son cas ?

– Oui. Je dois avoir ici un exemplaire du fameux *Régius*, attendez une seconde… Voici ce qui est écrit. Damien Sénéchat entreprit de lire quelques passages à l'attention de son interlocuteur.

– Le manuscrit en lui-même regroupe plusieurs chapitres dont le premier porte sur l'Art de la géométrie selon Euclide. Je cite…

« … *celui qui se donnera la peine de chercher et de lire, trouvera dans un vieux livre l'histoire de grands seigneurs et dames qui avaient beaucoup d'enfants, et n'avaient pas de revenus pour les entretenir ni en ville, ni aux champs, ni dans les bois…* »

"…Ils tinrent conseil par amour pour leurs enfants, afin de voir comment ils pourraient mener leur vie confortablement, sans souci et sans lutte. Ils étaient fort préoccupés par le sort de leurs descendants après leur mort. Ils envoyèrent alors chercher des clercs instruits pour leur enseigner de bons métiers.

« Et nous les prions, pour l'amour de Notre Seigneur, de donner à nos enfants un travail qui leur permette de gagner leur vie de façon décente et honnête, et en toute sécurité ».

C'est ainsi que, grâce à la bonne géométrie, cet honnête métier qu'est la bonne maçonnerie fut constitué et créé, et mis au point par les clercs.

« À la demande des seigneurs ils créèrent un art qu'ils nommèrent maçonnerie, en se basant sur le modèle de la géométrie, décidé à en faire le plus honnête des métiers... » L'enseignant poursuivit. Le deuxième chapitre propose une série de quinze articles définissant le statut du maçon dont je vous passe le détail. Dans l'article 3, on peut y lire ceci :

« *... L'apprenti doit tenir secrets les avis de son maître et de ses compagnons, l'atelier doit rester privé, et secret sur ce qui se passe en loge.*

Quoique tu voies ou entendes, ne le dis à personne, où que tu ailles ; garde secrets les propos de la salle ou de la chambre, mets ton point d'honneur à bien les garder, de peur d'être critiqué et de déshonorer le métier... »

Il y est aussi question du récit des quatre couronnés :

"*...Prions Dieu, roi tout-puissant et sa mère immaculée Marie que nous gardions ces règlements et ces points, à l'exemple des quatre martyrs renommés, qui furent bons maçons, sculpteurs et imagiers.*

Comme ils étaient des ouvriers d'élite, ils plurent à l'empereur. Celui-ci voulut leur faire graver son portrait pour le faire adorer ; il faisait faire de telles idoles pour empêcher d'être chrétiens.

Mais ils restèrent fidèles au Christ, et à leur métier, sans compromis ; ils adoraient Dieu et ses commandements, et restaient loyalement à son service. En ce temps-là, ils vivaient saintement dans la loi de Dieu ; ils ne voulaient pas fabriquer des idoles, quel que soit le profit à en retirer, ni les adorer. Ils refusèrent, risquant sa colère, de renier leur foi pour adopter sa fausse loi.

L'empereur les fit saisir et jeter dans un cachot ; plus ils souffraient dans leur prison, plus ils se réjouissaient dans le Christ. Alors, ne voyant rien d'autre à faire, l'empereur ordonna de les tuer... »

L'enquêteur semblait perplexe.

– Le dernier chapitre, qui précède quelques recommandations de l'auteur, détaille l'enseignement d'Euclide dans les arts et métiers qu'il définit comme les 7 Arts libéraux : la grammaire, la rhétorique, la dialectique, la musique, l'astronomie, l'arithmétique, la géométrie.

– J'avoue être un peu perdu et je ne vois toujours pas le rapport...

– Il y a de quoi pour un profane. Regardez dans le texte, l'auteur parle des clercs qui, au Moyen Âge, détenaient la connaissance et sont probablement à l'origine de la construction des cathédrales. Le texte indique aussi qu'ils ont certainement participé à la formation des premiers maçons. Mais il cite également les seigneurs qui auraient donné des instructions dans ce sens... Vous avez certainement remarqué que le texte mentionne des loges, des maîtres et des compagnons, des secrets...

L'historien marqua une pause.

– Et alors ? s'exclama Dessert.

– Pierre Debrut était persuadé que « les seigneurs » dont il est question dans le texte auraient été, en réalité, des seigneurs templiers. Selon lui, les chevaliers auraient été les premiers maçons de l'histoire. Il était à la recherche de textes plus anciens qui auraient pu prouver ce qu'il avançait.

– Qu'est-ce que vous en pensez ? Y a-t-il une chance pour que ces documents existent et que son hypothèse soit confirmée ?

– Ma foi, il y a des spéculations autour de l'exécution des Templiers. Des historiens soutiennent que plusieurs chevaliers se seraient enfuis en Écosse et auraient perpétué l'ordre sous une forme ou sous une autre. D'ailleurs, le manuscrit *Régius* est d'origine anglaise.

– Ce qui m'intéresse, c'est votre avis.

– Au début, j'ai clairement douté du bien-fondé de ses idées, car tous les spécialistes se sont déjà penchés sur la question sans résultat, mais il était déterminé alors je l'ai aidé.

– C'est-à-dire ?

– Je lui ai indiqué où et comment chercher. Le travail d'historien ne s'improvise pas. Il faut rassembler des documents, vérifier les sources et recouper les informations. Je ne veux pas rentrer dans les détails avec vous, mais croyez-moi, c'est un boulot de professionnel.

– Et Pierre Debrut avait le temps, la compétence et la volonté selon vous ?

– Le temps et la volonté assurément. Quant à la compétence, il était efficace et a très vite fait des progrès dans ses recherches. Je lui ai indiqué des lieux susceptibles de l'intéresser : la bibliothèque François Mitterrand, le British Museum, et d'autres institutions réputées…

– Sa veuve nous a parlé de la Bibliothèque Mazarine, vous la connaissez ?

– Oui. Elle est très ancienne et renferme des ouvrages remarquables et en très bon état. C'est moi qui lui ai suggéré de s'y rendre, mais il n'y avait pas besoin de le forcer, car il appréciait le lieu et il y passait tout son temps. Ensuite, nous nous rencontrions et il me soumettait des textes ou des documents que nous étudiions ensemble.

– Et vous aviez trouvé quelque chose ? Dessert avait posé la question sans conviction.

– Au début, pas vraiment, je ne me faisais d'ailleurs guère d'illusion. Et puis un jour, c'était au mois d'avril, je crois, il m'a appelé pour me dire qu'il avait fait une découverte. Il s'agissait d'un livre très ancien écrit par un clerc. Il se l'était procuré par l'intermédiaire du conservateur en chef de la bibliothèque Mazarine. Il s'agissait d'un traité d'architecture « *Exegi Monumentum* » portant sur la construction de la cathédrale de Reims. Son édification — pour les parties majeures — avait été réalisée sous la direction de cinq architectes différents qui se sont succédé. Robert de Coucy a été le dernier intervenant et l'auteur du livre en question qui date de 1310. On ne sait presque rien sur le personnage, même l'année de sa naissance demeure incertaine, mais une chose est sûre : il était un contemporain des Templiers.

Damien Sénéchat allait poursuivre, mais le flic l'interrompit impatient.

– Il avait découvert le lien… ?

– Et bien…, ce n'était pas le but de son appel. Il marqua une pause pour préparer ce qu'il allait dire. Je crois que Pierre Debrut était sur la piste du trésor des Templiers.

L'enquêteur ouvrit de grands yeux, il ne s'attendait pas à cela.

– Oui, j'étais un peu comme vous : surpris et dubitatif. Autant j'ai eu plaisir à l'aider dans ses premières recherches qui portaient, je le répète, sur un lien supposé entre les templiers et les francs-maçons. Là, il s'agissait pour moi de pures spéculations. On ne sait même pas si ce trésor a existé… ! Et ce n'était pas vraiment mon domaine de toute façon. À partir de ce jour, je me suis un peu moins impliqué.

Le commissaire réfléchissait à toute vitesse. Il commençait à y voir un peu plus clair. « *Cet artiste peintre est tout simplement en train de me fournir un mobile* », pensa-t-il.

– Si je comprends bien ce que vous me dites, Pierre Debrut croyait en l'existence du trésor des Templiers et il s'était mis en tête de le découvrir ?

– C'est à peu près cela.

– Qu'avait-il trouvé dans ce livre ?

– Un morceau d'étoffe entre autres — une sorte de parchemin — inséré entre la garde et la première de couverture. Il avait remarqué que la garde de devant était légèrement décollée. Il n'était pas question d'endommager le livre, mais en insistant, il a extrait plusieurs feuillets très anciens. Il y était inscrit une liste — un inventaire pour être plus précis — difficile à déchiffrer ainsi qu'une sorte de codification.

– Vous avez eu ce document entre les mains ?

– Non, mais Pierre l'avait fait analyser par un expert en écriture ancienne et d'après lui, il renfermait un inventaire d'objets précieux, étoffes, monnaies, etc. L'analyse du code n'a rien donné, mais le fait qu'il découvre le document précisément dans le manuscrit d'architecture de 1310 associé au fait que l'ordre du Temple a connu une fin tragique quelques années auparavant… Vous avez certainement entendu parler de cette légende qui stipule que les rescapés du Temple auraient affrété des navires en partance pour l'étranger avec des cargaisons bien remplies ?

– Oui, c'est effectivement une légende. De toute façon, il n'avait que ce papier ancien et pas d'autre élément pour étayer sa thèse, n'est-ce pas ?

– Justement si. Le 12 octobre dernier, il voulait absolument me voir pour cela. C'était extrêmement urgent d'après lui, mais je n'ai pas pu en savoir plus.

– Je crois que je sais pourquoi on a assassiné votre ami.

Chapitre XI

Anatoli Vassiliu
La Salle, 13 octobre 2018, 9 h 30

Un Peugeot Partner noir était garé sur le parking de l'aire d'autoroute de Mâcon-La Salle, un peu à l'écart de la station-service Total. Un homme s'était assoupi au volant, dossier légèrement incliné vers l'arrière, capuche rabattue sur la tête. La présence de buée sur les vitres de la fourgonnette indiquait que l'individu demeurait à cet endroit depuis plusieurs heures. Il s'étira longuement avant de regarder droit devant lui, visage fermé, paupières mi-closes.

– Mauvaise journée ! dit-il tout haut dans sa langue natale.

Les dernières vingt-quatre heures ne lui avaient pas laissé de répit. La traque qu'il avait entreprise depuis des mois était encore loin d'être jouée.

– Ce chien n'a rien voulu me dire… Je n'ai que le dossier !

À ce moment précis, assis dans la voiture de location, il avait besoin de prendre un peu de repos et surtout faire le point. « *Ne pas commettre d'erreurs, ne pas se précipiter, rester lucide* », pensa-t-il.

Il regarda longuement ses mains. Il ne pensait pas qu'il s'en resservirait de cette façon. C'était il y a longtemps lorsqu'il travaillait encore pour le compte d'un pays de l'Europe de l'Est. On lui confiait des missions difficiles à l'époque et il ne s'embarrassait pas de détails pour traiter ses cibles. « *Question de survie* », disait-il !

La journée de la veille s'était révélée plus compliquée que prévu. Il avait prévu d'agir dans la ville de Lyon, car tôt ou tard, sa victime devrait s'y rendre. Il avait donc imaginé un scénario en conséquence, mais ce qu'il n'avait pas prévu, c'est le tempérament et l'obstination du cas à traiter. Il avait eu recours à la torture…

Anatoli Vassiliu n'aimait pas faire ce genre de chose, mais le type ne voulait pas parler. Il lui fallait les informations coûte que coûte, la suite de sa quête en dépendait. Il ne comprenait d'ailleurs pas pourquoi sa victime s'obstinait à ne rien dire, car il avait le dossier en main et connaissait le secret, il ne lui manquait que les codes d'accès…

Notre-Dame-de-Fourvière était un passage obligé, une mise en scène inscrite de longue date. Des préparatifs minutieux l'avaient occupé pendant des mois : c'était absolument nécessaire pour la symbolique qu'il avait imaginée et pour ce qu'elle représentait.

– Tout cela devait être écrit dans le sang ! Debrut n'était pas propriétaire de ce qu'il avait découvert, s'exclama-t-il.

En y réfléchissant, il avait bien conscience d'avoir laissé quelques indices derrière lui, mais c'était plus par défi que par négligence.

Anatoli Vassiliu était doté d'un physique d'athlète. En tant qu'ancien militaire des forces spéciales russes, il était sportif et endurant ; il valait mieux ne pas lui chercher d'ennui. Il était aussi intelligent, mais d'une intelligence perfide, sournoise. Il était aussi extrêmement ambitieux, cupide et sans scrupule. Cela lui avait valu de sérieux soucis dans son pays d'origine qu'il avait quitté précipitamment pour se réfugier en France où il avait gardé quelques contacts. Depuis, il menait une vie paisible de chauffeur routier jusqu'au jour où un ami lui avait proposé d'adhérer à l'Alliance Franco-Russe. Cette initiative allait changer le cours de son existence.

Il fouilla dans son sac et en sortit un casse-croûte qu'il avait préparé la veille. Mordant à pleines dents dans un *Pierojki* aux champignons et à la viande, il réfléchissait à ce qu'il devait faire.

«*Je dois d'abord étudier ce dossier ; il me faut déchiffrer les énigmes qui s'y trouvent et définir la marche à suivre. Ça ne sera pas simple...* », pensa-t-il.

La victime ne lui avait fourni aucune explication avant de mourir, mais il était inutile de se précipiter, il avait suffisamment d'avance sur les flics.

– Avant qu'ils comprennent ce qui se passe..., dit-il tout haut en esquissant un sourire.

Le *Pierojki* englouti, il s'attaqua au *Prianik de Toula* à la confiture, car il devait prendre des forces pour la suite. La buée commençait à s'évacuer de la fourgonnette tandis que son esprit s'évadait vers des souvenirs récents...

*

– *Sdorówo*, Anatoli.

– Sergëi ! Kak dyLAH, vsyo harSHOH ?

– *Prekrasno, Spasiba*. Ça me fait plaisir de t'entendre. Comment vont les affaires ?

– Je n'ai pas à me plaindre.

– Tu es toujours chauffeur routier ?

– Oui, je me suis rangé. Grâce à toi d'ailleurs !

– Ne me remercie pas, c'est normal camarade. Et à part cela ?

– Le boulot me prend beaucoup de temps et je n'ai guère de loisirs. Quand je rentre de mes tournées, je suis crevé et je n'ai pas trop le goût à ressortir, et pour faire quoi de toute façon ?!

– Je te comprends, mais il faut bien que tu te distraies un peu, non ? Pourquoi ne viendrais-tu pas à l'Alliance Franco-Russe avec moi ? Tu rencontrerais des gens sympas et ça te changerait les idées.

– Je ne sais pas, je déteste la foule de toute façon !

– Cette association est différente. Voilà ce que je te propose : jeudi prochain, il y a une soirée à l'occasion de l'anniversaire de la création de l'Alliance. Il y aura des invités, tu n'auras qu'à m'accompagner. Je te présenterai à des amis et nous pourrons parler du bon vieux temps… Qu'en penses-tu ?

– Bon, c'est d'accord. À jeudi, alors !

*

La salle de réception était bondée. Les organisateurs de la soirée avaient loué l'hôtel Marigny pour l'occasion, proche de l'avenue des Champs Élysées. Il s'agissait d'un hôtel particulier que la famille Rothschild avait vendu à l'État français en 1971. Il y avait de nombreux invités : les membres de l'Alliance, des personnalités politiques, quelques dignitaires étrangers. Le représentant de l'ambassadeur de Russie, également présent, devait prononcer un discours dans la soirée.

Sergëi et Anatoli avaient pris part aux festivités. Les buffets étaient bien garnis et le champagne ne manquait pas. Les convives passaient une agréable soirée.

Sergëi fit signe à son ami de le suivre, il voulait lui présenter un couple qu'il connaissait bien.

– Anatoli, je te présente Ekatérina et Pierre Debrut. Ekatérina est la secrétaire de l'Alliance depuis 5 ans.

Ils se saluèrent et échangèrent quelques politesses.

– Anatoli Vassiliu est un ami d'enfance, expliqua Sergëi. C'est un compatriote qui s'est installé en France il y a quelques années.

– Monsieur Vassiliu, vous plaisez-vous en France ?

– Oui, assurément madame. C'est un pays tellement différent de notre mère patrie. Parfois, je trouve qu'il y fait un peu chaud !

– Vous avez raison, mais parfois en Russie, il y fait un peu froid, lui répondit-elle un brin de malice dans la voix. Cet échange fit sourire le groupe et permit de créer une atmosphère détendue.

– Qu’est-ce qui vous a amené en France, demanda Pierre Debrut ?

– Les affaires essentiellement. Je n’ai plus de famille au pays, seulement quelques cousins éloignés. J’avais envie de changer d’air.

– Vous pensez avoir fait le bon choix ?

– Je ne regrette rien.

– Anatoli me disait avant-hier qu’il s’ennuie parfois par manque d’occupation. Je lui ai suggéré d’adhérer à l’Alliance.

– C’est une excellente idée. L’Alliance organise des rencontres assez régulièrement ; vous retrouverez des compatriotes, mais vous ferez aussi la connaissance d’amis français de tout bord.

Les époux Debrut étaient très conviviaux et chaleureux, ce qui mit le Russe tout de suite à l’aise. Ils leur fixèrent un rendez-vous à Saint-Germain-en-Laye pour passer une soirée autour d’un repas et discuter de l’association avec leur nouvelle connaissance.

*

Une table d’époque en merisier occupait le milieu d’une salle à manger richement décorée. Une nappe brodée avait été installée sur laquelle reposaient des couverts en argent et de la vaisselle en porcelaine de Limoges dont les motifs représentaient des artisans du bâtiment à leur ouvrage.

Verres en cristal de Baccarat, repose-couverts en corne, vase de Murano, bouquet de fleurs multicolore, rien ne manquait sur cette belle table d'invités que les hôtes avaient pris soin de préparer avec un certain raffinement.

Ces derniers avaient convié les deux visiteurs dans un vaste salon confortable, bordé de commodes anciennes et de petits mobiliers en marqueteries et loupe de noyer. Des tableaux étaient accrochés aux murs à espaces réguliers tandis qu'un lustre empire imposant éclairait chaleureusement la pièce, projetant ses rayons sur les pendeloques et pampilles en cristal de Baccarat.

Bien calé dans son fauteuil Louis XVI, un verre de Vodka Zubrowka entre les mains, Anatoli Vassiliu laissait son regard se poser sur les éléments de décoration somptueux de cette belle maison. Il avait envie d'ôter ses chaussures pour profiter pleinement du tapis persan étalé sous ses pieds.

« *Ce couple possède un train de vie incroyable, ils doivent être très fortunés* », pensa-t-il.

Son enfance n'avait pas été reluisante. Il avait été élevé dans une famille pauvre de la banlieue de Vladivostok ; son père était alcoolique et ne travaillait plus suite à un grave accident du travail. Il était décédé de ses excès répétés alors que son fils n'avait pas 5 ans. Quant à sa mère peu aimante, elle faisait des ménages à la demande et était souvent absente du domicile familial si bien qu'il avait dû se débrouiller tout seul très tôt. Anatoli Vassiliu avait toujours manqué d'argent.

Alors qu'il fixait avec attention un vase signé « Lalique » posé sur un joli guéridon, laissant divaguer ses pensées, une voix l'extirpa de ses songes.

– Anatoli, s'exclama Sergëi, à quoi penses-tu ? Tu sembles absent…

– Excusez-moi ! Je me disais que vous aviez une très belle demeure, chaleureuse et agréablement décorée.

– Je vous remercie, répondit Pierre Debrut. Nous l'avons hérité de mes parents à leur décès. Mon père était ambassadeur de France en Russie. Nous avons pris soin de l'aménager à notre goût depuis plusieurs années.

– Eh bien, félicitations ! C'est très réussi.

– Nous n'avons pas de mérite, je suis décoratrice d'intérieur. Ekatérina était cependant sensible au compliment.

La discussion se poursuivit ainsi pendant quelques dizaines de minutes puis la maîtresse de maison s'éclipsa en direction de la cuisine située au bout d'un petit couloir. Elle revint vers la salle à manger portant une marmite qu'elle tenta de déposer sur la table en scandant un « à table ! » tandis que son époux se précipitait pour lui faire de la place en écartant un seau à glace contenant un Puligny Montrachet 2016 ouvert quelques minutes auparavant par ses soins.

Un délicat fumet s'échappait de la cocotte en fonte…

– Je vous en prie, asseyez-vous, proposa Pierre Debrut à l'attention de ses convives. Ekatérina nous a préparé un excellent filet de veau Stroganoff dont elle a le secret.

Ils ne se firent pas prier.

Sergueï avait hâte de parler de l'Alliance à son ami et de le convaincre d'adhérer. Il sollicita successivement les deux hôtes sur le fonctionnement de l'association. Son enthousiasme était visible et les époux Debrut firent également preuve de conviction dans leurs explications si bien qu'Anatoli se fit une idée précise et flatteuse de cette structure qu'il s'apprêtait à rejoindre.

– Chère madame, vos fonctions de secrétaire au sein de l'Alliance ont l'air de beaucoup vous occuper, n'est-ce pas ?

– Oui, en effet, mais j'y prends beaucoup de plaisir et je n'exerce presque plus mon métier de décoratrice. Je suis associée à une amie dans mon entreprise et je lui ai pour ainsi dire, passé la main.

– Et vous-même ? Le Russe avait interpellé le mari.

– Oh moi la décoration, ce n'est pas ma partie, dit-il en rigolant. Je préfère laisser ça à ma femme et je dois reconnaître — comme vous l'avez suggéré — qu'elle possède un certain talent pour cela.

Le couple était un peu charmé par cet invité que leur avait présenté Sergëi. Poli, raffiné et discret, il leur faisait bonne impression.

Pierre Debrut ne vit donc pas d'objection à parler de ses propres occupations et la discussion s'orienta vers sa passion pour l'histoire.

– Lorsque j'ai pris ma retraite — je travaillais dans le pétrole pour le compte des pays du golfe — je n'étais pas particulièrement tourné vers la lecture, mais je dois dire que je suis tombé par hasard sur quelques ouvrages anciens qui m'ont incité à en savoir un peu plus sur des pans de notre histoire, je veux dire l'histoire de France, dont on ne sait finalement que peu de choses…

– Je ne suis pas très familiarisé avec l'histoire…

Voyant son interlocuteur embarrassé, il rectifia.

– Excusez-moi, je voulais parler du Moyen Âge et de toute la période des croisades vers la terre sainte. Il y a des zones d'ombres, mais aussi des légendes et j'essaie d'y voir un peu plus clair en recherchant des ouvrages sur le sujet.

– Ce doit être un travail de fourmi au-delà d'être passionnant ?

– C'est le moins que l'on puisse dire, mais je suis opiniâtre et je pense pouvoir trouver des réponses aux questions que je me pose.

Pierre Debrut avait trouvé un interlocuteur intéressé et il en profita pour développer ses théories.

La soirée se termina dans une ambiance agréable où l'on promit de se revoir à la prochaine réunion de l'Alliance.

Anatoli Vassiliu avait été impressionné par le train de vie des Debrut. Son instinct lui dictait qu'il y avait peut-être une piste à creuser de ce côté-là. Son tempérament de guerrier s'était réveillé…

*

Assis dans sa fourgonnette noire, le tueur scrutait une carte IGN qu'il avait déjà préparée. Il se saisit d'une loupe et la déplaça longuement sur le document. Ce dernier présentait des tracés et des points répartis un peu partout comme s'il s'était agi d'une carte au trésor...

Il ouvrit le dossier qu'il avait extirpé à sa victime et le consulta à plusieurs reprises, allant d'une feuille à sa carte, reposant la feuille et en prenant une autre et ainsi de suite. Il cherchait visiblement à établir un lien entre les informations qu'il avait collectées dans la nuit et ses propres investigations.

« Cet idiot de Debrut n'aurait pas dû me parler. Il n'aurait pas dû me confier le but de ses recherches et surtout, me mettre dans la confidence de sa découverte. Je vais déchiffrer ces énigmes et récupérer ce trésor. Je serai enfin riche... ! »

Anatoli Vassiliu avait mis peu de temps à rentrer dans la sphère des Debrut. Ils se voyaient régulièrement, d'abord à l'Alliance à laquelle il avait adhéré puis petit à petit, il était devenu un familier de Saint-Germain-en-Laye. Personne ne connaissait ses origines et de toute façon, peu importait, car on lui faisait naturellement confiance, sa verve et ses bonnes manières parlaient pour lui. Il avait beaucoup voyagé, possédait des connaissances dans des domaines très variés et discutait des heures entières avec Pierre Debrut de ses recherches, attirant naturellement la sympathie de ce dernier.

Un jour cependant, Pierre Debrut l'avait appelé pour lui annoncer qu'il était sur le point de résoudre une énigme vieille de plusieurs siècles. Sans lui donner trop de détails, il avait parlé de templiers, de francs-maçons et de trésor. Il n'en était pas tout à fait sûr, car sa découverte méritait d'être confirmée auprès d'experts et cela lui demanderait encore du temps, mais il n'avait pas pu résister à l'idée de partager sa joie avec son nouvel ami.

À partir de ce jour, Anatoli Vassiliu ne le lâcha plus d'une semelle et entreprit de mener une recherche parallèle en toute discrétion.

– « *Bon, d'après ces premières indications, je dois me rendre en Haute-Saône. Voyons où ça se trouve... mais d'abord : changer de voiture* » !

Chapitre XII

L'abattoir
Lyon 1er, 15 octobre 2018, 18 h

– Qu'est-ce que tu fous, magne-toi keum, j'ai pas qu'ça à foutre.

– Tu m'parles pas comme ça, ouais ? T'as la cam' au moins ?

– D'abord la tune !

Les deux ados s'étaient faufilés par une petite porte dérobée du 32 de la rue Bayard qu'ils n'avaient eu aucun mal à forcer. Un escalier en pierre descendait ensuite au sous-sol de la salle polyvalente du même nom. Cette dernière était accolée à la cité HBM dite Cité-Perrache, elle-même construite sur les ruines de l'ancien abattoir lyonnais en 1929.

Personne ne descendait jamais dans ces sous-sols où régnait une atmosphère poussiéreuse et austère d'ancien squat abandonné.

L'espace avait depuis longtemps été vandalisé et aucune lumière n'éclairait ce lieu qui accueillait parfois des trafics en tout genre. Quelques soupiraux distillaient une faible lueur, à peine de quoi se déplacer sans trébucher sur les ordures ou les canettes abandonnées. Les murs étaient tagués, les sols encombrés et les plafonds suspendus vomissaient de la laine de roche par paquets créant ainsi un univers suffocant et surchauffé.

Les deux sauvageons se déplacèrent à l'extrémité de ce bas-fond grâce à la lumière de leur téléphone portable. Ils avaient leurs habitudes et n'avaient aucun mal à se repérer dans la pénombre. Ils se présentèrent devant une porte en fer entrebâillée que le premier fit pivoter. Derrière la porte, une pièce totalement borgne et abandonnée était un reste de l'ancien abattoir de la cité lorsqu'il était encore en activité au siècle dernier.

– Pu…, c'est quoi cette merde ? L'ado venait de faire un bond en arrière.

Le deuxième se pencha par-dessus l'épaule de son acolyte et eut immédiatement un mouvement de recul. Ils se regardèrent l'espace d'un instant, les yeux écarquillés.

– Barrons-nous !

Ils s'extirpèrent tous les deux du sous-sol en quatrième vitesse, trébuchant sur du mobilier pourri et piétinant les archives oubliées. Ils avaient tous les deux besoin d'air et vite.

Parvenus en haut de l'escalier, croyant être tirés d'affaire, ils furent cueillis par une patrouille de police qui passait par là.

– Oh-la, pas si vite ! Y vont où les drôles ?

– Lâche-moi sale keuf !

– Et polis avec ça ! Toi là, vide-moi tes poches. Le policier avait l'habitude d'être confronté à ces jeunes qui jouaient les durs et qui traînaient toute la journée désœuvrés.

– T'as pas l'droit d'me toucher. J'connais mes droits…

– Assez bavardé, on va pas y passer toute la journée. Vous v'nez d'où ? Y'a quelqu'un d'autre en bas ? Le chef de groupe désignait l'escalier.

Les gamins ne répondirent pas.

– Jacques et moi on reste là avec les mômes et vous deux, allez jeter un œil en bas, faites gaffe quand même.

Les deux collègues descendirent à leur tour en braquant leurs puissantes lampes torches devant eux. Ils inspectèrent le sous-sol, se déplaçant avec calme, côte à côte. Parvenus au fond de la salle, ils avisèrent une porte en fer et dirigèrent leurs faisceaux dans sa direction. Le premier avait dégrafé la boucle de son holster au cas où, tandis que son binôme était resté en arrière en sécurité.

– Nom de D… !

*

– Patron ! Je crois qu'on a découvert le lieu du meurtre.

– Quoi ?

Gus venait de pénétrer dans le bureau de son supérieur tandis que ce dernier était occupé à rédiger une procédure sur son ordinateur.

– Une patrouille du 2e est tombée par hasard sur une scène de crime alors qu'elle contrôlait des petits dealers.

– Pas possible ! Et c'est où ?

– Les sous-sols de la cité Perrache. Il lui fit part des premiers éléments découverts.

– Bon, tu récupères la molette avant de partir, car Thierry et Annabelle ne sont pas encore rentrés de Paris. J'appelle Carlos et ses gars. Il me faut aussi la scientifique…

– La PTS est déjà en route, j'ai pris la liberté de les appeler pour gagner du temps. Dessert appréciait ce genre d'initiative.

– T'as bien fait. Je prends ma veste et on décolle.

Une demi-heure plus tard, lorsque le patron de la crim' arriva sur place, la rue Bayard était déjà bouclée. On les laissa passer, lui et son équipe tandis que les curieux ainsi que la presse étaient maintenus à bonne distance. L'officier de permanence du commissariat du 2e arrondissement se présenta d'emblée à l'enquêteur et fit un topo complet de ce qu'il connaissait de l'affaire.

– Tes gars ont touché à quelque chose ? demanda Dessert.

– Non. Ils se sont contentés de prendre une photo au portable depuis la porte sans pénétrer dans la pièce. Vu le carnage, on vous a appelé tout de suite.

– Bon réflexe. Les techniciens de la scientifique sont sur place ?

– Oui. Un gardien de la paix est resté avec eux au cas où.

– Bon, on y va. Ils s'équipèrent tous de la tenue adéquate et s'enfoncèrent dans les entrailles du bâtiment.

Le gardien en faction devant la porte les salua à leur arrivée. Les enquêteurs de la crim' n'avaient pas eu de mal à se frayer un chemin dans le sous-sol qui avait été débarrassé des encombrants de toute sorte. Un éclairage puissant balisait l'accès, les fils électriques courant sur le sol servaient de guide, allant de l'escalier de sortie à la porte en fer.

Le commissaire entra le premier. Ce qu'il vit lui glaça le sang. La première image qui lui vint à l'esprit fut une scène du film d'horreur de Tobe Hooper « Massacre à la tronçonneuse ».

La pièce dans laquelle il se trouvait était de taille modeste, il l'estima à environ 40 m². De plafond bas, elle était carrée et en béton brut. Deux techniciens étaient accroupis et effectuaient des prélèvements sur ce qui semblait être un morceau de chair. Leur combinaison blanche tranchait radicalement avec le ton rouge dominant qui saturait la pièce.

Les deux collaborateurs du commissaire principal entrèrent à leur tour. Phil demeura interdit tandis que Gus, pourtant rompu aux scènes de crime macabres, eut un mouvement de recul. L'agression visuelle dont ils venaient d'être victimes fit place à une agression d'une autre nature : ils chaussèrent tous les trois leur masque nasal d'un élan commun.

Dessert détailla ce qui s'imposait à lui.

Les murs présentaient des traînées rouges comme si un peintre fou, guidé par un objectif artistique démoniaque s'était employé à recouvrir une toile géante, projetant sa peinture dans un accès de rage incontrôlée. Les multiples traînées se terminaient par des gouttelettes en abondance qui avaient depuis séché. Le plafond n'avait pas été épargné bien que moins marqué. De ce dernier pendaient plusieurs crocs de boucher solidement ancrés dans le béton. Des restants de ce qui semblait être de la ficelle étaient encore enroulés sur l'acier laissant suggérer une scène à vous retourner les tripes.

Un peu plus loin, une table massive en bois, elle aussi couverte de sang séché, avait servi, à n'en pas douter, à un rituel dont on n'osait imaginer l'issue. L'ancien étal de boucher était encore rivé au sol et rappelait que les lieux avaient autrefois vu passer des carcasses de bestioles en grand nombre. Les trois enquêteurs furent convaincus qu'il avait servi une dernière fois, mais pour une tout autre besogne.

Cette évaluation se termina par l'inventaire des objets gisant sur le sol. Dessert reconnut une « feuille », ustensile bien connu des artisans-bouchers pour trancher les os. Il y avait également un chalumeau miniature, un bidon de Javel à moitié vide, des plaques d'acier, une barre de fer ainsi que tout un tas d'outils de bricolage. Mais le plus spectaculaire restait à venir…

C'est à ce moment-là que le Croque fit son entrée.

– Salut la compagnie ! On m'a dit que j'avais rencard dans une charcuterie du 2e, alors me voilà !

Le légiste aimait les entrées théâtrales et les mauvaises blagues comme à l'accoutumée, mais la façon dont le commissaire principal le regarda le fit redescendre d'un étage. Il s'avança dans la pièce.

– Ah, quand même !

– Bon toubib, maintenant que tu es là, j'ai besoin que tu me dises si on peut relier cette scène de crime à la découverte faite à la basilique. Mais avant, je veux que tu me donnes ton avis sur ça. Il venait de désigner un objet posé sur l'étal.

Tandis que Gus et Phil étaient occupés à discuter avec les gars de la PTS, Dessert et le Croque s'approchèrent de l'objet en question, il s'agissait d'un morceau de bras amputé sous la tête de l'humérus et déposé sur le billot sans précaution particulière.

– À première vue, je dirais que ce membre a été abandonné il y a plusieurs jours. Regarde, les mouches ont commencé de faire leur travail. Il s'agit d'un bras droit donc vraisemblablement celui manquant du type qu'on a découvert à Fourvière. Je vais faire un prélèvement d'ADN pour être tout à fait sûr. La plaie n'a pas été cautérisée comme les autres membres, mais je ne peux rien en déduire pour l'instant.

– On a affaire au même tueur, oui ou non ?

– Les outils, le bras manquant, la coïncidence chronologique… Je pense que oui.

Soudain, il se pencha en avant.

– Tu as vu ça ? Le légiste montrait un petit dessin à hauteur du poignet, côté interne de l'articulation. Le flic chaussa ses lunettes.

Il s'agissait d'un petit diagramme en forme de damier, comme celui décrit sur le corps de la victime de la basilique, mais dans les cases desquelles y étaient inscrits des lettres de l'alphabet et des points. Ce dessin représentait donc neuf cases dont la première — en haut et à gauche — comportait un « a » suivi d'un « b » et d'un point. La deuxième, un « c », un « d » et un point, et ainsi de suite… L'ensemble n'était pas tatoué, mais grossièrement dessiné à l'encre.

– Qu'est-ce que c'est que ça ? interrogea Dessert.

Carlos Gonela se tourna vers l'enquêteur en souriant.

– Ça, c'est une énigme de plus à déchiffrer, dit-il sur le ton de la plaisanterie. Dessert passa outre la remarque.

– Il manque des lettres, dit-il. Plus précisément, les dernières lettres de l'alphabet. Qu'est-ce que ça peut bien vouloir dire ? Je me doutais qu'on trouverait le bras dans un endroit peu banal, mais là, ça commence à faire beaucoup.

Phil et Gus s'étaient approchés de leurs collègues pour se faire eux-mêmes une idée sur la découverte, mais vu leur grimace, ils n'avaient pas l'air plus avancés que les deux autres.

– En tout cas, je serais surpris qu'on découvre des traces d'ADN ou des empreintes dans cette pièce. Vous sentez l'odeur de chlore ? Le Croque interpella le photographe en blouse blanche.

– Tu peux me faire quelques clichés du bras avant qu'on l'emballe ? L'intéressé acquiesça.

Ils continuèrent de faire un rapide tour d'horizon pour s'imprégner des lieux lorsque le planton de faction leur fit un signe depuis le pas de porte.

– Monsieur le commissaire principal, je crois que j'ai trouvé quelque chose sur le sol. Je n'y ai pas touché.

Il désigna un mégot logé contre le mur juste derrière la porte en fer, côté extérieur.

– Ce mégot m'a l'air récent ! s'exclama Dessert.

– C'est peut-être un des deux ados qui l'a jeté ? proposa Phil.

– Non, je ne pense pas. Il s'agit d'un reste de cigarette russe !

Quatre paires d'yeux se tournèrent instantanément…

– J'ai étudié la tabacologie lorsque j'étais jeune officier. C'est très pratique de posséder ce type de savoir dans les enquêtes.

– C'est Sherlock Holmes qui s'y connaissait en…. Phil comprit qu'il avait raté l'occasion de se taire.

– Regardez, le mot « ACTPA » est inscrit sur le papier à cigarette et on voit des lettres en alphabet cyrillique. Les autres acquiescèrent. Le plus vraisemblable est que le tueur fumait lorsqu'il a transporté le corps inanimé jusqu'à la porte. Encombré comme il l'était certainement, il a craché sa clope pour pouvoir entrer dans la pièce. Il a fait ça machinalement…

– Si tu as raison Éric, nous avons son ADN ! Carlos affichait un large sourire.

– Bravo mon p'tit gars.

Le jeune gardien de la paix piqua un léger fard.

Les dernières investigations achevées, la troupe remonta à la surface avec un certain soulagement. L'enquête venait de prendre un nouvel élan.

Chapitre XIII

Les indices
Lyon 8e, 16 octobre 2018, 8 h 30

– Je vois que toute l'équipe est là. Merci à tous d'avoir répondu présent à l'appel de Thierry et à ceux qui ont renoncé à leurs repos. Ces dernières vingt-quatre heures ont été difficiles pour tout le monde. Dessert lui-même n'avait pas l'air très frais. J'ai bossé tard dans la nuit pour faire la synthèse de tous les éléments dont nous disposons, y compris le carnet que nos Parisiens ont ramené.

– Patron, c'est pas sympa pour nous… La capitaine s'était sentie visée et avait réagi au quart de tour comme d'habitude.

– Je plaisante la Guêpe, c'est juste pour vous taquiner. Il reprit.

– Pour la découverte d'hier, on n'aura pas le rapport des constat' techniques avant quelques heures, mais on peut prendre en compte certains faits avérés. Nous avons même un mobile probable pour le crime.

– Thierry, tu peux t'occuper du tableau et noter les éléments nouveaux au fur et à mesure ?

– OK, je m'y colle.

Il toussota pour s'éclaircir la voix, ce qu'il allait dire risquait de prendre un certain temps.

– Pierre Debrut est notre victime. Il a été assassiné le 12 octobre à 18 h environ dans les sous-sols du 32 de la rue Bayard dans le 2e arrondissement.

Il s'agit d'un espace qui a autrefois été utilisé comme abattoir avant que des immeubles n'y soient construits, mais il restait un vestige de construction de cette période que le tueur connaissait visiblement et dont il s'est servi. Nous savons que la victime a été étouffée à l'aide d'une poche plastique avant d'être démembrée sur place. Avant cela, elle a été torturée sans ménagement, comme vous le savez.

Le principal relut ses notes avant de poursuivre.

– La scène de crime nous a révélé plusieurs indices : d'abord le bras gauche qui manquait. Ce dernier porte un diagramme tracé au stylo dont la signification nous est inconnue. Le commandant montra le dessin sur le tableau. Le deuxième indice est un mégot de cigarette d'une marque russe ; les analyses ADN sont en cours et j'espère que nous aurons des précisions rapidement. S'agissant d'une marque de cigarette qui n'est pas vendue en France, on peut supposer que celui qui l'a fumée est d'origine russe. Il s'agit peut-être du criminel que nous recherchons. Concernant les outils abandonnés sur place, ils correspondent aux blessures infligées par le tueur, il n'y a plus de doute là-dessus. La victime n'est pas n'importe qui. Thierry et Annabelle se sont rendus à Saint-Germain-en-Laye auprès de sa veuve qui leur a précisé qu'il était franc-maçon au Grand Orient de France à Paris et responsable de sa loge.

Le commandant Schmidt intervint sur un signe de son supérieur.

– Madame Debrut nous a remis un carnet dont je vous parlerai après, mais qui, en gros, contient des éléments de recherche que son mari avait accumulés en tant qu'historien amateur. Il s'intéressait au Moyen Âge.

– Nous en savons d'ailleurs un peu plus sur ce que cherchait Pierre Debrut, intervint le commissaire principal. D'après son ami lyonnais Damien Sénéchat — lui-même franc-maçon —, il avait vraisemblablement découvert l'existence du trésor des Templiers.

Les enquêteurs qui découvrirent l'information se regardèrent interloqués.

– Oui, je reconnais que j'ai moi-même été surpris, mais il s'apprêtait à soumettre sa découverte à son ami lorsqu'il en a été empêché. Pour l'instant, on va suivre cette piste. Je vous rappelle qu'au début de sa quête, la victime s'était donné pour but unique de trouver un lien entre les templiers et les francs-maçons, lien qui aujourd'hui et d'après les textes connus n'est pas avéré. Il a certainement fait sa découverte par hasard.

Quelqu'un fit le tour de l'assemblée avec une cafetière fumante, un petit pot de sucre et des cuillères à moka. Le flic poursuivit.

– Venons-en à la basilique. Le corps de la victime a fait l'objet d'une mise en scène spéciale, rituelle pour être exact. Le tueur n'a laissé que peu d'indices, mais nous savons que cette mise en scène est directement liée à la franc-maçonnerie. Pourquoi a-t-il éprouvé le besoin d'habiller son crime de la sorte ? Ce point reste à éclaircir et c'est d'autant plus important que ça nous renseignerait sur les motivations du criminel. Ce qui est presque sûr, c'est que le tueur l'a torturé pour lui soutirer des informations dont on peut penser qu'elles sont liées à ce fameux trésor. En tout cas, ça nous donne un sérieux mobile de crime. Pour finir, il a circulé à bord d'une fourgonnette — que nous avons depuis identifiée — volée en région parisienne pour commettre son méfait. Gus, donne-nous des précisions.

– Comme je vous l'ai annoncé hier soir, les gendarmes du peloton autoroutier de Beaune l'ont découverte dans l'après-midi d'hier sur l'aire d'autoroute de La Salle en Saône-et-Loire grâce au signalement que nous avons lancé au niveau national. Le Secrétariat Général pour l'Administration du Ministère de l'Intérieur de Lyon a envoyé une dépanneuse pour la redescendre sur Lyon et la scientifique va la passer au crible, mais ils sont sceptiques sur les chances de trouver des empreintes ou de l'ADN à cause de la javel répandue dans l'habitacle. Dans le coffre, les gendarmes ont trouvé du matériel d'escalade. Il pointa une photo du doigt pour confirmer son propos. Au fait, les caméras de la station étaient HS.

– Bon, ça veut dire qu'à l'heure qu'il est, il circule probablement dans une autre bagnole. Il faudra vérifier si une voiture a été signalée volée sur place. Et celle de la victime ?

– Rien pour le moment.

– La Souris, qu'est ce que tu as de ton côté ?

– J'ai poursuivi mes recherches sur la symbolique de la basilique. Partant de ma première analyse selon laquelle le bras droit — tel qu'il a été découvert — pourrait représenter l'équerre du responsable de la loge que les maçons nomment un « bijou », j'ai découvert que les deux jambes — l'une placée verticalement et l'autre horizontalement — pourraient être apparentées respectivement à la perpendiculaire et au niveau des 1er et 2e surveillants d'une loge. D'autre part, nous savons que le tueur était renseigné sur la qualité maçonnique de sa victime, il s'agit donc bien d'une mise en scène parfaitement orchestrée et voulue comme telle. Elle interrogea du regard ses collègues qui n'avaient pas bronché. La lettre « G » l'étoile à cinq branches, les bijoux, le burin, tout nous ramène à la franc-maçonnerie…

– Bon travail Marlène. Ça va nous permettre de fermer une porte. Thierry, parle-nous du calepin.

– OK, Éric. Comme je vous l'ai dit, nous avons récupéré un carnet que nous a donné la veuve. Il contient des annotations liées à ses recherches, mais le gros de son travail se trouverait dans un dossier qui a disparu. Nous pensons que Debrut l'avait avec lui lorsqu'il s'est rendu à Lyon, car sa femme ne l'a pas retrouvé dans ses affaires.

– Si bien que maintenant, c'est sûrement le tueur qui le détient. Ça veut aussi dire qu'il a un temps d'avance sur nous. D'un autre côté, le fait que la victime a été torturée laisse à penser qu'elle avait conservé de mémoire des informations importantes qui ne se trouvaient pas dans le dossier. Le tout est de savoir si le tueur est parvenu à la faire parler ? Dessert était songeur.

– Annabelle et moi avons parcouru le document sans approfondir. Plus des trois quarts sont consacrés à l'étude de livres ou de documents anciens que Pierre Debrut s'était procurés. Ils sont tous répertoriés et commentés. Il y est question d'analyses littéraires, de recoupements d'informations, de comparaisons, etc. Les dernières inscriptions sont cependant différentes. On trouve des diagrammes, des formules codées, des schémas et des extraits de cartes. Il avait également entouré des villes et insisté sur un livre ancien qu'il avait déniché à Paris et qui traite d'architecture. Il désigna le tableau sur lequel figuraient des schémas et des dessins placardés par ses soins. L'ensemble suscita un certain intérêt auprès de l'auditoire.

– D'après Damien Sénéchat, la découverte de ce livre serait le déclencheur de sa recherche sur les Templiers et leur supposé trésor, reprit le commissaire principal. J'ai les références du bouquin. Il faudra contacter le conservateur de la bibliothèque ; il détient peut-être des informations susceptibles de nous intéresser. La remarque s'adressait à son second qui lui fit un signe de tête en guise d'approbation.

– Je veux bien m'occuper de l'analyse du carnet. Marlène était la spécialiste incontestée du service, il n'y eut pas d'objection.

Dessert effectua quelques pas dans la pièce afin de synthétiser ce qui avait été dit.

– Nous savons qui est la victime et où, quand et comment elle a été assassinée. Nous savons également sur quoi portaient ses recherches et vraisemblablement ce qu'elle avait découvert même si ça reste à confirmer. Il est plus que probable qu'elle a été torturée pour cela. Ce que nous ignorons encore, c'est l'identité du tueur et les raisons qui l'ont poussé à mettre en scène son meurtre dans les conditions que nous connaissons.

Il nous faut également retrouver la voiture de la victime.

Les enquêteurs attendaient la suite.

– Nous avons plus ou moins réussi à écarter les médias jusqu'à maintenant, mais le Contrôleur général exige que j'organise une conférence de presse pour calmer l'effervescence autour de cette affaire. On m'a aussi fait savoir que le ministère s'intéresse à l'enquête — les instances du Grand Orient sont sûrement passées par là — je ne vais pas pouvoir y échapper. Le rendez-vous avec la presse aura lieu en fin de matinée. J'ai bien envie de lâcher une info ciblée pour faire sortir le lascar de l'ombre et lui faire commettre une faute. Il se frotta le menton.

– Éric, tu sais que ce genre de manœuvre peut aussi se retourner contre nous. Le type peut prendre peur et décider de s'enterrer comme un rat ! Le côté pragmatique du commandant avait ressurgi.

L'équipe était partagée sur l'option à suivre.

– Peut-être Thierry, mais on n'a rien sur lui. En plus, c'est un tueur sans scrupule et rusé. Il nous a laissé — volontairement, je pense — quelques maigres indices histoire de nous faire marner. Je doute qu'il se laisse impressionner, mais il peut hâter sa quête et commettre un faux pas. Je veux tenter le coup.

Chapitre XIV

Molay en Haute Saône
Quelque part en France,
13 octobre 2018, 13 h

La golf avait quitté l'autoroute par des chemins de traverse. La trois voies et ses glissières de sécurité avaient laissé place aux petites routes de campagne et à ses bosquets fleuris. Une ambiance nonchalante flottait dans l'air après ces deux jours de tensions et de violence exacerbées. Le calme était revenu dans la tête d'Anatoli Vassiliu.

Le soleil jouait à cache-cache avec les nuages venant du nord tandis qu'une brise légère secouait les géraniums vivaces et faisait s'envoler les insectes venus butiner à la faveur de cette douceur retrouvée. Un peu plus loin, c'est une escadrille de bourdons qui s'était attardée sur un sedum en fleurs. Le passage de la Golf ne fit que retarder cette nuée désordonnée qui reprit de plus belle quelques instants plus tard.

Les petites routes de campagne défilaient à une allure régulière, traversant un hameau ou un village endormi, une forêt ou un pâturage. Parfois, au détour d'un virage, une rangée de vieux platanes brandissait ses racines hors de leur carcan d'asphalte, rappelant le conducteur à ses obligations de vigilance par des secousses répétées sur les amortisseurs.

Les dernières trépidations occasionnées par le macadam eurent raison de la résistance du Russe qui pensait pouvoir rallier sa destination dans l'après-midi. La somnolence était survenue plus tôt que prévu.

Pétri de fatigue, il fit une halte à l'orée d'un petit village du nord-est de la Saône-et-Loire. Sornay ne se trouvait qu'à 4 km de Louhans, ville plus importante de la Bourgogne.

Faire une véritable pause dans ce coin de campagne ou bien poursuivre jusqu'à Louhans et trouver un hôtel bon marché pour y passer la nuit ? Cette question n'était pas anodine. Il y avait bien une boulangerie et une petite supérette à Sornay au bord de la départementale, mais la présence d'un étranger en ce lieu, qui plus est avec un accent slave, risquait d'attirer l'attention des autochtones. Il opta pour la deuxième solution moins risquée à son avis.

Après dix minutes de conduite, il abandonna sa Golf dans une ruelle du centre-ville délaissée par les piétons et déambula à la recherche d'un snack. Il avisa une pizzeria italienne et s'installa au fond de la salle malgré l'heure avancée de l'après-midi.

« *Les gnocchis à la crème feront l'affaire* », se dit-il. Le ristretto qui suivit le remit provisoirement d'aplomb. Quelques minutes de marche à pied lui firent également du bien.

Cette petite ville n'était pas désagréable finalement, avec ses rues pavées et ses arcades fleuries, ses toits pentus et sa tranquillité, c'était une belle endormie. Rien à voir en effet avec la capitale trépidante ; il se dit alors qu'il pouvait bien s'offrir une petite parenthèse…

L'hôtel sur lequel il jeta son dévolu ne payait pas de mine, à mi-chemin entre un motel de banlieue et un établissement d'une grande chaîne hôtelière à bas coût. L'enseigne clignotante avait perdu ses deux dernières lettres. « HOT… » pouvait-on lire. Il n'avait pourtant pas l'air bien torride cet établissement ; il décida d'entrer.

Petite chambre, petit placard, petite salle d'eau, petite fenêtre et petit prix, Anatoli Vassiliu ne risquait pas d'éveiller l'attention sur lui. C'est ce qu'il recherchait ! Installé dans cette antithèse de palace étoilé, il ressortit son dossier qu'il était bien décidé à percer à jour.

En ouvrant les pages, il se remémora ces heures passées avec Pierre Debrut à discuter d'histoire et de légendes. Il repensa à ces livres anciens que ce dernier lui avait montrés ou prêtés. Il commençait à bien connaître le Moyen Âge français et la richesse de cette période faite de conquêtes, de pouvoirs, d'intrigues et de croyances. Au fond, le Russe comprenait la passion du français, lui qui avait fui son pays d'origine et qui cherchait à donner un sens à sa vie.

Un jour, l'historien amateur lui avait confié une information importante.

– Regarde ce document Anatoli, c'est un vieil écrit que je me suis procuré auprès du British Museum. Il m'a fallu du temps pour le traduire et le comprendre, mais il y est indiqué que des chevaliers se réunissaient en armures dans une province d'Écosse au début du quatorzième siècle. Je reconnais que l'objet de leur rencontre n'est pas clairement détaillé, mais il y est question de serment, de mots de passe et d'adoubement. Le simple fait de l'existence de ces réunions m'amène à penser que l'ordre du Temple a perduré outre-Manche au-delà de sa dissolution.

– Et qu'est-ce que ça signifie ...?

– C'est très important ! Avec les textes que je t'ai montrés l'autre jour, ça veut dire que les francs-maçons d'aujourd'hui sont des descendants directs des chevaliers d'autrefois. J'ai trouvé le lien !

– Tu penses qu'il s'agit d'une preuve solide ?

– Je crois que oui. Je vais soumettre ces textes à Damien, mon ami lyonnais pour m'assurer de leur authenticité.

Quelques semaines plus tard, les textes avaient été authentifiés, mais le spécialiste n'était pas pleinement convaincu des conclusions de son ami. Il estimait les preuves encore insuffisantes, ce qui ne découragea pas Pierre Debrut. Ce dernier se lança à corps perdu dans ses recherches et le Russe demeura quelque temps sans le voir.

Et puis un jour, il y eut cet appel.

– Salut Anatoli. Je crois que j'ai trouvé !

– Pierre ? Qu'est-ce qu'il se passe ?

– J'ai découvert quelque chose d'absolument incroyable. J'avais besoin de t'en parler tout de suite.

– Tu as trouvé la preuve irréfutable que tu cherchais ?

– Plus que cela... Il laissa un temps mort pour reprendre haleine. J'ai découvert le secret des Templiers.

– Comment ça ?

– J'ai découvert l'existence du trésor des Templiers dont on croyait qu'il ne s'agissait que d'une légende.

– .....

– Tu es toujours là ?

Le Russe mit un certain temps pour répondre à son ami. « *Il était donc sérieux lorsqu'il parlait de cette énigme* », pensa-t-il.

– Oui oui, je suis là. Mais, tu sais où il se trouve ? Je veux dire, le trésor ?

– Non, pas encore, car certains documents doivent être préalablement déchiffrés et recoupés. Je ne vais pas me représenter devant Damien sans preuve incontestable cette fois-ci. Je pense en tout cas avoir assez d'éléments pour le découvrir. Le trésor est impressionnant...

La conversation se poursuivit quelques minutes durant lesquelles l'ancien mercenaire tenta en vain d'en savoir plus. Son interlocuteur ne voulait pas brûler les étapes, préférant être prudent, car il était convaincu que sa découverte, si elle devait être confirmée, allait constituer une véritable révolution auprès de la communauté scientifique.

Le Russe prit le temps de digérer l'information. En raccrochant, il réalisa ce que cette découverte pouvait signifier pour lui : l'opulence, le luxe, la richesse, tout ce dont il avait manqué dans son pays...

Il eut soudain conscience de la faiblesse du personnage qu'il incarnait aux yeux de son entourage : l'homme élégant, cultivé et courtois, celui à qui on pouvait faire confiance. Il était temps de se fondre dans la peau de l'homme d'action, déterminé et sans scrupule, celui qui, autrefois, inspirait la crainte autour de lui. Il était temps de passer à l'action.

Les semaines qui suivirent occupèrent les journées d'Anatoli Vassiliu et furent une succession de surveillances, de filatures, d'espionnage et d'enquêtes. Il voulait savoir ce que le Français avait précisément découvert et où en étaient ses recherches. On le vit moins souvent à l'Alliance et ses visites chez les Debrut s'espacèrent également, l'intéressé prétextant être sollicité dans une autre association pour ne pas éveiller l'attention de ses amis. Il demanda au patron de son entreprise de passer à mi-temps et expliqua à son vieil ami Sergëi qu'il avait à faire en province et qu'ils se verraient moins souvent. Ces explications semblèrent convenir à tout le monde.

Alors qu'il cherchait à recueillir des informations plus précises et à comprendre dans quelle direction s'orientaient les recherches du français, il fit lui aussi une découverte inattendue. Grâce au partage des recherches que Pierre Debrut avait faites avec lui, il savait que l'arrestation des templiers était un prétexte du Roi de France Philippe le Bel pour stopper la puissance et s'emparer des richesses de l'ordre du Temple. Les moines-soldats s'étaient pourtant battus en terre sainte pour le compte de leur pays, mais ils ne reçurent aucune aide ni aucun soutien de leur Pape Clément V, censé les défendre.

Au contraire, tous leurs biens, meubles et immeubles furent confisqués après leur dissolution en 1312. Une partie avait cependant échappé au monarque d'après les allégations de l'historien.

Il découvrit alors que les richesses saisies furent attribuées par l'Église catholique à l'ordre des Hospitaliers de Saint-Jean de Jérusalem.

Ses recherches lui apprirent également qu'il s'agissait d'un ordre militaire au même titre que les Templiers et contemporains de ces derniers, mais qui perdura jusqu'au début du XIXe siècle. Cependant, il fut troublé d'apprendre qu'un des derniers Grands Maîtres des Hospitaliers, nommé par le pape Pie VI, n'était autre que le tzar orthodoxe Paul 1er de Russie.

Il ne s'agissait que d'une information historique mineure, mais Anatoli Vassiliu vit les choses différemment.

Si son pays avait effectivement soutenu cet ordre militaire au XIXe siècle, les templiers l'avaient donc spolié quelques siècles plus tôt, selon son analyse, en s'enfuyant hors de France avec le supposé trésor qui avait échappé au Roi et dont Pierre Debrut avait probablement découvert l'existence. Cette analyse pouvait paraître « tirée par les cheveux », mais Anatoli Vassiliu se sentit en devoir de réparer l'histoire et de venger sa patrie.

Les vieux démons du Russe avaient soudain refait surface.

*

Il y avait des lapins, des faisans, des perdrix, des sangliers et des chevreuils ; des animaux sauvages évoluant au beau milieu d'une forêt de sapins et de feuillus. Le décor de la tapisserie s'imposait dès le franchissement de la porte de la chambre d'hôtel. Passé cette première impression d'ambiance surannée, la moquette poussiéreuse et vieillotte maintenait le client dans un univers d'un autre temps.

Inutile de rechercher la connexion Wifi, ni le mini bar, ni la télévision, ni même le petit coffre-fort. Une lampe de chevet constituait l'unique point lumineux de cet univers. Son ampoule à filament, recouverte de poussière, projetait une lumière tamisée dans l'espace restreint suggérant un salon privé, mais sans musique, sans chaleur et sans modernité.

Anatoli Vassiliu était occupé à classer le contenu du dossier qu'il avait extorqué à sa victime quelques heures auparavant. Il se fichait pas mal de l'austérité de son logis provisoire, au contraire, cela lui permettait de mieux se concentrer sur ce qu'il avait à faire sans se laisser distraire par des contingences accessoires.

Le sol de la petite chambre était couvert de feuilles manuscrites. Certaines étaient regroupées en tas et attachées avec un trombone, d'autres étaient classées par dates. Il y en avait aussi sur le lit et sur la deuxième table de chevet.

On retrouvait des photocopies de cartes IGN annotées, des titres d'ouvrages accompagnés de commentaires, des photos de templiers en armures, des dessins crayonnés, dont certains représentaient des figures géométriques ou des diagrammes. Certaines feuilles comportaient des sentences ou des énigmes qu'il ne parvenait pas à déchiffrer sur le moment.

Il repéra d'ailleurs un dessin avec des lettres semblables à celui qu'il avait vu sur l'avant-bras de Pierre Debrut, mais il s'agissait cette fois-ci d'une sorte de croix en « X » pourvue des dernières lettres de l'alphabet. Ces dernières étaient en effet réparties autour du « X » selon le même procédé que le damier : le « s » accolé à un « t. » dans la partie haute du dessin puis le « u » et le signe « v. » à droite et ainsi de suite jusqu'au « z. ».

« *Y avait-il un rapport entre cette figure et le damier ? probablement*, pensa-t-il. *Les deux dessins regroupent l'ensemble des consonnes et des voyelles, cela ne peut pas être une coïncidence. Mais à quoi cela peut-il bien servir* ?

Il tenait également en main une liste d'objets détaillés ou plus exactement une reproduction d'un original ancien — l'écriture n'étant pas nette — signée « GDV », accompagnée d'un idéogramme incompréhensible représentant peut-être des signes hébreux ou kabbalistiques. Il crut reconnaître un « L » et un « V » ainsi que les signes « < » et « > », mais l'ensemble ne signifiait rien de connu.

Il n'y avait aucune annotation, aucune explication, aucun indice qui aurait pu l'aider à le déchiffrer… il entreprit de revisiter tous les documents les uns après les autres. Il y avait forcément une « clef » quelque part !

En réalité, le Russe se rendait bien compte que le dossier qu'il avait entre les mains ne constituait qu'une partie de la découverte de Pierre Debrut et que ce dernier avait certainement conservé en mémoire les explications de chaque étape de sa quête, de sorte que prises séparément, les pages qu'il avait sous les yeux ne signifiaient rien pour le profane.

Il soupira longuement et repensa à sa victime qui avait accepté son sort dans la souffrance, résignée, mais muette. Il lui faudrait s'y prendre autrement s'il voulait obtenir des résultats.

Il décida de s'en tenir à sa première impression, suivre la piste du premier feuillet du classement chronologique et se rendre en Haute-Saône comme il avait prévu de le faire et pour les énigmes, il verrait plus tard…

La fatigue l'ayant gagné subitement et le découragement aussi, il s'apprêtait à regrouper ses papiers lorsque l'ampoule rendit son dernier soupir, plongeant la pièce dans le noir : il était temps de mettre un terme à cette journée harassante.

*

Anatoli Vassiliu se leva tard dans la matinée. Il avait bien dormi et n'était pas pressé. La nuit avait été réparatrice, mais son voyage devait se poursuivre jusqu'à Molay en Haute-Saône, demeure ayant autrefois abrité le dernier Grand Maître de l'ordre du Temple. Il avait lu quelque part que la maison en question était en très mauvais état et n'était plus habitée depuis très longtemps, mais qu'elle était encore debout.

Il n'était cependant pas prudent de se rendre sur place en pleine journée et risquer d'éveiller l'attention des voisins, pensa-t-il. Il devait visiter cette maison à la nuit tombée. Un détail toutefois subsistait : qu'était-il censé trouver en ce lieu ?

Le village était entouré au crayon sur l'extrait de carte dont le Russe possédait une copie avec cette inscription « ancienne demeure du Grand Maître », mais Pierre Debrut n'avait rien indiqué de plus qui eût pu le mettre sur la voie.

Après avoir avalé une grande tasse de café noir qu'il avait commandé au bar du coin et mangé un croissant, il reprit son chemin en direction du centre-ville pour récupérer la Golf déposée la veille.

Le voyage se poursuivit à travers la Bourgogne-Franche-Comté par des petites routes bucoliques et peu fréquentées. Il suivit la D23 puis la D13 avant de parvenir à destination en milieu d'après-midi. Une fois sur place, il se rendit vite compte que l'accès à la maison était risqué. Elle était située au cœur du village et il y avait des habitations très proches. Le simple fait de garer une voiture en bordure de route pouvait attirer l'attention du voisinage. Il préféra se rendre à Dôle — sous-préfecture du Jura — pour faire quelques provisions puisque la ville était à moins de 10 km de sa position et attendre le coucher du soleil pour revenir sur les lieux.

Quelques heures plus tard, un Duster noir se déplaçait au ralenti dans les rues de Molay désertées par ses habitants. On entendit au loin un chien aboyer et un transporteur de grumes traversa la grand-rue dans un vacarme de fer et de bois qui s'estompa après quelques secondes, puis le silence reprit ses droits. Anatoli Vassiliu avait repéré un petit parking face à la mairie lors de son passage dans l'après-midi. Il était très proche de la maison et légèrement décalé de celle-ci, mais il fallait traverser la rue Jules Grevy et la rue Jacques de Molay pour s'y rendre, c'était risqué même de nuit.

Il refit un tour et repéra une petite place à proximité d'un arrêt de bus. Située à l'arrière de la demeure, il suffisait de franchir deux petites clôtures de jardin pour se retrouver dans la place.

Il saisit son sac à dos dans lequel il rangea un pied de biche au cas où, et s'éloigna du Duster.

Il avait choisi ce véhicule, car la Golf blanche était trop voyante pour cette mission et de toute façon, elle avait certainement été déclarée volée la veille par son propriétaire et devait être recherchée par les forces de police. En arrivant à Dole, il s'était rendu au supermarché et avait fait quelques provisions de nourriture. Il avait aussi acheté une puissante lampe torche pour son aventure nocturne. C'est en sortant du parking qu'il repéra le club nautique situé juste en face du centre commercial en bordure du Doubs. Le bâtiment semblait fermé, mais le portillon d'accès était entrebâillé et des voitures étaient stationnées dans la cour, il remarqua le Duster un peu à l'écart, son choix était fait.

Au moment de franchir les clôtures, il s'assura que personne dans le village n'avait remarqué sa présence. Il y avait bien quelques lumières dans les maisons alentour, mais pas de lampadaire à proximité ni de villageois noctambule, pas même un animal, tout était calme. Sa capuche rabattue sur la tête, il ne lui fallut que quelques secondes pour se retrouver près de la porte arrière de la maison. Elle lui résista suffisamment pour qu'il se décide à utiliser son pied de biche. La porte céda sous l'effet du levier.

À l'intérieur, Le Russe ne fut pas surpris de découvrir l'état d'abandon du bâtiment qui n'avait plus été occupé depuis des siècles. C'était un amoncellement de gravats de toute sorte : pierres détachées des murs, tuiles cassées, bois pourris, etc. De la végétation s'était également développée un peu partout rendant le déplacement hasardeux. Il alluma toutefois sa torche et entreprit d'explorer les différentes pièces encombrées d'objets hétéroclites que des gens peu scrupuleux avaient abandonnés sur place.

Il n'y avait pas grand-chose d'intéressant dans ce fatras et il se demanda ce que Pierre Debrut avait bien pu y trouver d'important. «*Peut-être rien*», songea-t-il !

En manipulant sa lampe, il finit par éclairer une clef de voûte au-dessus d'un porche. Celle-ci portait une croix templière sculptée dans la roche. Il promena plusieurs fois le faisceau lumineux sur sa découverte, mais ne trouva rien de plus que ce symbole ancien.

– À part le fait que je suis bien au bon endroit, je perds mon temps ici… ! grommela-t-il.

Un peu plus loin, au 4 de la rue de Molay, un habitant était sorti dans sa cour pour allumer sa pipe.

– Qu'est-ce que c'est qu'ça ? Il retourna précipitamment sur son palier. Germaine, viens voir un peu par là ! R'garde en face, on dirait d'la lumière dans la ruine.

– C'est ben vrai ! J'sais pas c'que c'est, mais faut appeler les gendarmes.

Pendant que la femme faisait demi-tour, l'homme à la pipe traversa la route en direction du faisceau.

– Y'a quelqu'un ?

– *черт* ! s'exclama le Russe. Il éteignit immédiatement sa lampe et se terra dans le noir.

– Y'a quelqu'un là-dedans ? J'vous préviens, j'ai appelé les gendarmes. Le vieux bonhomme n'était pas rassuré et il n'osa pas s'approcher davantage. Il répéta son injonction.

Le Russe ne pouvait pas se permettre de se faire surprendre. Deux solutions s'offraient à lui : faire taire ce vieux définitivement, mais s'était risqué même à cette heure tardive de la soirée ou bien se tirer vite fait de ce bourbier. Il décida de foncer dans la direction opposée malgré l'absence de lumière.

Le vacarme qui s'en suivit fut tel que l'autochtone prit ses jambes à son cou et s'enferma à double tour avec sa femme aussi terrorisée que lui. Après tout, ce n'était pas à eux de prendre les risques. Il valait mieux attendre l'arrivée de la maréchaussée.

L'aventurier eut plus de difficulté à rejoindre la sortie, celle-là même par laquelle il était entré. Il trébucha plusieurs fois, perdit sa lampe, arracha ses habits dans les ronces et se cogna à de nombreuses reprises sur des objets dont certains étaient particulièrement coupants. Pour finir, il se tordit la cheville dans un craquement d'os qui lui arracha un juron. Une douleur insupportable le terrassa.

Habitué au mal, il parvint toutefois à se traîner jusqu'à sa voiture, démarra en trombe sans allumer ses phares et s'échappa de ce village maudit qui lui avait fait perdre une journée entière. Il dut s'arrêter au village suivant pour inspecter les dégâts. Sa cheville gauche était très douloureuse, mais il pouvait quand même se servir de la droite pour accélérer et pour freiner. Pour l'embrayage, il improviserait…

– Si c'est une entorse, je suis bon pour une immobilisation forcée, grogna-t-il.

Il se dévêtit et remarqua une profonde entaille au bras droit. Ce n'était pas très beau à voir. Quelques points de suture et une piqûre antitétanique s'imposaient.

Il regarda sa montre et se dit qu'il lui fallait un peu moins de 4 h pour rentrer chez lui et se soigner. « *En partant maintenant et en serrant les dents, j'arriverai à Paris vers 1 h, ça vaut le coup d'essayer* ».

Les phares du Duster disparurent du village.

Chapitre XV

La conférence de presse
Lyon, 16 octobre 2018, 11 h 30

Le commissaire principal Éric Dessert avait pris place à droite du Procureur Antoine Decoin tandis que le Contrôleur général Serge Paffin siégeait à sa gauche, ses yeux allant d'un journaliste à l'autre, gonflant le torse et ajustant sa cravate.

La conférence de presse avait été organisée quelques heures auparavant. Les médias s'intéressaient à l'affaire depuis plusieurs jours et les coups de fil des régies encombraient le standard téléphonique du commissariat du 8e. On voulait savoir ce qui s'était passé dans la basilique de Fourvière et si le meurtre pouvait être relié à la scène de crime du 2e. Mais certains journalistes possédaient à l'évidence des informations sur l'enquête pourtant tenue secrète par les policiers. Comme c'était souvent le cas dans ce genre d'affaire exceptionnelle, il y avait eu des fuites.

Le ministère s'en était inquiété, la Direction de la police nationale avait demandé des comptes, le Préfet s'agaçait dans sa préfecture et le Contrôleur général Paffin tentait de parer les coups.

En grand communicateur devant l'Éternel, ce dernier avait rassuré tout le monde, insistant sur la progression de l'enquête et garantissant des résultats rapides. Pour ceux qui le connaissaient bien, il essayait surtout de gagner du temps et de sauver sa peau, car il était dépassé par les évènements.

De nombreux éclairages étaient braqués en direction des trois fonctionnaires. Ces derniers s'étaient installés dans une salle de réunion du commissariat du 8e improvisée en plateau télévisé. Quelqu'un annonça le début de l'interview, les micros s'approchèrent et les perches se tendirent.

– Bonjour messieurs, Jean-Claude Rouré, *TF1*. Est-il exact que le corps découvert dans la basilique il y a trois jours appartient à un membre de la franc-maçonnerie ?

– Oui, c'est exact. La victime était responsable d'une loge parisienne.

– Une loge du Grand Orient de France, je crois ?

– Absolument.

– Monsieur le Procureur, Jean Placé du *Dauphiné Libéré*. On nous a dit que le corps avait été démembré, vous confirmez ?

– La victime a effectivement subi des amputations *post mortem* aux bras et aux jambes.

– Il pourrait s'agir d'un règlement de compte, selon vous ?

– Ce n'est pas la piste qui est privilégiée pour le moment, mais nous ne pouvons toutefois pas l'exclure.

– Jérôme Chauvaux de *France 3 Rhône-Alpes-Auvergne*. La victime a été torturée et abandonnée dans des conditions « très spéciales » d'après mes sources. Qu'avez-vous découvert ? Y a-t-il un lien entre cet assassinat et son appartenance à l'obédience maçonnique ?

– À ce stade de l'enquête nous ne pouvons rien affirmer comme tel, mais oui, la victime a subi des sévices corporels avant le meurtre. Elle a été découverte accompagnée d'une mise en scène spéciale comme vous l'avez souligné. Les enquêteurs ont trouvé des inscriptions et des dessins mystérieux qui sont en cours d'analyse, mais les motivations de l'auteur de ce crime nous sont encore inconnues.

– Fabienne Joncourt, *Paris Match*. Le lieu de l'assassinat n'est pas celui de la découverte du corps n'est-ce pas ?

– Non, en effet…

– D'après nos informations, l'auteur a fait plus que torturer sa victime. Il l'a littéralement charcutée… ! La scène de crime était couverte du sang de sa proie, nous a-t-on dit !

L'affirmation était restée en suspens. Le choix des mots, la violence de l'image qu'ils suggéraient, tout conférait au malaise. Les spectateurs de cet échange retenaient leur souffle, on aurait pu entendre une mouche voler.

Le Procureur se tourna vers Paffin qui transpirait à grosses gouttes, mais c'est Dessert qui vint à la rescousse du magistrat.

– Le tueur — à supposer qu'il ait agi seul — a effectivement fait preuve d'une réelle sauvagerie en agressant sa victime. Dans un premier temps, il a eu besoin d'un espace retiré pour procéder de la sorte, c'est la raison pour laquelle le meurtre ne s'est pas déroulé dans la basilique. Ensuite, il a exposé sa victime de façon ostensible — une fois son méfait commis — de telle façon qu'on puisse la découvrir facilement.

– Il avait un message à faire passer selon vous ?

– C'est ce que nous essayons de comprendre.

– Vous pensez qu'il a pu bénéficier de complices ?

– Nous ne pouvons pas l'exclure.

– Catherine Descombes, *La Montagne*. Pensez-vous, monsieur le Procureur, qu'il s'agit d'un meurtrier en série ?

– Nous n'avons aucun élément qui permette de l'affirmer, mais nous n'en sommes qu'au début de l'enquête.

La journaliste de Paris Match revint à la charge. S'adressant directement au chef de la crim'».

– Pouvez-vous nous donner des détails sur ce que vous avez trouvé dans les sous-sols du bâtiment qui ont servi de scène de crime. Une source proche de l'enquête affirme qu'il y avait des morceaux de chair et des inscriptions rituelles ou cabalistiques ?

Décidément, cette femme avait décidé de ne rien lâcher.

Le principal se tourna à son tour vers le Procureur pour l'interroger du regard. Jusqu'où était-il autorisé à répondre ? C'était peut-être le moment de glisser une info ! Decoin ne broncha pas.

À 500 kilomètres de là, un homme était allongé dans son canapé, une écharpe autour du bras et le pied plâtré reposant sur un pouf. Il sirotait une bière en regardant le journal télévisé.

– Nous avons retrouvé le bras manquant de la victime dans une pièce du sous-sol de l'ancien abattoir du 2e dont s'est servi le criminel pour agir. Nous pensons qu'il voulait lui extorquer des informations, ce qui expliquerait les tortures. Cela dit, nous ne savons pas encore de quoi il s'agissait. Quant aux inscriptions, il s'agit vraisemblablement d'une mise en scène destinée à brouiller les pistes.

Il marqua une pause puis il reprit.

– Nous avons également trouvé un ADN masculin dont nous attendons en ce moment les résultats.

– Et vous pensez qu'il pourrait s'agir du meurtrier ?

– Il y a de fortes chances, car il a été découvert sur le reste d'une cigarette de marque russe qui n'est pas vendue en France.

Anatoli Vassiliu se leva d'un bond en renversant le pouf…

Il y eut encore quelques questions puis les journalistes quittèrent les lieux pour se rendre dans leurs radios ou leurs studios respectifs tandis que la pièce se vidait de ses occupants.

– Éric, tu ne penses pas que tu as pris quelques risques avec cette information de dernière minute ? interrogea le Procureur.

– Peut-être, mais si l'individu a regardé la séquence télévisée, je suis à peu près sûr qu'il va réagir. Avec de la chance, il va commettre une erreur et nous serons là.

– Je l'espère et je te fais confiance, mais nous marchons tous sur des œufs en ce moment. Ne l'oublie pas !

Un type de la police technique et scientifique s'était avancé.

– Monsieur le principal !

– Oui ?

– L'ADN sur le mégot était exploitable, mais il ne correspond à aucun nom connu dans le fichier…

– Merde !

*

Anatoli Vassiliu tournait en rond comme un lion en cage. Il donnait l'impression de ne plus ressentir sa douleur à la cheville.

- *бляха-муха* ! Comment ont-ils fait ? Ça fait à peine quatre jours !

Il essayait de réfléchir sereinement, mais ça se bousculait dans sa tête.

– La cigarette ! C'est la cigarette que j'ai jetée dans le sous-sol ! s'exclama-t-il tout haut. Il se remémora la scène où il avait dû traîner sa victime endormie et, n'étant pas libre de ses mains, il avait abandonné le mégot négligemment sur le sol.

Il se demandait également où les flics en étaient dans leur enquête et de quelles preuves ils disposaient. Ils avaient découvert la scène de crime et avaient fait le rapprochement avec la basilique, mais pour le reste ? Avec cet ADN, y avait-il un risque qu'ils découvrent son identité ? Était-il recensé dans le fichier d'Interpol ?

Ça faisait beaucoup de questions sans réponse et beaucoup de raisons de s'inquiéter pour la suite…

Une seule solution lui vint à l'esprit : abandonner provisoirement son appartement, quitter la France au plus vite et se réfugier quelque part en attendant que les choses se tassent, mais il était hors de question de renoncer au trésor.

Il attrapa son téléphone portable et composa un numéro en Biélorussie.

– Allô Dimitri ? C'est Vitali.

– *Da.*

– Je n'ai pas le temps de t'expliquer, mais j'ai besoin de venir chez toi pour quelque temps, dit-il en russe.

- *решено* ! répondit l'autre.

Nouveau coup de téléphone.

– Sergëi ! C'est Anatoli. Je vais devoir rentrer au pays pour quelque temps, car ma cousine Natalia est très malade.

– Ah bon ?!

– Oui, je t'ai déjà parlé d'elle. Elle ne va pas bien du tout, mais c'est juste pour quelque temps. Tu pourras arroser les plantes sur mon balcon quand je serai parti ?

Chapitre XVI

La police technique et scientifique
Lyon, 17 octobre 2018, 8 h 30

Un cigarillo était négligemment posé sur le rebord d'un cendrier en albâtre. Des volutes de fumée s'échappaient du bout incandescent en décrivant des formes ondulées qui montaient au plafond et se répandaient telle une mer de nuages bleutés. De la cendre s'était répandue sur les dossiers d'enquêtes qui traînaient un peu partout et se mêlait à la poussière environnante. Par endroits, des mégots mal éteints avaient attaqué le bois et fini par creuser des petits cratères noirâtres. Un peu à l'écart de l'espace de travail — réduit à sa plus simple expression — un radiateur à bain d'huile réglé sur « max » dégageait des calories superflues… Cet univers suffocant et surchauffé, mal organisé, constituait l'antre du chef de la crim'.

Pour parachever le tableau, le bureau était encombré d'un ensemble désordonné d'objets divers récupérés lors de précédentes perquisitions ou bien entassés avec les années sans qu'il fût possible de déterminer leur provenance.

La femme de ménage avait renoncé depuis fort longtemps à pénétrer dans cet espace, se contentant de vider la poubelle — et ce qui avait débordé — lorsqu'elle le pouvait. Parfois, elle s'entendait dire :

« *Je ne veux pas qu'on touche à mes affaires, je m'y retrouve.* »

Le commandant Thierry Schmidt avait réussi à trouver un siège non encombré, mais pas à ouvrir la fenêtre, son chef n'aimant pas les courants d'air.

– Tu n'as pas pu t'empêcher de parler du mégot de cigarette, hier à l'interview. Tu sais ce que j'en pense, Éric !

– On n'a rien, Thierry ! On n'a rien du tout ! Ce type nous nargue depuis le début, il fallait tenter quelque chose.

– Tu es conscient qu'il peut nous filer entre les doigts à tout moment, c'était risqué !

– C'est ce que m'a dit Decoin.

– Ah, tu vois !

Dessert ne laissa pas son adjoint s'échauffer.

– Soyons réalistes ! À part une fourgonnette qui n'a pas « parlé », un ADN qui ne livre aucun nom, des inscriptions maçonniques invraisemblables, un corps javellisé... On n'a pas l'ombre d'une piste sérieuse concernant le tueur. On n'a que dalle !

Le commandant n'insista pas. Il avait un grand respect pour *le vieux*, c'est ainsi qu'on le surnommait parfois dans le service. Il s'était juste contenté de donner son avis comme il le faisait habituellement.

Lui était un enquêteur prudent, méticuleux, pas le genre à prendre une décision susceptible de mettre une enquête en péril. Il préférait suivre une piste jusqu'au bout, se donner un temps de réflexion avant d'agir, tout le contraire de son chef qui, lui, travaillait à l'instinct.

Le commissaire principal Éric Dessert était un sanguin. Il aimait foncer, provoquer, secouer les consciences et se fier à son flair de flic. Il avait de la ressource et ne se laissait pas facilement dépasser, en particulier lorsqu'une enquête lui résistait. Son expérience de terrain lui avait également rendu de grands services dans certaines affaires anciennes. Dans ce genre de situation, il ne fallait pas le contrarier…

– Voilà ce qu'on va faire : je vais reprendre contact avec le directeur de la bibliothèque Mazarine. Il a vu Debrut plusieurs fois et l'a aidé à trouver des vieux bouquins ; je pense qu'il peut nous fournir des informations et nous faire avancer. Quant à ce manuscrit dont nous a parlé sa veuve, il faut creuser de ce côté-ci également.

– Je peux m'en charger si tu veux ?

– Non, je préfère que tu retournes voir sa femme, elle te connaît. Elle te parlera plus facilement qu'à moi. Tu m'as dit qu'elle a un léger accent slave et elle a un prénom à consonance russe… ? Je me demande si… ?!

– À quoi penses-tu ?

– Le mégot de cigarette est d'origine russe. Pierre Debrut a été assassiné, car il détenait un secret. Et s'il en avait parlé à quelqu'un d'autre qu'à son ami lyonnais ? Il faut que tu creuses dans l'environnement des Debrut. Vois ce que tu peux en tirer. Il y a peut-être un lien !

– OK, je vais m'en charger.

– De mon côté, je vais aller faire un petit tour du côté de cette fameuse bibliothèque.

– La vie parisienne te manque à ce point ? L'officier avait prononcé sa phrase avec un sourire.

– À ton avis ? Non, j'ai surtout besoin de prendre l'air, ce bureau m'insupporte.

– Tu m'étonnes !!!

– Je vais emmener la Souris avec moi, elle n'a pas son pareil pour démêler les énigmes.

– Ah, quand même ! Tu n'as pas choisi au hasard, hein ?

– T'es jaloux ? Tu peux prendre Phil avec toi si tu veux, c'est un bon parti... répondit-il narquois.

Son adjoint étouffa un grognement.

– Gus m'a dit hier soir avant de partir qu'on avait retrouvé la voiture de la victime. Il va la faire acheminer dans le garage du bâtiment pour que les gars de la PTS s'en occupent. Attends, je vais l'appeler...

Pendant que le principal passait son coup de fil, Schmidt était sorti prendre un café et respirer un peu l'air frais du dehors. Quand il revint, son chef s'était levé et enfilait sa veste.

– Rapplique, il nous attend en bas.

En descendant les escaliers du commissariat, les deux enquêteurs rencontrèrent le Contrôleur général Serge Paffin qui remontait vers son bureau. Lorsqu'il les vit, il s'adressa à eux sans leur dire bonjour.

– Vous en êtes où avec l'affaire de Fourvière ? Vous avez des pistes ?

– Oui, on est sur le point de boucler la procédure. C'est une question de jours… affirma Dessert.

– Ah !? Très bien. Je pense que le Préfet va être content, dit-il alors que les collègues s'éloignaient.

– Cet idiot de Paffin est capable de gober n'importe quoi. Il sait très bien que l'ADN n'a rien donné alors qu'il s'agissait de notre piste la plus sérieuse, je le lui ai dit, mais il est tellement stressé à l'idée de se faire remonter les cannes en cas d'échec qu'il avalerait des boas.

– Tu y es allé un peu fort, non ? Tu ne crains pas que cela se retourne contre toi ?

– Je ne risque pas grand-chose. Ce sera plutôt à lui de s'expliquer quand on s'apercevra que l'enquête est au point mort.

Ils arrivèrent dans les sous-sols du bâtiment. Ils furent accueillis par Gus en tenue de bricolage.

– *Ola* ! dit-il avec un grand sourire. J'attends les gars du SGAMI d'un instant à l'autre, ils nous ramènent la voiture de la victime.

– Parfait, répondit Dessert. J'espère que les gars de la PTS vont trouver quelque chose ! À propos, comment les CRS ont-ils retrouvé la voiture ? Tu ne m'as rien dit hier soir au téléphone.

– J'ai fait une triangulation avec le numéro du portable de la victime et les derniers relais qui ont borné. Ça m'a donné un périmètre au nord de Lyon, c'est ce qu'avait affirmé sa veuve. Ensuite, les CRS ont inspecté toutes les aires d'autoroute depuis Villefranche-sur-Saône. Avec l'immatriculation, c'était un jeu d'enfant. La voiture se trouvait sur l'air des Chères au sud d'Anse et n'était même pas cachée…

– Bon travail, Gus !

– *Gracias* patron.

Les trois collègues discutaient de l'enquête depuis une dizaine de minutes lorsqu'une dépanneuse transportant une BMW 330i de couleur bleue se gara au niveau des sous-sols.

– Jolie caisse ! commenta Dessert.

– Et puissante avec ça, rajouta son adjoint. Plus de 250 CV sous le capot, s'il vous plaît !

Les deux ouvriers du SGAMI firent descendre le bolide de la dépanneuse et le firent rouler à l'aide de déplaceurs à pédale jusqu'à un garage spécialement aménagé par les techniciens locaux. Ces derniers étaient d'ailleurs prêts à intervenir sur le véhicule.

Le commissaire principal s'adressa à eux après les avoir salués.

– Bon les gars, faites-moi la totale sur la BM.

– Qu'est-ce que vous cherchez précisément ? demanda l'un des techniciens.

– Des empreintes ! On n'est pas encore tout à fait sûr que le tueur était seul. On a encore une chance de trouver de l'ADN et peut être quelques indices nouveaux. Mettez l'accent sur l'intérieur de l'habitacle.

– OK, c'est parti…

Les deux fonctionnaires sortirent leur attirail et se mirent au travail. Dessert, Schmidt et Gus restèrent en retrait sans pour autant perdre une miette de leurs mouvements.

Le premier des techniciens s'arma d'une lampe néon à ultra-violet et chaussa une paire de lunettes spéciales. Il déplaça doucement l'appareil au niveau des sièges avant et du tableau de bord. Il espérait trouver des taches de sang, mais cette hypothèse était mince puisque la victime avait d'abord été endormie avant d'être transportée hors de son véhicule. Cependant, dans une enquête criminelle, il ne fallait négliger aucune piste. Il n'était d'ailleurs pas impossible que des dépôts d'une nature autre que sanguine se soient déposés malgré tout.

Le deuxième spécialiste avait préparé une petite boîte et une sorte de pinceau souple destiné à rechercher d'éventuelles traces papillaires par dépôt de poudre dactyloscopique.

– J'ai quelque chose là !

Le technicien avait pointé son doigt sur plusieurs petits fragments de poussière qui se détachaient parfaitement dans le faisceau violet. Ils reposaient juste derrière le volant sur le plastique de protection de la colonne de direction.

– On dirait des pellicules de cuir chevelu. Tom, passe-moi la pince à épiler, je vais faire un prélèvement.

Les fragments furent déposés dans un petit sachet et immédiatement étiquetés. Dessert s'était rapproché.

– Le véhicule de la victime a été passé à l'eau de javel, mais on dirait qu'ici, il n'a pas eu le temps d'effacer ses traces.

– Si c'est le cas, on devrait trouver d'autres indices, il faut juste être patient.

Le fonctionnaire connaissait le commissaire principal de réputation et savait que la patience n'était pas son fort, mais il ne voulait pas bâcler son travail en se précipitant inutilement. Le flic revint cependant à la charge.

– L'agresseur s'est présenté à la portière conducteur, j'en suis à peu près sûr. La victime a abaissé la vitre sans se méfier. Je vois le topo d'ici ! C'est là qu'il faut insister…

– Laissez-nous faire, on connaît notre job. On vous tiendra au courant au fur et à mesure.

Le technicien avait prononcé sa phrase avec un grand calme et sans aucune animosité. Il avait visiblement l'habitude de ce genre d'intervention intempestive. Il reprit sa fouille minutieuse.

L'investigation dura plus d'une heure, le commissaire n'en pouvait plus. Il trépignait et se retenait de ne pas rentrer lui-même dans la voiture. Ses deux autres collègues s'en amusaient. Ils le regardaient aller et venir, levant la tête et se penchant en avant dans l'espoir de découvrir quelque chose avant tout le monde.

Sans prêter aucunement attention aux gesticulations de l'intéressé, le technicien au pinceau s'était concentré sur le rebord intérieur de la BMW et promenait son outil en effectuant des mouvements circulaires censés déposer de la poudre sur des traces éventuelles de matières grasses.

– J'ai les empreintes à peu près nettes de quatre doigts, dit-il après quelques minutes. On dirait que vous aviez raison, monsieur !

Son collègue s'était rapproché avec la lampe à ultra-violet, de sorte que l'on distinguait nettement quatre rangées d'empreintes bleu pâle se détachant d'une zone saturée de bleu foncé. Bien qu'habitués à cette phase de recherche d'indices, les trois enquêteurs regardaient fascinés ce qu'ils avaient sous les yeux.

Avec une minutie presque chirurgicale, le spécialiste décolla une petite bande de plastique semi-rigide de son support et l'appliqua sur la première trace. Il releva ensuite le prélèvement qu'il scotcha puis recommença l'opération à trois reprises.

– On devrait pouvoir en tirer quelque chose…

Les deux fonctionnaires terminèrent leur travail et passèrent la main à Gus, chargé de réaliser une perquisition en règle du véhicule. Ce dernier commença par le coffre arrière et remonta petit à petit vers l'avant de la BMW.

Le propriétaire devait être un homme méticuleux et un peu maniaque, car la voiture était très propre et aucun objet superflu n'encombrait l'habitacle. Parvenu au niveau des sièges avant, Gus poussa une exclamation de surprise.

– C'est le portable de la victime, non ? s'exclama-t-il.

Le principal ne répondit pas tout de suite, il semblait perdu dans ses pensées.

– Oui, je pense, dit-il après un moment de réflexion. Debrut l'a certainement laissé tomber au moment de l'agression et l'autre ne s'en est pas rendu compte.

La fouille se prolongea une quinzaine de minutes sans nouveau résultat et les trois flics remontèrent dans les étages — accompagnés par les techniciens — pour faire le point sur ce qu'ils avaient récolté.

– La pêche a été bonne aujourd'hui ! lança-t-il, joyeux.

Les prélèvements furent transmis au laboratoire d'analyse de la police scientifique quant au téléphone, il fut branché sur un ordinateur et subit quelques manipulations précises destinées à le remettre en état de fonctionner. Les codes d'accès furent brisés par les deux spécialistes.

Quelques instants plus tard, Dessert avait le regard fixé sur l'écran et faisait défiler le contenu des appels. Il espérait bien trouver des informations importantes…

– Nous y sommes...! Là, il y a un numéro qui s'affiche à plusieurs reprises le jour de l'agression : 10 h 35 puis 17 h 6. Ce sont sûrement les appels dont sa veuve nous a parlé et qui lui sont adressés. C'est bizarre, tous les numéros ne sont pas préenregistrés !

– Il devait certainement connaître de mémoire les plus importants, non ?

– Ouais… mais c'est quand même étrange… ! À 17 h 15, il y a un nouvel appel, c'est le dernier. Peut-être son ami Sénéchat ? Il faudra vérifier…

Il poursuivit sa recherche plusieurs minutes tandis que ses deux collaborateurs étaient suspendus à ses remarques ; le commandant prenait des notes.

– Tiens, c'est intéressant ça… Il a appelé un certain Anatoli il y a trois jours. Ce numéro revient plusieurs fois ces derniers mois. Il se tourna vers les deux enquêteurs.

– Anatoli, c'est pas un prénom russe, ça ?

– D'Europe de l'Est en tout cas, oui.

– Bon, on va bien finir par avoir quelque chose… Gus, termine d'analyser ce répertoire et fais-moi une liste précise de ses contacts. Vois ce qu'il y a à tirer de la messagerie. Thierry, prends contact avec la veuve de Debrut et rends-toi sur place.

– Je pourrais l'appeler au téléphone, ça nous ferait gagner du temps ?

– Non. Il faut que tu te déplaces, on en a parlé tout à l'heure. Je voudrais avoir son sentiment sur l'entourage de son mari et le sien bien sûr. Essaie de savoir qui ils voyaient ; quand, où, et comment ils rencontraient leurs connaissances. Je pense que c'est la clef… !

Chapitre XVII

Xavier Bordais
Lyon, 17 octobre 2018, 14 h 30

Un paysage de campagne défilait pour les passagers du TGV Genève/Paris désireux de rejoindre la capitale avant la fin de l'après-midi. Le commissaire principal Éric Dessert était confortablement assis dans un wagon de 1re classe, un livre à la main. Il avait rarement le loisir de s'adonner à la lecture même s'il reconnaissait volontiers l'effet apaisant de cette activité. *« Le Nom de la Rose »*, Umberto Ecco était ouvert à la page 180 ; le premier tiers du roman…

Il ne se rappelait plus très bien la période durant laquelle il avait commencé à lire ce livre — plusieurs mois sans doute — mais il se souvenait parfaitement de la quête du frère *Guillaume de Baskerville,* ce moine franciscain poursuivant une enquête criminelle au sein d'une vieille abbaye du nord de l'Italie au début du 14e siècle.

Les circonstances étranges dans lesquelles ce religieux dut enquêter ainsi que les énigmes auxquelles il fut confronté, toutes plus compliquées les unes que les autres ne furent pas sans lui rappeler sa propre enquête. Et cette époque… ! Le 14e siècle ! Le parallèle était troublant.

À ses côtés, une jeune personne était assoupie, un châle recouvrant ses épaules.

Dessert avait insisté pour que Marlène l'accompagne à Paris. Elle n'avait pas beaucoup avancé sur le décryptage du carnet de la victime, car il n'était constitué que d'informations générales sans véritable sens, à ce stade de l'enquête en tout cas — l'essentiel devait se trouver dans le dossier original vraisemblablement détenu par le tueur — mais il était persuadé qu'elle pourrait faire avancer les choses une fois sur place.

Lorsqu'il avait appelé le directeur de la bibliothèque Mazarine, le flic avait insisté pour le rencontrer.

« *J'ai besoin d'avoir votre avis sur les recherches que Pierre Debrut avait entreprises et les raisons de sa présence dans votre établissement* », avait-il précisé.

Son interlocuteur avait d'abord répondu ignorer le contenu du travail du lecteur, mais s'était légèrement ravisé lorsque le commissaire lui avait annoncé sa mort récente.

« *Je l'ignorais, vous m'en voyez désolé. Monsieur Debrut était un familier de l'établissement. Je l'appréciais. Je ne suis pas sûr d'être d'un grand secours, mais je veux bien vous aider...* »

Une sonnerie de téléphone portable se fit entendre. Le commissaire Dessert décrocha tandis que sa coéquipière ouvrit un œil en faisant la moue.

– Allô, c'est toi Antoine ?

– Oui, c'est moi ! Qu'est-ce que c'est que cette histoire avec Paffin ? Il aurait dit au préfet que tu es sur le point de résoudre l'enquête ? Ce dernier vient de m'appeler...

– Pas de panique, c'était juste une plaisanterie !

– De très mauvais goût, c'est mon avis. Ce n'est pas parce que vous ne vous supportez pas tous les deux que tu peux agir à ta guise. Je t'ai fait confiance sur cette affaire, ne l'oublie pas !

– Désolé, mais tu sais comment il est. Il ne comprend rien et veut se mêler de tout.

– C'est un peu normal, non ? C'est ton chef de service…

– Il n'est pas obligé d'être désagréable avec tout le monde en permanence !

– Tiens, tu deviens susceptible maintenant ? Le Grand flic a des états d'âme ?

– Bon, ça va monsieur le Procureur. Je vais faire attention, tu as ma parole.

– Très bien, je compte sur toi. Parle-moi de ton enquête maintenant. Où en êtes-vous ?

– Je suis dans le train pour Paris avec ma collègue. Nous avons rendez-vous avec Xavier Bordais, le Directeur de la bibliothèque dans laquelle la victime faisait des recherches. J'ai le sentiment que c'est là-bas que nous trouverons des réponses.

– D'accord. Et cette histoire de mise en scène autour de la franc-maçonnerie ?

– Du flan ! Je pense que le tueur a cherché à détourner notre attention. Ça ne nous mènera nulle part.

– La victime était pourtant bien initiée ! Ce n'est pas un hasard ?

– Non, c'est même certainement pour cela qu'elle a été assassinée, mais je pense que le tueur a simplement voulu gagner du temps en nous compliquant la tâche avec ces symboles et tout ce cinéma dans la basilique. D'ailleurs, je suis maintenant convaincu que les deux se connaissaient. J'ai demandé à mon adjoint de retourner voir la veuve pour faire le point sur l'entourage des Debrut.

Le Procureur passa à autre chose.

– Comment ça se passe avec le juge Lambert ?

– Ça va. Je le tiens informé en permanence et il me fout la paix.

– Très bien, je ne veux pas de vagues sur cette affaire sensible. Toujours rien sur l'identité du tueur ?

– Non.

– J'espère qu'il ne va pas te filer entre les doigts !

– Il va forcément commettre une erreur…

– Espérons. Rappelle-moi demain.

Dessert raccrocha et se tourna vers Marlène qui avait suivi la conversation.

– Dites donc monsieur le principal, tout le monde est un peu sur les nerfs, non ?

– C'est vrai. Tout ça me fatigue, tu peux pas savoir…

*

Xavier Bordais les accueillit un peu après 17 h à l'entrée de son établissement. Il avait prié les visiteurs — étudiants ou simples lecteurs — de quitter les lieux quelques minutes avant la fermeture au public afin d'être tranquille pour recevoir ses hôtes. Tandis qu'ils suivaient le directeur dans les couloirs, les enquêteurs promenaient leur regard sur l'environnement intérieur de la bibliothèque et semblaient subjugués par la beauté de ce qu'ils découvraient, oubliant presque la raison de leur présence en ce lieu.

– C'est un établissement public ? demanda Dessert.

Xavier Bordais se retourna.

– Absolument. « La Mazarine » comme on la nomme habituellement, fait partie de la réunion des bibliothèques de France et dépend du ministère de l'Enseignement et de la Recherche. Elle est gérée administrativement par l'Institut de France.

– Elle est très vieille n'est-ce pas ?

– Eh bien, vous avez devant vous la plus ancienne bibliothèque publique de France. Ses origines remontent au XVIIe siècle.

– C'est absolument magnifique. Marlène était sous le charme des vieilles boiseries, moulures, décorations et sculptures sur bois…

– Le bâtiment ne laisse généralement pas les visiteurs indifférents.

– De combien d'ouvrages disposez-vous ? demanda-t-elle.

– Environ 600 000 volumes, dont 200 000 sur le fonds ancien. Pour ce qui est du fonds moderne, nous sommes spécialisés en histoire et plus particulièrement en histoire religieuse, littéraire et culturelle du Moyen Âge.

Le directeur était sobre dans ses explications. On devinait l'homme habitué à évoluer dans ce décor prestigieux, mais aussi l'érudit, maîtrisant parfaitement son sujet et connaissant certainement bon nombre d'ouvrages anciens et rares dont il était le dépositaire…

– Suivez-moi, nous allons passer par la salle de lecture avant de nous installer dans mon bureau.

Le choix de l'itinéraire fit son effet sur les deux flics qui n'en crurent pas leurs yeux, se déplaçant au ralenti, scrutant chaque objet, étudiant chaque sculpture, détaillant chaque lustre comme s'il s'était agi d'objets précieux. L'endroit était somptueux…

– Il s'agit de notre plus belle pièce, précisa-t-il avec un léger sourire. Installez-vous, je reviens tout de suite.

– Qu'en pensez-vous patron ? demanda Marlène encore fascinée par sa promenade.

– Bel établissement ! Je comprends maintenant pourquoi Pierre Debrut passait du temps dans cet endroit.

Xavier Bordais revint après quelques minutes avec un petit dossier souple sous le bras.

– J'ai réfléchi à ce que vous m'avez dit au téléphone et j'ai demandé à un de mes collaborateurs de dresser l'inventaire des ouvrages que monsieur Debrut avait consultés chez nous. Il tendit une liste au commissaire principal qui s'y pencha immédiatement.

– Cela représente plus de cinquante documents ou manuscrits, datant pour la majorité d'entre eux du Moyen Âge.

– Je vous remercie, ça va nous faire gagner du temps ! Vous parlait-il de ses recherches ?

– Il était assez discret sur ses lectures, mais j'ai suffisamment d'expérience pour avoir à peu près cerné l'objet de son travail. Il avait par ailleurs sollicité mon avis à quelques reprises, mais comme je vous l'ai précisé au téléphone, par principe nous ne nous mêlons pas des démarches de nos chercheurs.

– Faites un effort.

Le ton employé ne laissa pas d'alternative au spécialiste.

– Pierre Debrut effectuait des recherches sur les templiers ainsi que sur les francs-maçons.

– Ça, nous le savons déjà. Nous savons également qu'il tentait de découvrir l'origine de la création de la franc-maçonnerie.

– Eh bien, je n'en sais pas beaucoup plus…

Dessert passa outre la remarque et poursuivit.

– Y a-t-il des ouvrages qu'il aurait consultés à plusieurs reprises, ou pour lesquels il se serait déplacé plusieurs fois ?

– Oui. Ils sont indiqués en marge. Il n'y en a que quatre ou cinq, me semble-t-il.

L'enquêteur scruta la liste.

– Certains sont des livres écrits en latin ?

– C’est exact. Le directeur se pencha à son tour sur la liste. Celui-ci traite d’esthétique, « *Aesthicus* », plus particulièrement d’esthétique en architecture. Voyons celui-ci… « *Introductio ad Symbolis* », il s’agit d’un traité sur la symbolique du Moyen Âge et ses réminiscences.

– Vous connaissez tous ces ouvrages ?

– Un certain nombre effectivement. Cela fait partie des attributions d’un bibliothécaire, dit-il un brin de fierté dans la voix.

Il pointa du doigt un ouvrage que le lecteur avait consulté à nombreuses reprises.

– Ah ! « *Secretum Templariorum* ». Ce document est plus récent que les autres.

– De quoi s’agit-il ?

– D’un « essai ».

– Mais encore… ?

– L’essai est un discours libre et argumentatif dans lequel l’auteur — ou l’essayiste, pour employer le terme qui convient à ce genre d’ouvrage — est amené à exposer sa thèse sans aucune restriction. Le but de l’essai est donc de pousser le lecteur à une réflexion profonde…

– Sur quoi porte ce document ? coupa Dessert impatient d’aller à l’essentiel.

Xavier Bordais, plutôt habitué à renseigner les chercheurs, étudiants ou savants, fut surpris et agacé de la brusquerie du commissaire principal, lui qui considérait le livre — et plus particulièrement les ouvrages anciens — comme l’expression de la beauté et de la pureté du trait, plutôt que l'objet d'une enquête criminelle. Il prit quelques secondes pour répondre et employa un ton docte afin de retrouver de l'aplomb.

– Ce manuscrit traite de l'ordre des Pauvres Chevaliers du Christ et du Temple de Salomon…

– Les Templiers ! aboya Dessert.

Le directeur lui adressa un regard sombre et poursuivit son explication en appuyant sur les premiers mots de son propos.

– Les templiers… sont une organisation militaire — des moines-soldats si vous préférez — qui s'est constituée à l'occasion de la croisade en terre sainte au XXIIe siècle. Cependant et c'est cela qui est intéressant dans cet ouvrage, l'auteur insiste sur les activités annexes de ces chevaliers et plus particulièrement l'administration des biens — meubles et immeubles — qu'on leur confiait.

Le flic ne l'interrompit pas cette fois-ci, mais Marlène devinait l'énervement de son supérieur hiérarchique et l'impatience qui revenait au galop. Elle se préparait à intervenir.

– Il est communément admis qu'ils détenaient, au début du XIVe siècle, une quantité importante de valeurs convoitée d'ailleurs par bon nombre de notables dont le Roi de France de l'époque. Lors de la dissolution de l'Ordre, une très grande partie n'a jamais été retrouvée, mais l'auteur de l'essai en question tente d'apporter des réponses autour de cette question.

– Il y a des preuves de tout cela ? interrogea Dessert.

– L'essai est un ouvrage polymorphe, on peut le considérer comme un roman ou bien comme un document scientifique, c'est au lecteur d'aller chercher les réponses et de se faire sa propre opinion…

Marlène prit la parole, voyant son collègue sur le point d'exploser.

– Monsieur le Directeur, nous avons découvert que monsieur Debrut — à force de recherches — avait probablement trouvé les preuves de l'origine templière des francs-maçons. Il est même très probable que cette découverte a été faite lors de la consultation d'un ou plusieurs livres de votre établissement.

– Je vois…

– Nous sommes à peu près sûrs, par ailleurs, qu'il avait fait récemment une découverte exceptionnelle — peut-être en marge de l'objet principal de sa recherche — découverte qui aurait justifié qu'on puisse attenter à sa vie.

– Grand Dieu… !

Elle se tourna vers Dessert pour s'assurer qu'il ne désapprouvait pas cette information lâchée auprès d'un témoin potentiel, mais il se contenta d'observer la réaction du bibliothécaire qui venait subitement de perdre de sa superbe. Il en profita pour reprendre la main.

– Vous comprenez pourquoi nous tenons absolument à connaître le contenu de ces ouvrages. La clef de notre enquête se trouve peut-être dans l'un d'eux, au détour d'une page ou d'un paragraphe.

– Oui bien sûr, je comprends… Dit-il en réfléchissant. Les enquêteurs attendirent la suite qui ne vint pas. Marlène insista.

– Vous nous avez précisé qu'à la dissolution de l'ordre, une partie des richesses templières n'avait jamais été retrouvée.

– C'est exact.

– L'histoire précise également — pour ce que nous en savons — que certains chevaliers se seraient échappés en Grande-Bretagne ?

– En Écosse pour être précis, mais oui, c'est aussi exact.

– Pourquoi l'Écosse ?

Le grand flic jubilait. Il ne regrettait pas d'avoir sollicité la Souris pour ce déplacement important. Avec ses manières douces, son élégance et sa finesse, elle était en train d'obtenir les informations que lui, enquêteur expérimenté, ne parvenait pas à extirper de ce fonctionnaire, décidément très coriace. Il soupçonnait ce dernier d'être légèrement tombé sous le charme de sa collègue.

– Je ne suis pas spécialiste des ordres religieux, mais lorsqu'au début du XIVe siècle, le Roi de France ordonna l'arrestation des templiers à travers toute l'Europe, les chevaliers rescapés se sont tournés vers le seul pays dont le souverain avait été excommunié par le pape.

– Cela revêtait une importance à leurs yeux ?

– Bien sûr ! Robert Bruce était alors Roi d'Écosse et il considérait que les directives de la papauté — l'arrestation des templiers par exemple — ne s'appliquaient pas à son pays. Il était également en guerre contre l'Angleterre, il y avait donc toutes les chances pour qu'il accueille favorablement ces soldats expérimentés, mais persécutés dans leur pays.

La discussion avait repris un cours normal grâce à l'intervention de Marlène. Le chef de la crim' reprit ses questions.

– Lors de notre enquête, nous avons rencontré un expert que connaissait Pierre Debrut, un certain Damien Sénéchat qui l'aurait aidé dans ses recherches.

– Je connais cet homme de réputation. Il est professeur et historien, spécialiste du Moyen Âge. Il sera sûrement plus à même de vous renseigner que moi.

Le flic ne prêta pas attention à la dernière remarque.

– Lorsque ma collègue vous a parlé d'une « découverte exceptionnelle » que Pierre Debrut aurait faite, Damien Sénéchat nous a clairement indiqué qu'il s'agirait du trésor des Templiers, selon son ami…

Xavier Bordais ouvrit grand les yeux.

– C'est absolument impossible ! cria-t-il comme si on lui annonçait la découverte de 10 kg de cannabis sous son bureau.

– C'est à peu près ce que nous a dit Sénéchat…

– Je ne suis pas surpris et je me range à son avis. Il n'y a jamais eu à ma connaissance de traces qu'un tel trésor ait existé… Il reprit son souffle.

Les historiens font état d'un patrimoine très riche, mais un trésor… !?

– Je reconnais que l'information a de quoi surprendre, mais c'est la raison pour laquelle Debrut et Sénéchat devaient se rencontrer le 12 octobre dernier. Debrut détenait, semble-t-il, des preuves de l'existence de ce trésor qu'il souhaitait soumettre au spécialiste, mais la rencontre n'a pas eu lieu. Il est possible qu'il ait été assassiné à cause de cela. Dessert avait décidé de jouer franc-jeu avec son interlocuteur. Il considérait qu'il était mûr à ce stade de l'échange.

– Je ne sais quoi vous répondre… souffla le bibliothécaire. Et vous pensez que cette découverte a eu lieu ici même ?

– Oui. La réponse se trouve certainement dans un des ouvrages de cette liste. Vous les avez lus ?

– Pas tous évidemment ! De toute façon, je ne vois absolument rien qui traiterait d'un quelconque trésor.

– Il s'agit peut-être d'une information codée ou cachée, intervint Marlène.

– Comment cela ?

– Nous avons récupéré le carnet de Pierre Debrut dans lequel il transcrivait le résultat de ses recherches, les livres qu'il avait consultés ou étudiés — dont certains proviennent de votre bibliothèque — et des annotations qui n'ont pu être déchiffrées à ce jour. Voici le carnet en question.

Xavier Bordais se rapprocha de l'enquêtrice pour en prendre connaissance.

– Je me souviens avoir vu Pierre avec ce carnet…

– Regardez ce signe. Le reconnaissez-vous ? Il s'agissait du labyrinthe que les enquêteurs avaient photographié sur Pierre Debrut et dont le tueur avait certainement eu connaissance au moment où ce dernier s'était emparé du dossier de sa victime.

– Il s'agit d'un labyrinthe, mais je ne vois pas…

– Et cette sorte de damier ? Pierre Debrut en possédait un exemplaire crayonné sur son avant-bras. Elle poursuivit. Et ce schéma ?

– Non plus ! Tous ces dessins me sont inconnus, mais je ne suis pas spécialiste…

Dessert s'imposa dans l'échange.

– Parlez-nous de ce livre très ancien que vous auriez mis à disposition de la victime. Pouvons-nous le voir ?

– Je crains que non. Il s'agit d'un ouvrage issu d'une collection privée que nous avons depuis restitué à son propriétaire. Cependant, comme c'est souvent le cas lorsque l'on reçoit un document exceptionnel, nous en conservons une trace numérisée sur cd-rom.

– Vous l'avez donc lu ?

– Oui…

– Que renferme-t-il ? Pourquoi Debrut s'intéressait-il à cet ouvrage ?

– *Exegi Monumentum* est un traité d'architecture rédigé en 1310 par Robert de Coucy, le dernier architecte à avoir œuvré sur la cathédrale de Reims. Ce livre que Pierre Debrut souhaitait consulter est très ancien, probablement le seul et unique exemplaire connu à ce jour. Pour ce que j'ai pu comprendre, car il est écrit en latin, il détaille les différentes étapes de la construction du bâtiment — au nombre de cinq puisqu'il y a eu cinq principaux maîtres d'œuvre — mais il insiste également sur les techniques employées pour l'édification et la symbolique ornementale, très présente à Reims.

– Vous avez découvert quelque chose d'intéressant ou d'inhabituel dans le livre ? demanda Marlène.

– Ce n'est pas un roman, mais un document très technique. Il s'adresse avant tout à des amoureux de l'Art et du trait. Personnellement, c'est surtout la rareté de ce genre d'ouvrage et la personnalité de l'auteur qui m'ont plu. Il faudrait relire tout cela avec un œil nouveau…

– Parfait, je vais réquisitionner le support ainsi que les ouvrages de cette liste, asséna le commissaire d'un ton sec.

Le regard que lui adressa le directeur fut un mélange de détresse et de stupeur qui se métamorphosa en résignation dès qu'il croisa celui du flic. Il tenta cependant une négociation.

– Vous ne pouvez pas tous les emmener, nous en avons besoin quotidiennement…

– J'ai un crime à résoudre, monsieur, et j'agis sur commission rogatoire. Nous allons disposer des livres les plus significatifs dans un premier temps, mais vous devrez mettre les autres à notre disposition si nécessaire.

– J'imagine que je n'ai guère le choix ?

Dessert ne répondit pas, mais fixa intensément son interlocuteur.

– Étiez-vous au courant que Pierre Debrut avait extirpé un parchemin de ce fameux livre que vous n'avez plus ?

– Je vous demande pardon ?

– Une sorte de liste insérée en première de couverture. Ça ne vous dit rien ?

Ce policier le mettait très mal à l'aise avec son ton et ses manières brusques ainsi que ses questions pleines de sous-entendus.

– Pas du tout, qu'est-ce que c'est que cette histoire ? De quoi s'agit-il ?

– D'une simple liste que Pierre Debrut aurait fait authentifier par la suite comme étant contemporaine du livre.

– Je découvre l'information. Je vous assure que je n'étais pas au courant et pourquoi ne m'a-t-il rien dit ?

– Nous nous posons la même question.

– Qu'avait-il d'inscrit sur cette liste ?

– Nous espérions que vous pourriez nous le dire !

– Mais puisque je vous dis que je n'étais pas au courant… le bibliothécaire commençait à transpirer, il était temps que cette rencontre prenne fin.

Dessert n'insista pas, il savait reconnaître les signes de la vérité et Xavier Bordais ne mentait pas. Il n'apprendrait plus rien de cet homme.

Chapitre XVIII

Ekaterina Debrut
Saint-Germain-en-Laye,
20 octobre 2018, 14 h

Ekaterina Debrut n'avait pu recevoir le commandant Schmidt le 17 octobre. Elle avait eu besoin de prendre quelques jours de repos chez sa sœur en Bretagne après le drame qui était survenu dans son couple. Elle n'avait plus goût à rien, ne se faisant plus à manger et ne sortant plus de chez elle. Des amis de l'Alliance Franco-Russe lui avaient conseillé de se rendre dans sa famille pour retrouver des forces et c'est avec soulagement qu'elle accepta l'invitation de sa sœur, également membre de l'Alliance.

– Installez-vous commandant, voulez-vous une tasse de café ou autre chose… ?

– Du café, ce sera parfait. Merci.

Elle s'absenta quelques minutes puis revint avec un petit plateau pourvu d'une cafetière, de deux tasses et de petits gâteaux secs.

– Je suis désolée de ne pas avoir pu vous recevoir plus tôt, mais j'avais besoin de prendre l'air quelques jours…

– Je vous en prie madame, je comprends fort bien.

– Vous m'avez dit au téléphone que vous aviez des éléments nouveaux à me communiquer sur le décès de mon mari ?

– Oui madame. Nous sommes à peu près sûrs que votre époux a été assassiné, car il détenait des informations importantes, informations qu'il aurait récoltées au cours de ses recherches.

La veuve ne fit pas de commentaire. Elle écoutait l'enquêteur avec un vif intérêt et un calme remarquable vu les circonstances. Schmidt poursuivit.

– Vous nous avez expliqué, lors de notre dernière rencontre avec ma collègue, que votre mari était rentré un soir en vous disant qu'il avait fait une « découverte incroyable » et qu'il semblait « bouleversé ».

– Oui, c'est à peu près cela, répondit-elle. Je me souviens très bien qu'il n'était pas dans son état normal. Et vous suggérez que quelqu'un aurait…

– Eh bien… nous pensons que son assassinat pourrait être effectivement lié à cette découverte.

Le visage fermé, les lèvres pincées, elle mit un certain temps à réaliser ce que cela impliquait…

– Pensez-vous que votre mari partageait le résultat de ses recherches ? Un ami, ses collègues de la loge, des connaissances… ?

– À vrai dire, non. À part son ami Damien Sénéchat, à qui il rendait visite régulièrement, il restait très discret sur ses activités. Même moi qui était son épouse, je n'étais que partiellement au courant.

– Les membres de la loge qu'il fréquentait devaient bien être informés qu'il effectuait des recherches sur les origines de la franc-maçonnerie ?

– J'ai cru comprendre que ça ne passionnait pas beaucoup ses amis maçons. Beaucoup d'historiens avant lui s'étaient déjà penchés sur la question sans résultat. À la loge, on ne croyait pas vraiment à ses chances de réussite. C'est en tout cas ce que Pierre m'avait dit.

– Bien. Et dans votre entourage? N'y avait-il personne susceptible de s'intéresser à ses recherches?

– Je ne vois vraiment pas…

Thierry Schmidt réfléchissait à la manière dont il pourrait obtenir davantage d'informations sans risquer de blesser cette dame très digne qui venait de perdre son mari. En tant qu'enquêteur expérimenté, il savait que contrairement aux petits délinquants qu'il fallait bousculer par des questions posées sans ménagement, une approche plus douce et en finesse permettait souvent de faire avancer les enquêtes auprès des témoins directement impliqués dans un drame familial.

– Excusez-moi d'être un peu direct, madame, mais vous avez des origines slaves, n'est-ce pas?

Son interlocutrice sourit légèrement, montrant ainsi que la question ne la gênait pas.

– Oui, vous avez raison. Une partie de ma famille est d'origine russe. Mon père a rencontré ma mère à Irkoutsk, elle était native de cette région froide de Sibérie orientale, mais ils ont vécu en France de leur vivant et je suis moi-même née à Paris ainsi que ma sœur. C'est ma mère qui m'a appris le Russe, elle tenait par ailleurs à ce que je porte un prénom slave.

– Vos parents ont-ils gardé des contacts en Russie ou vous-même, côtoyez-vous des ressortissants d'origine russe ?

– Non, mes parents ont quitté la Sibérie très tôt, car la vie y est particulièrement rude et inhospitalière. Ma mère ne supportait plus l'isolement… Ma famille n'a plus d'attaches là-bas. Ekatérina Debrut semblait perdue dans ses pensées comme si elle se remémorait un épisode de sa vie passée dans ces contrées lointaines qu'elle n'avait pourtant pas connues. Cependant, je fréquente régulièrement l'association Franco-Russe.

Le commandant Schmidt montra un vif intérêt pour cette dernière remarque.

– Je suppose donc que vous rencontrez des Russes dans votre association ?

– Oui, c'est cela. Ma sœur et moi en sommes toutes les deux membres et je suis moi-même la secrétaire. Pourquoi cette question ?

L'officier devait être prudent dans le choix de ses explications.

– Lors de notre enquête, nous avons établi que le meurtrier de votre époux pourrait être d'origine d'Europe de l'Est… C'est une piste que nous aimerions creuser.

– Je comprends maintenant votre question sur les fréquentations de notre famille.

Le commandant enchaîna.

– Est-ce que cela vous fait penser à quelqu'un en particulier. Pourquoi pas un membre de votre association qui aurait eu connaissance des recherches de votre mari ?

– Nos amis ne feraient jamais de mal à qui que ce soit, je m'en porte garante… !

– Je pensais à une personne moins proche que les membres de la famille ou les amis. Quelqu'un récemment rencontré ?

Elle mit un moment avant de répondre comme si elle craignait de livrer l'information. L'enquêteur l'aida un peu à formuler sa phrase.

– Dites-moi ce qui vous vient à l'esprit…

– Sergëi et Anatoli sont parmi les dernières personnes à nous avoir rejoints, mais ils sont tous les deux adorables. Dignes de confiance.

– Comment les avez-vous rencontrés ?

– Sergëi est un ami de longue date de ma sœur. Quant à Anatoli, c'est Sergëi qui nous l'a présenté il y a quelques mois, peut-être un an ?

– Vous voyez ces personnes régulièrement ?

– Ils sont venus plusieurs fois à la maison.

– Quand les avez-vous vus pour la dernière fois ?

– Cela fait plusieurs semaines que nous ne voyons plus Anatoli. Il nous a dit qu'il avait beaucoup à faire.

– Vous souvenez-vous de la date par hasard ?

– Non, je ne me souviens plus, mais c'était juste après que Pierre a fait sa fameuse découverte. Quant à Sergëi, il m'a appelé il y a trois jours pour m'annoncer qu'Anatoli devait se rendre en urgence chez sa cousine en Russie. D'après lui, elle serait gravement malade.

– Il ne vous a pas appelé personnellement ?

– Non. Anatoli était surtout proche de mon mari. Je me souviens que Pierre lui parlait souvent de ses recherches, il avait trouvé un interlocuteur patient ! Je dirais qu'ils s'entendaient plutôt bien…

– Votre mari partageait sa passion avec ce monsieur ?

– Tout bien réfléchi, c'est à peu près le seul avec Damien Sénéchat qui accordait du crédit aux recherches de Pierre.

– Vous souvenez-vous si l'un des deux fume ?

– Sergëi non, j'en suis à peu près sûre, car il est asthmatique…

– Avez-vous les coordonnées de vos deux amis s'il vous plaît ?

– Oui, je vais vous trouver ça. Je conserve souvent un dossier de l'association chez moi, car il y a toujours un peu de travail à faire et ça m'occupe.

Ekatérina Debrut se déplaça jusqu'à un bureau empire — coincé entre deux bibliothèques au fond d'un salon — duquel elle extirpa un petit classeur.

– Voilà. Sergëi Svorov, il habite à Montrouge. Je vais vous donner son numéro de téléphone portable. Quant à Anatoli, son nom est VASSILIU, il réside dans le 18e arrondissement de Paris, quartier de la Goutte d'or d'après les éléments de son dossier d'adhésion à l'Alliance. Mais je ne pense pas que l'un et l'autre puissent être impliqués en quoi que ce soit dans le décès de mon mari.

– Il s'agit juste de vérifier quelques données, répondit le commandant.

*

– Éric Dessert à l'appareil.

– C'est Thierry, je sors à l'instant de chez madame Debrut à Saint-Germain-en-Laye.

– Alors ?

– Ton intuition semble être la bonne. Madame Debrut m'a livré deux noms, tous les deux Russes. J'ai appelé les deux numéros sans résultat. Pour le premier, un certain Sergëi Svorov, je suis tombé sur la messagerie vocale, mais il s'agit bien de lui d'après le répondeur. Le deuxième s'appelle Anatoli Vassiliu, son numéro de téléphone n'est plus attribué et il vient de partir pour la Russie, une cousine gravement malade, paraît-il ! Un peu douteux, non ?

– Quel lien ont-ils avec les Debrut ?

– Ils sont membres de la même association que les Debrut.

– Bon sang… ! Tu as pu savoir s'ils s'intéressaient aux travaux de l'historien ?

– D'après la veuve, oui. Surtout le dénommé Anatoli. Elle m'a aussi fourni leur adresse…

– Et tu me dis que ce Vassiliu aurait quitté le territoire récemment ?

– Il y a deux jours exactement.

– Merde… !

Schmidt s'attendait à la réaction de son chef. Il ne fit pas de commentaire et patienta le temps qu'il digère l'information. « *mon intuition ne m'avait pas trompé, le lascar s'est fait la malle, s'il s'agit bien de lui...* »

– Je vais appeler Lambert, suggéra Dessert. On va devoir mettre une stratégie en place.

Tu veux que je poursuive l'enquête sur place ?

– Pas la peine. Rentre à la maison, il faut qu'on fasse le point…

Chapitre XIX

Au point mort
Lyon, le 21 octobre 2018, 7 h 30

La Guêpe sillonnait la capitale des Gaules au guidon de sa Yamaha 900 ninja. Elle risquait d'être en retard pour le briefing de la matinée organisé par son patron et s'appliquait — du coup — à slalomer entre les voitures pour rattraper le temps perdu.

La circulation dans Lyon était devenue impossible depuis plusieurs années. Travaux de voirie permanents, augmentation du trafic, délaissement des transports en commun devenus trop chers ; même en partant tôt le matin il fallait prendre son mal en patience pour aller bosser… Mais ce n'est pas seulement cela qui l'avait retardée.

Annabelle habitait dans le 1er arrondissement de Lyon, plus particulièrement au pied de la colline de la Croix Rousse, un des endroits les plus visités du secteur.

Cette colline était connue pour son ancienne activité de tissage de la soie au XIXe siècle. Les « canuts » ainsi que l'on nommait les ouvriers de la soie travaillant à domicile sur leurs métiers à bras pour le compte de soyeux, s'étaient révoltés dans la première moitié du XIXe siècle afin de protester contre les maigres revenus que leur concédaient les patrons-négociants, fournisseurs de la matière première. Alors qu'ils descendaient dans le centre-ville brandissant leurs drapeaux noirs, les canuts furent chargés par la garde nationale. Cet épisode causa de nombreux morts et la révolte s'essouffla.

L'appartement de la jeune flic se situait au 12 de la rue Sergent Blandan — rue autrefois réputée pour la qualité de ses restaurants — au dernier étage d'une maison étroite à escalier en colimaçon. Aujourd'hui, on pouvait voir les tags fleurir un peu partout sur les murs alentour tandis que les restaurants et échoppes variés avaient depuis longtemps fermé boutique. Même les touristes ne se promenaient plus dans les rues pavées de ce quartier de la troisième ville de France.

La capitaine appréciait cependant le calme et le sentiment d'isolement qui régnait ici-bas. Un peu farouche, elle craignait le bruit et la foule et ne sortait de sa tanière que pour retrouver quelques amis et boire un pot de Beaujolais à l'abri des regards.

Ce matin du 21 octobre, elle s'était levée tôt, car le chef de la crim' avait sollicité tout le personnel pour un état des lieux général de l'enquête, son adjoint de retour de Paris ayant des informations nouvelles à communiquer aux enquêteurs.

Elle descendit les quatre étages de l'immeuble par un escalier raide et déboucha dans la rue, son casque sous le bras et sa sacoche en bandoulière. Sa moto était garée sur le trottoir opposé, à l'angle de l'école maternelle Robert Doisneau.

Annabelle était une passionnée de moto de course, mais elle était prudente et respectueuse de la sécurité. Son credo : les sorties entre copains le week-end lorsqu'elle n'était pas de permanence à la PJ.

Elle chaussa ses gants et ses lunettes et ajusta son blouson en cuir. En se préparant, elle n'avait pas remarqué les trois individus qui remontaient la rue Sergent Blandan et qui se rapprochaient d'elle. Vêtus de sweat à capuche, jogging et baskets de marque, ils avaient plutôt l'air de petits délinquants à cette heure matinale de la journée que de lycéens ayant raté leur bus.

Le premier se précipita dans sa direction dans une attitude théâtrale, sûr de lui et prenant à témoin ses deux comparses.

– Visez la meuf les gars ! Elle va où comme ça la gonzesse ? lança-t-il.

– J'parie qu'elle va nous proposer un petit tour en bécane, hein ? suggéra le deuxième à l'attention de la motarde.

La Guêpe ne broncha pas. Elle reposa délicatement son casque sur le siège de sa moto, sans se précipiter et leur fit face.

Le premier revint à la charge en ricanant.

– Joli p'tit lot ! P'têt' qu'elle va nous refiler sa Yam' ? J'ferais bien un p'tit tour finalement…

Avec sa casquette à visière et ses lunettes de soleil, le petit caïd se la jouait provoc ». Il faisait de grands gestes destinés à impressionner son entourage et surtout sa future victime, persuadé — sans doute — qu'il allait imposer sa loi.

Parvenu à un mètre de l'équipage, il fit un pas de plus pour se saisir de la moto. Un pas de trop…

Il n'eut pas le temps de voir venir le coup de pied circulaire qui balaya l'espace et vint s'écraser sur sa mâchoire. Il ne laissa échapper aucun son — le manque de temps probablement — mais s'affaissa sur la chaussée comme un pantin désarticulé.

Un petit filet de sang s'échappa de sa bouche et se répandit sur le trottoir, accompagné d'un morceau d'émail blanc. Son compte était bon !

Dans l'instant qui suivit, deux lames sortirent simultanément accompagnées d'un petit « clic » parfaitement audible dans cette rue déserte et sombre. La jambe droite avait retrouvé sa position initiale, prête à frapper de nouveau.

– P... de salope, on va te saigner comme une truie ! aboya un des deux lascars encore intact.

Il lança son bras en direction de sa cible, mais cette dernière eut le temps d'esquiver le coup par un petit pas sur le côté. Le couteau ne fit qu'effleurer le blouson, arrachant cependant un petit morceau de cuir au passage, mais ne rencontrant aucun muscle. Il n'eut pas de deuxième chance...

La Guêpe lui balança son coude gauche dans le plexus solaire avec une adresse et une rapidité époustouflantes, arrachant un « Gnnnn ! » sonore de l'agresseur.

Presque dans le même temps, la botte de moto cloutée remonta de bas en haut et toucha une seconde fois, entre les cuisses cette fois-ci.

– « Houuuch ! » fit-il en s'écroulant à son tour.

La flic se retourna, mais ne vit pas le troisième larron qui s'était sauvé, préférant sans doute sacrifier son orgueil plutôt que ses *roubignoles.* La cause était entendue.

Annabelle s'approcha de sa première victime qui recouvrait peu à peu ses esprits et lui chuchota à l'oreille :

– La prochaine fois, n'oublie pas de dire s'il te plaît... !

La Yamaha démarra en rugissant et disparut au coin de la rue...

*

– Est-ce que vous êtes tous là ? demanda Dessert.

– Il manque la Guêpe, répondit un officier. Elle vient d'envoyer un SMS pour dire qu'elle sera en retard.

– Alors on va l'attendre.

La petite assemblée était regroupée dans une grande pièce qui était de temps en temps utilisée pour de la formation interne. Les tables avaient été poussées sur le côté afin que les enquêteurs puissent s'installer en arc de cercle devant le tableau blanc ; le patron de la crim' et son adjoint, le commandant Schmidt, leur faisaient face.

Gus et Phil étaient en grande discussion tandis que Marlène était assise un peu à l'écart, ajustant ses lunettes pour consulter ses notes. Dessert avait également convié quelques fonctionnaires de son service plus particulièrement chargés de la constitution des dossiers et de la recherche de documents, bref, la paperasse administrative.
Carlos le légiste s'était lui-même invité avec un de ses collaborateurs. Il portait son inusable blouson en cuir, mais avait troqué ses Convers par une

paire de Santiags». Ça ne changeait pas grand-chose à la physionomie du personnage…

Dessert et Schmidt discutaient un peu en retrait du groupe. Ils étaient concentrés sur ce qu'ils allaient dire aux personnels. Au bout d'une dizaine de minutes, la capitaine Dejour fit son entrée.

– Salut Annabelle lança Dessert, on t'attendait !

Elle fit un petit signe de la main pour s'excuser et salua ses collègues.

Schmidt passa à côté d'elle et remarqua l'accroc à son blouson.

– T'as déchiré ton cuir ?

– C'est rien, juste une éraflure en sortant ma bécane…

Le commandant la regarda avec un léger sourire.

– Si tu le dis !

– Bon, on va commencer, proposa le patron.

Tous les regards se tournèrent dans sa direction. Il relut ses notes avant de s'exprimer.

– Je vais faire un petit tour de ce que nous avons pu déterminer depuis la découverte du corps de Pierre Debrut à Fourvière le 13 octobre dernier, il y a une grosse semaine maintenant. Il marqua une pause… ce que nous savons avec certitude : premièrement, la victime a été assassinée dans les sous-sols de l'ancien abattoir de la cité Perrache après avoir été torturée. Deuxièmement, son corps a été transporté le même jour dans la basilique et exposé de façon théâtrale. Troisièmement, Pierre Debrut était membre de la franc-maçonnerie, il effectuait des recherches historiques sur un lien supposé entre les templiers et les francs-maçons. Quatrièmement, nous avons la quasi-certitude qu'il avait découvert un secret à l'occasion de cette recherche, secret qui pourrait être à l'origine de son assassinat. Cinquièmement, le tueur connaissait certainement sa victime et probablement l'objet de ses recherches. Il regarda l'assistance. Y a-t-il des questions ou des précisions à apporter.

Marlène avait levé la main.

– Oui, Marlène ?

– En effectuant des recherches sur les symboles et les dessins qui ont accompagné le meurtre, nous avons pu établir qu'il s'agissait d'une mise en scène rituelle liée à la maçonnerie. J'ai découvert récemment que la date choisie n'est pas anodine — le 13 octobre — cette date correspond à l'arrestation des templiers sept siècles plus tôt par les troupes du Roi de France Philippe Le Bel. C'était dans le livret et nous l'avions sous les yeux, j'imagine que ce n'est pas une coïncidence !

– Non, en effet. Je pense même que le tueur a voulu délivrer un message : Les symboles et le rituel pour la franc-maçonnerie, la date du 13 octobre et la basilique pour les chevaliers du Temple et la partie religieuse de sa quête… C'est important, le tueur savait ! Cela explique toute la mise en scène à laquelle nous avons été confrontés et qui nous a fait perdre du temps. Ça nous permet en tout cas de fermer une porte. Il fit un clin d'œil à sa collaboratrice. Thierry, tu peux nous expliquer ce que tu as déniché ?

– Comme vous le savez, nous avons découvert plusieurs indices : une trace d'ADN sur un mégot de cigarette russe, des résidus de peau sur le tableau de bord de la BMW appartenant la victime ainsi que son téléphone portable. Certains de ces indices ont « parlé ». L'ADN ne correspond à aucun individu connu dans nos fichiers, mais il est le même pour la cigarette et les résidus de peau. On peut donc affirmer qu'il s'agit de la même personne.

Il se tourna vers le Croque en l'interrogeant du regard.

– Compte tenu des circonstances, la probabilité pour que cet ADN soit issu de deux individus distincts est quasi nulle. Découvrez à qui appartient cet ADN et vous aurez votre homme ! affirma le légiste.

Les enquêteurs avaient approuvé ses propos d'un léger signe de tête. Le commandant poursuivit.

– Nous avons détaillé les appels téléphoniques et les messages du portable de la victime. Il ressort que Pierre Debrut n'avait que peu de contacts en dehors de ses connaissances francs-maçonniques et de sa famille. Quelques amis par-ci par-là que nous avons interrogés sans résultat, son confident Damien Sénéchat, des numéros correspondant à des bibliothèques ou des librairies, bref, pas grand-chose… Cependant, Pierre Debrut avait des contacts fréquents avec l'Alliance Franco-Russe. Il se pencha sur son résumé. Il était membre de cette association depuis longtemps et sa femme en est toujours la secrétaire. Je l'ai interrogé hier sur ce point précis. Je souhaitais savoir si des personnes de l'Alliance avaient pu avoir connaissance des travaux de son mari et elle m'a donné deux noms. Anatoli Vassiliu et Sergëi Svorov sont tous les deux membres…

– Tu as pu glaner des infos sur eux ? demanda Phil impatient.

– J'allais y venir. C'est là que c'est intéressant : le numéro de Svorov apparaît dans le portable, il est ami avec la sœur de la veuve et habite à Montrouge. Nous n'avons pas d'adresse précise malheureusement. Quant à Vassiliu, il n'est inscrit à l'Alliance que depuis quelques mois. Madame Debrut m'a donné son adresse à Paris et son numéro de portable qui apparaît à de nombreuses reprises dans le téléphone que nous avons retrouvé dans la BMW. Mais tenez-vous bien, le numéro n'est plus attribué depuis le 17, soit quatre jours seulement après l'assassinat de l'historien... Il se tourna instinctivement vers son chef avant de poursuivre. D'après l'épouse, l'individu aurait rejoint une cousine malade en Russie.

Les membres de la crim' fixèrent le commissaire principal.

– *Mea culpa* ! s'exclama Dessert. Je savais que la conférence de presse présentait un risque. Il n'empêche que je ne crois pas aux coïncidences. Cette intervention l'a fait sortir du bois... Il faut se concentrer sur lui ! Continue Thierry.

Le commandant s'en voulait un peu d'avoir exposé son patron, mais ce n'était pas dans son tempérament de cacher des informations à ses collègues et puis, il avait clairement fait savoir à Dessert qu'il désapprouvait sa méthode, comme le Procureur d'ailleurs. N'empêche, s'il s'agissait bien de l'auteur du meurtre, les enquêteurs avaient maintenant un nom à mettre en face de ce crime.

– J'ai interrogé Interpol hier dans la soirée. Pour l'instant, je n'ai pas de retour avec le nom d'Anatoli Vassiliu. Pour l'ADN, c'est encore trop tôt. Mais il nous reste l'adresse à Paris !

Le patron reprit la parole.

– J'ai contacté le juge Lambert ce matin très tôt et ce dernier refuse pour l'instant de nous autoriser à perquisitionner au domicile de ce Vassiliu.

Les collègues eurent un mouvement de désapprobation. Sans la perquis», il leur serait difficile de confondre le suspect, surtout en son absence.

– Je sais, ça fait râler, mais c'est comme ça. Il estime que nous manquons encore de preuves sérieuses… Voilà ce que nous allons faire : Thierry, tu vas recontacter la veuve et lui demander qu'elle se mette en relation avec le dénommé Svorov. S'il voit apparaître son nom sur son portable, il répondra peut-être au coup de fil. Pour ce qui est de l'adresse de Vassiliu, je vais demander aux gars du commissariat du 18e de faire des planques à proximité et voir s'il y a du mouvement. La rue poissonnière où loge l'entreprise Lerat qui a signalé le vol de sa fourgonnette ne se situe qu'à quelques encablures de son domicile, comme par hasard !

– Et s'ils voient quelque chose de louche… ? demanda Phil.

– Eh bien, tu fais comme Harry Potter, tu te téléportes sur les lieux immédiatement, répondit Dessert en rigolant.

Éclat de rire général.

– Bon, sérieusement ! Nos collègues parisiens savent ce qu'ils ont à faire, je leur fais confiance.

Quant à nous, j'espère bien convaincre le juge de nous autoriser à nous déplacer sur les lieux dès que possible.

Le commissaire fit une pause tandis que les conversations allaient bon train, chacun donnant son point de vue sur l'affaire. Il reprit.

– Qu'est-ce qu'on a sur la bagnole du tueur ? Gus ?

– *Nada*, je crois que l'individu n'en a pas, en tout cas je n'ai rien trouvé. Peut-être qu'il en loue une ?

– Décidément, ce type ne laisse pratiquement pas de trace !

– À part le Peugeot Partner, on a identifié une Golf qu'il aurait volée sur l'aire d'autoroute de La Salle en Saône-et-Loire, là où on a retrouvé la fourgonnette, mais on perd sa trace après l'échangeur de Tournus. En tout cas, reprit Gus, il semble qu'il en a volé plusieurs pour commettre le meurtre et s'échapper, ce sera difficile de remonter jusqu'à lui par ce biais.

– Essaie toujours, il ne faut rien négliger. Se tournant vers le légiste. Et de ton côté Carlos, les prélèvements, les traces et les indices ?

– Rien, mais c'était prévisible vu la quantité de Javel qu'il a utilisé pour tout nettoyer ; c'est déjà pas mal d'avoir un ADN et un portable…

Le flic souffla de dépit. Il aurait voulu aller plus vite. Il se tourna vers son équipe administrative et en particulier le major Dôme, chef de son secrétariat.

– Jean Pierre, avec ton staff tu mets le paquet sur ces deux lascars — Svorov et Vassiliu — en attendant le retour d'Interpol. Je veux tout savoir sur eux : Où ils bossent, ce qu'ils ont mangé la veille, les meufs qu'ils fréquentent, la totale quoi… ! Allez les enfants, au boulot !

Chapitre XX

Sergëi
Paris 18e, le 22 octobre 2018, 11 h 30

Deux gardiens de la paix croquaient à pleines dents leurs casse-croûte respectifs.

– Il est bon ton sandwich ? Il est à quoi ?

– Au poulet.

– Ah ! Ah ! Elle est bonne.

– Non, c'est vrai ! Poulet-mayo… et toi ?

– Pan Bagnat niçois.

– Moi, j'aime pas le thon.

– Il est pas au thon, il est au porc !

– Tu plaisantes ?

– Non. Depuis quelques années, ils élèvent des porcs dans la plaine du Var.

– C'est malin ! Arrête de te foutre de ma poire.

Les deux flics étaient en planque rue Stephenson dans le 18e arrondissement de Paris. C'était un quartier animé de la capitale où il se passait toujours quelque chose. Très cosmopolite et multiethnique, la « Goutte d'or » avait une certaine réputation : trafics de drogue, prostitution, règlements de comptes, mais c'était aussi un endroit très hétéroclite où se côtoyaient les échoppes colorées de vente ou de confection de vêtements et les commerces en tout genre… Un quartier cependant assez calme en raison de ses rues étroites et parfois pentues issues de la colline de Montmartre, à découvrir pour les touristes de passage à Paris.

Le festin terminé, les deux collègues reprirent leur discussion ; ils n'avaient que ça à faire puisqu'on leur avait donné comme consigne de ne pas bouger et d'observer.

– Ça fait quand même presque 3 heures qu'on est là ! Elle arrive quand la relève ?

– Dans 3 heures !

– Tu fais chi..., arrête avec tes conneries...

– À midi trente, et reste cool ! On est mieux là qu'à faire la circulation ou prendre les plaintes.

– Ouais, t'as raison. Mais c'est chiant, il ne se passe rien.

– C'est toi qui l'dit ! On a quand même vu deux vieilles qui sortaient pour faire pisser leur chien, le facteur qui pelotait la concierge, une cloche qui a vomi dans la poubelle, les clients du dentiste du deuxième...

– C'est ce que je dis, pas grand-chose.

– De toute façon, le lieut' a dit qu'on devait pas bouger. On note tout ce qui rentre et qui sort avec les horaires, c'est pas compliqué.

– Qu'est-ce qu'ils cherchent les « huiles » ?

– À mon avis, ils cherchent un lascar pas net.

– On n'a même pas une photo de sa tronche.

– On n'en a pas besoin, on inscrit ce qu'on voit sur cette fiche et c'est tout !

La discussion se poursuivit plusieurs minutes sans qu'il fût possible pour le binôme de déterminer avec plus de précision le véritable objectif de la mission.

Assis à l'avant de leur Clio banalisée aux vitres teintées, les deux fonctionnaires étaient stationnés à l'angle de la rue Laghouat, devant le bar « chez chouchou ». La vue sur le numéro 44 de la rue Stephenson, adresse du suspect Anatoli Vassiliu était imprenable.

Pour ne pas éveiller l'attention au moment de la relève, ils avaient reçu comme instruction de libérer la place à l'arrivée de l'équipe suivante, grâce à deux coups de klaxon judicieusement prodigués. On n'avait pas trouvé mieux !

Ce petit manège dura une bonne dizaine de jours.

Paris 18e, le 30 octobre 2018, 14 h 30

– Alors Jean Paul, il est à quoi ton sandwich cette fois, au poulet ?

– Non mon gars, c'est un sandwich à l'omelette.

– Avec des œufs de poules ?

– Non, des œufs d'autruches ! À ton avis ?

– C'était juste pour plaisanter…

– Ouais, ben des fois, je me demande comment t'as fait pour avoir le concours !

La remarque ne sembla pas vexer le flic qui rigola à gorge déployée.

– J'ai triché pardi !

Jean Paul et Jérôme s'étaient retrouvés associés pour la deuxième fois de la semaine à l'occasion de la fameuse planque devant « Chez Chouchou », mais cette fois-ci, ils étaient de permanence l'après-midi. L'officier leur avait confié un appareil photo et ils étaient censés photographier tous les visiteurs de l'immeuble sans distinction jusqu'à 20 h, heure de fin de mission.

– Tu sais t'en servir de cet engin ?

– Facile, tu règles la molette sur « automatique » et tu appuies sur le bouton qui est là. L'appareil se débrouille tout seul.

– Et ça, c'est quoi ?

– Un téléobjectif.

– …. ?

– C'est pour avoir un gros plan, benêt. Ce qui intéresse le lieut' c'est d'avoir le visage, pas la silhouette, ça, on s'en fout !

– Et une fois que t'as pris ta photo ?

– Les gars de la scientifique récupèrent la carte « SD », la transfère sur l'ordinateur et on a un portait de l'individu.

– Ça a l'air facile ? C'est quoi une carte « SD » ?

– Laisse tomber…

– J'peux essayer ?

– Si tu veux. Tiens, vise la meuf qui passe avec le sac.

Jean Paul tendit l'appareil à son collègue qui tenta de cadrer son sujet. Pas facile de réaliser une prise de vue à travers la vitre à demi baissée. Un « clic » retentit.

– Fais-moi voir ça !

– T'as dit que c'était aux gars de la PTS de le faire.

– Oui, mais on peut quand même vérifier la photo sur le petit écran. Tiens c'est bizarre, il n'y a rien !

Jérôme regardait son collègue manipuler le boîtier électronique comme s'il s'était agi de l'écran d'un Airbus A320, en plus petit.

– Sans blague, tu n'as pas enlevé le capuchon de protection.

– Et alors ?

– Quand tu as visé la meuf, qu'est-ce que tu as vu dans l'appareil photo ?

– J'ai rien vu, c'était tout noir.

– M'étonne pas… Recommence. Tiens, le chien qui pisse contre la grille de l'immeuble.

L'appareil se cala dans la direction de l'animal. Nouveau « clic ».

– Voyons voir… C'est tout flou ! Tu as bougé ?

– Normal puisque le chien a bougé.

– Mais non, tu n'es pas obligé de déplacer l'appareil, il calcul lui-même la vitesse et ça fige le sujet ! Tu comprends ?

– Non. C'est trop compliqué…

– Bon ce n'est pas grave, je vais le faire, répondit le fonctionnaire un peu désespéré. Il reprit le reflex et effaça les ratés de son collègue.

À 20 h précise, l'équipe quitta les lieux pour rejoindre le commissariat du 18e, rue de Clignancourt et rendre compte de leur après-midi à leur supérieur hiérarchique.

– Salut, les gars, vous avez fait bonne pêche ?

– Oui, lieutenant. Une vingtaine de clichés.

– Pas trop dure la journée ? interrogea l'officier en souriant.

– Si, répondit Jérôme. Nerveusement épuisante…

Lyon, le 31 octobre 2018, 11 h 40

Le groupe de la crim' de Lyon s'était retrouvé au point mort après le dernier briefing qui avait regroupé tout le service. Le patron avait bien lancé quelques pistes, mais ces dernières n'avaient rien donné.

Madame Debrut n'avait pas réussi à joindre Sergëi Svorov malgré plusieurs messages laissés sur son téléphone portable. Le commandant Schmidt l'avait rassurée, lui expliquant qu'il s'agissait d'une simple formalité pour l'enquête. Cette femme était courageuse, elle avait insisté auprès de sa sœur qui connaissait bien l'intéressé et essayait de faire le maximum pour aider la police, mais personne ne l'avait vu.

– Il ne vous a pas appelé depuis ? s'était étonné l'officier.

– Non. Il m'a présenté ses condoléances dès qu'il a appris la mort de mon mari, mais je ne lui ai plus parlé depuis. Je suppose qu'il ne veut pas me déranger.

– Et votre sœur ?

– Non plus.

Gus de son côté n'avait pas progressé dans la recherche des différents véhicules utilisés par le suspect. Un ADN — différent de celui du propriétaire de la Golf — avait également été retrouvé dans cette dernière et comparé aux deux autres. Il s'agissait bien de la même signature biologique, mais cela ne menait nulle part. La base de données du Fichier National Automatisé des Empreintes Génétiques restait muette !

Quant à Marlène, son décryptage du livret risquait de prendre du temps. Il s'agissait d'une affaire complexe au mobile étrange. Qui plus est, la plupart des ouvrages récupérés à la bibliothèque Mazarine étaient rédigés en latin, ce qui ne facilitait pas la tâche de l'enquêtrice.

Pour finir, Interpol n'avait pas donné de nouvelles. Anatoli Vassiliu : inconnu des services de police internationaux !

Il ne restait qu'une piste : la planque devant l'immeuble où vivait le suspect.

En attendant de posséder de nouveaux éléments, les enquêteurs vaquaient à diverses occupations. Certains avaient repris de vieilles affaires restées en suspens tandis que d'autres prêtaient main-forte à d'autres équipes d'enquêtes. Dessert, lui, rongeait son frein dans son bureau insalubre.

Peu avant midi, son téléphone portable sonna.

– Dessert à l'appareil !

– Bonjour monsieur le principal, lieutenant Ferme à l'appareil. C'est moi qui ai mis en place la planque dans le 18ᵉ à votre demande.

– Ah oui, salut ! Comment ça se passe ?

– Bien, c'est pour cela que je vous appelle. J'ai des informations à vous communiquer.

– À la bonne heure. Annonce-moi de bonnes nouvelles.

– Nous surveillons l'immeuble de votre suspect depuis un peu plus d'une semaine maintenant et notons tous les visiteurs entrant et sortant du bâtiment. Parmi les allées venues, mes gars ont repéré un individu qui se déplace sur les lieux tous les deux ou trois jours. Il ne reste qu'un quart d'heure environ et repart ensuite.

– Ah ! Et on sait qui c'est ? Vous l'avez suivi ?

– Non. Les fonctionnaires en faction avaient ordre de ne pas bouger, mais j'ai demandé à une équipe de faire quelques clichés du type. Je suis en mesure de vous les faire parvenir…

– Parfait. Est-ce que tes gars ont repéré où il se rendait ?

– Oui. En interrogeant la concierge, il s'avère que le type se rend au troisième étage. Ça correspond au palier de l'appartement du dénommé Vassiliu, mais nous pensons qu'il ne s'agit pas de lui, la silhouette ne correspond pas.

– Bon OK, envoie-moi ce que tu as sur mon portable.

– Et pour la planque ?

– Je te rappellerai.

Le commissaire principal raccrocha et appela son adjoint aussitôt.

– Thierry, tu as cinq minutes, je crois qu'on tient quelque chose.

Le commandant n'eut qu'à traverser le couloir pour se rendre dans le bureau de son chef.

– Alors ?

– Assieds-toi… Je viens d'avoir Ferme au téléphone, c'est l'officier du 18e. Ses gars ont repéré un type qui se rend chez Vassiliu régulièrement. Ils ont pris des clichés de l'individu.

– Ce serait lui, finalement ?

– D'après Ferme, non, mais il m'envoie les photos…

Dessert fut interrompu par le « bip » de son portable. Il prit connaissance du message qu'il venait de recevoir et téléchargea les pièces jointes. Ils se penchèrent tous les deux sur le petit écran.

Ils virent apparaître le visage un peu rond d'un homme d'une cinquantaine d'années ou approchant, légèrement dégarni et porteur d'une paire de lunettes de vue.

– De qui peut-il bien s'agir ? interrogea l'adjoint.

– Je suis à peu près sûr qu'il s'agit de Sergëi Svorov !

– Qu'est-ce qu'il peut bien faire chez Vassiliu si ce dernier est absent ? Et pourquoi venir fréquemment ?

– Il n'y a qu'un seul moyen de le savoir…

*

Le chef de la crim' avait rencontré le juge Lambert chargé du suivi judiciaire de l'affaire et lui avait exposé les éléments qu'il détenait et les dernières mesures prises par son équipe. Il lui avait aussi fait part de la surveillance qu'il avait organisée devant le domicile du suspect en collaboration avec les policiers du 18e arrondissement de Paris.

La photo d'un individu se rendant régulièrement dans l'appartement d'Anatoli Vassiliu avait été présentée à la veuve de Pierre Debrut qui l'avait identifiée comme étant le visage de Sergëi Svorov, ami du suspect.

Dessert en était certain, une perquisition dans l'appartement de Vassiliu permettrait de faire avancer l'enquête et, avec un peu de chance, de conduire à l'arrestation d'un suspect.

Le juge Lambert s'était d'abord montré réticent, comme lors de leur dernier échange téléphonique, car selon lui, les preuves étaient encore fragiles, mais le flic avait su trouver les mots pour le convaincre.

– Je ne veux pas d'entrée en force, vous vous débrouillez comme vous voulez avec vos gars. Surtout, pas d'échanges de coups de feu et pas de blessés. C'est bien compris ? Le magistrat fixait son interlocuteur avec insistance.

Dessert avait acquiescé contraint et forcé, mais il savait pertinemment que dans ce genre d'intervention, il était pratiquement impossible de prévoir ce qui allait se passer. Au pire, si ça dégénérait, il se prendrait une grosse engueulade…

Paris 18e, 1er novembre 2018, 17 h 30

Le soleil descendait lentement sur Montmartre, inondant la coupole du Sacré-Cœur. Les toits alentour avaient eux aussi bénéficié de la générosité de l'astre solaire en se parant des couleurs chaudes de cette belle journée d'automne. Cette quiétude relative invitait à la flânerie.

Un groupe de pigeons vagabonds, peu disposés à retourner au nid, se disputaient les miettes de pain abandonnées par les passants sur le parvis de la basilique. Un peu plus loin, des touristes s'étaient attardés en cette fin d'après-midi, profitant de la vue splendide de la capitale et des derniers rayons de soleil avant de redescendre la colline par une pente raide et s'installer dans l'un des bars de la place Saint-Pierre, histoire d'achever cette excursion bucolique.

Côté Nord, la descente de la rue de la Bonne était tout aussi pentue. Les nostalgiques pouvaient faire un petit détour par le square Marcel Bleustein Blancher ou bien poursuivre dans la rue pavée par un petit escalier et se retrouver à l'angle des rues Becquerel et Lamarck. Là aussi, la chaussée se terminait par un escalier raide qui permettait de perdre de la hauteur, comme beaucoup d'artères de ce quartier perché de Paris.

Après avoir tourné à droite, les badauds pouvaient alors poursuivre par la rue Custine et profiter de ses trottoirs ombragés, avant de déboucher rue de Clignancourt, siège de la police du 18e.

À cette heure de la journée, il y avait effervescence au commissariat. Entre les équipes de jour qui rentraient de leurs missions et les équipes de soirée qui se préparaient à prendre leur service, c'était un chassé-croisé bruyant et grouillant de flics pressés…

À l'étage, le commissaire divisionnaire Marcel Aumont, Directeur de l'hôtel de police, assistait au briefing organisé par son collègue lyonnais. L'ambiance était beaucoup plus calme et studieuse qu'aux étages inférieurs. On avait pris soin d'installer une machine à café — outil indispensable et incontournable du « nuiteux » — car la soirée promettait d'être longue.

Dans la salle qui regroupait une vingtaine de personnes, Dessert s'était positionné devant un grand tableau sur lequel on avait dessiné une partie du quartier visé par la perquis ». Il avait lui-même reconstitué la scène en notant les éléments principaux du décor : la rue Stephenson, la rue Lagouhat et le café « Chez Chouchou », les emplacements potentiels de stationnement et enfin l'immeuble du suspect.

Aux côtés du chef de la crim' se trouvait le directeur qui avait tenu personnellement à apporter son soutien à son collègue.

Au premier rang, le lieutenant Ferme, officier de l'unité de police de quartier du 18e s'était déplacé avec quelques membres de son équipe. Responsable de la mise en place du dispositif de surveillance, sa présence pouvait apporter un « plus » à l'opération. Dessert comptait aussi sur sa connaissance des lieux.

À la droite de l'officier, la Guêpe attendait les bras croisés accompagnée de Gus toujours présent dans les coups difficiles. Sa corpulence en imposait et permettait bien souvent de régler des situations sans avoir à prononcer de longs discours. Dessert appréciait de les avoir tous les deux à ses côtés.

À l'opposé, une équipe de la police technique et scientifique avait également pris place, au cas où la recherche d'indices s'avérerait plus difficile que prévu. À vrai dire, Dessert ne savait pas trop à quoi s'attendre une fois sur les lieux. Cette affaire lui avait déjà apporté quelques surprises…

En retrait, les policiers de la brigade de recherche et d'intervention — BRI — ne bronchaient pas. Harnachés comme des gladiateurs et prêts au combat, alignés et silencieux, il était inutile de préciser ce pour quoi ces spécialistes avaient été requis. Le patron n'avait pas voulu prendre le risque que la perquisition tourne mal, au cas où l'individu oppose une résistance active. La mise en garde du juge n'avait pas influé sur le mode opératoire qu'il avait en tête, cependant…

« Montrer la force et espérer ne pas avoir à s'en servir » ! pensa-t-il.

Enfin, en dernière ligne, un petit groupe de gardiens avaient été invités avec pour mission de réguler le flot de circulation à l'ouverture des hostilités.

Jean-Paul et Jérôme étaient présents. Occupés à bavarder sans se soucier le moins du monde de ce qui se passait devant, ils discouraient sur la sortie du dernier modèle de Peugeot 208 GT, petit bolide de la marque au Lion. Un gars de la BRI leva la main dans leur direction, ce qui eut pour effet de leur clouer le bec instantanément. Dessert entra dans la danse.

– Bon, on va passer sur les présentations et les salamalecs et en venir directement au fait. Se tournant vers le tableau. Voici le lieu de l'intervention de ce soir. Il s'agit d'un immeuble situé au 44 rue Clignancourt. Le suspect habite au 3e étage du bâtiment. Comme on a dû certainement vous l'expliquer, l'opération consiste en une perquisition des lieux. Il y a peu de chance que le locataire soit présent, cependant, et c'est important, nous allons attendre l'arrivée d'un visiteur — probablement une connaissance de la cible — avant d'intervenir. Il prit connaissance de quelques notes qu'il tenait en main. Les équipes du lieutenant Ferme ont assuré une surveillance de l'appartement et constaté que le logement était régulièrement fréquenté par un certain Sergëi Svorov. Nous ne savons pas s'il est dangereux ou pas. En notant la fréquence de ses visites, il devrait revenir sur place ce soir entre 19 h 30 et 20 h. Nous allons l'appréhender.

Quelqu'un leva la main.

– Y a-t-il un ascenseur ?

– Oui, mais l'équipe d'intervention va prendre l'escalier ; l'ascenseur sera bloqué le temps de la mission. Autre question ?

– Est-il prévu de rentrer en force ? avait demandé le chef de la BRI.

– J'aimerais mieux pas. Le type ne s'attend pas à nous voir débouler, il n'y a aucune raison pour qu'il n'ouvre pas. Par contre, s'il nous oppose une résistance, utilisez le bélier ! J'en profite pour faire le point sur ce que l'on cherche. Mis à part le dénommé Svorov que je veux interroger, nous recherchons de quoi localiser le locataire —

Anatoli Vassiliu — dans une affaire de meurtre. Nous recherchons également des documents ou des ouvrages de la période du Moyen Âge. Mes collaborateurs seront là pour vous aider si nécessaire.

– Et pour les véhicules ?

Le principal se tourna vers le tableau.

– De la signalétique de chantier a été installée ce matin très tôt à l'angle de Lagouhat et devant l'espace « Samoussa » à hauteur du 48 de la rue Stephenson. Comme vous pouvez le voir, il y a quatre emplacements disponibles : un pour la BRI, un pour moi-même et mon équipe, les deux autres seront occupés par la scientifique et l'unité de quartier. Le reste du personnel se tiendra prêt et se fera déposer sur instructions.

– Et le « top » départ ? demanda le lieutenant.

– Sur mon ordre, dès que j'aurai l'assurance que l'oiseau est dans la cage. Code radio « Ninja ». Dessert fit un petit clin d'œil à la Guêpe.

Après quelques formalités d'usage, la réunion étant terminée, le personnel se précipita sur la machine à café.

*

Il était 19 h lorsque les flics prirent place rue Stephenson, conformément aux consignes données par le chef d'enquête. Chacun était à sa place, personne ne parlait, tous attendaient.

Dans la voiture de tête, le commissaire principal Éric Dessert scrutait la rue tandis qu'il tenait entre les mains une photo-portrait de Sergëi Svorov. La capitaine Dejour et son collègue Gus promenaient leur regard dans la même direction par réflexe, car il n'y avait rien d'autre à faire…

Les gars de la BRI effectuaient une dernière vérification de leur matériel en silence, le visage impassible. Il s'agissait pour eux d'une opération de routine.

Un peu plus loin, dans le fourgon banalisé des flics de quartier, l'ambiance était beaucoup moins décontractée. Une légère tension était palpable dans l'habitacle. L'un regardait ses chaussures ou celles de son voisin, le buste penché en avant, la jambe secouée de petits mouvements saccadés tandis qu'un autre mâchouillait son chewing-gum à s'en faire péter la mâchoire.

Dans la rue Stephenson, les piétons peu nombreux allaient et venaient sans se soucier les uns des autres. Il y avait celles ou ceux qui rentraient de leur journée de travail, d'un pas pressé et peu disposés à flâner ou traîner en chemin. On apercevait aussi les éternels promeneurs de chiens patientant sur le trottoir — une laisse dans une main et le sac à crottes de l'autre — telles des statues de pierre, attendant que leurs petits protégés veuillent bien se décider…

Le bar « Chez Chouchou » regroupait les habitués de l'enseigne, toujours les mêmes à cette heure de la journée, — une bière à la main et le doigt levé de l'autre — discourant ou vociférant selon le cas sur les exploits du week-end d'un certain M'Bappé, jamais d'accord et toujours bruyants.

Personne dans le secteur ne soupçonnait ce qui se préparait, à quelques mètres, dans la discrétion la plus absolue.

Les minutes s'écoulaient, interminables, tandis que l'heure fatidique se rapprochait : 19 h 21 - 19 h 28 - 19 h 32…

Soudain, les radios des équipages se mirent à crachouiller.

– Attention ! À tous les « Ninja », cible en vue, droit devant à 100 mètres. On garde les positions…

Un individu arrivait face au dispositif, d'un pas régulier, tenant une sorte de musette en bandoulière. Il ne semblait pas pressé ni inquiet ; il ne laissait en tout cas rien paraître.

Plutôt de petite taille, le visage rond et le crâne dégarni, il faisait sans doute partie de la catégorie des quinquagénaires. Il pénétra dans l'immeuble du 44 rue Stephenson. Tous les regards des occupants des voitures de police avaient convergé dans la même direction.

Il se passa quelques minutes puis une lumière éclaira une baie vitrée du troisième étage, face à la rue.

– Il est dans la place, scanda Dessert à la radio. Ferme, fais descendre tes gars ; qu'ils bloquent la rue en amont et en aval de notre position. Grouille-toi !

– Bien reçu.

L'ordre fut immédiatement exécuté.

Dans l'instant qui suivit, les gars de la BRI avaient pris position dans la rue tandis que Dessert et son équipe les imitaient, progressant sans précipitation, mais déterminés à la manière des troupes d'élites. Le hall fut investi en très peu de temps ; le chef de la BRI avançait aux gestes, indiquant l'escalier de service. Un des flics de quartier se positionna devant l'ascenseur et appuya sur « appel » pour le bloquer, le temps de l'intervention.

Dessert, la Guêpe et Gus talonnaient les spécialistes de la BRI lorsqu'ils arrivèrent sur le palier. Il y eut une poignée de secondes de statu quo pendant lesquelles Gus se pencha contre la porte. Une étiquette indiquait : A. Vassiliu.

Le silence était total.

Il fit un petit signe d'approbation en direction des autres puis deux coups furent frappés.

– Police ! Ouvrez !

La porte s'entrebâilla et un type apparut. Médusé, il lâcha l'arrosoir qu'il tenait en main en voyant le comité d'accueil.

– Qu'est-ce que… ?

Il n'eut pas le temps de terminer sa phrase, il fut bousculé sur le côté par un premier fonctionnaire muni d'un bouclier, le second pénétrant à son tour, pistolet en main, suivi de deux autres qui investirent les pièces de l'appartement.

La scène n'avait duré que quelques secondes.

– Est-ce qu'il y a quelqu'un d'autre dans l'appart' ? interrogea Dessert.

– Heu… Non, je suis seul, mais…

– Vous êtes armé ?

– Bien sûr que non ! Qu'est-ce que vous voulez ?

Le grand flic ne répondit pas. Il fit un signe à ses collègues de lui faire un topo de la situation.

– RAS pour moi !

– RAS ici !

– Commissaire, l'appart' est vide !

– OK. Passez-lui les menottes, fouillez-le et amenez-le dans la grande pièce. Une fois qu'il fut assis, Dessert prit sa radio et s'adressa aux techniciens de la PTS restés en bas. Bon, vous pouvez monter, la voie est libre.

Il ne s'était passé que quelques minutes pour que la situation ne redevienne calme. L'interpellation avait été réalisée en douceur, la perquisition pouvait commencer.

L'enquêteur ne laissa pas son suspect reprendre ses esprits, il le questionna directement, sans ménagement.

– Nom, Prénom ?

– Mais qu'est-ce que c'est ça ? Que voulez-vous ?

– Nom, Prénom ! Répondez !

– Svorov Sergëi.

– Vous n'habitez pas ici alors, qu'est-ce que vous faites dans cet appartement ?

– Je suis venu arroser les plantes. Je rends service à un ami.

– Son nom ?

– Anatoli Vassiliu.

– Où est ce type ?

– Il est absent pour plusieurs jours. Il m'a demandé de venir m'occuper de l'appartement en son absence. Les plantes, le courrier… Ce genre de choses. Mais je ne comprends pas ce que vous faites là !

En faisant mine d'ignorer les interrogations du suspect, le flic maintenait la pression.

– On va procéder à une perquisition de l'appartement, vous servirez de témoin. À partir de cet instant — 19 h 46 —, vous êtes placé en garde à vue. Gus, va me chercher le concierge, il fera office de second témoin.

Les techniciens commencèrent leur inspection des lieux. À deux, ils s'étaient partagé les pièces : l'un s'occupait de la cuisine et de la chambre principale, son collègue s'attaquait au salon et au bureau. Les sanitaires seraient visités en dernier.

Svorov attendait les poignets attachés dans le dos, il avait compris que les policiers ne lui diraient rien. À ce moment précis de la perquisition, il donnait plus l'impression d'un chien perdu qu'un animal enragé. Au moins, de ce côté-là, Dessert pouvait être tranquille.

Le salon était meublé sobrement. Téléviseur, canapé, table et chaises… Un bar à alcool — bien pourvu en Vodka — complétait cette pièce aux modestes dimensions. Rien d'important ne fut découvert par le technicien qui se déplaça dans le bureau.

Là, c'était une autre histoire. Le scientifique appela la Guêpe qui était restée dans le couloir.

– Capitaine, vous devriez venir voir ça !

La pièce était placardée de photos, plans crayonnés, photocopies de carte IGN, schémas et diagrammes en tout genre. Une table servant de bureau était jonchée de dossiers ou classeurs empilés sans ordre particulier. Le fonctionnaire attendait un ordre avant de commencer à faire quelque chose.

– Prends-moi d'abord des photos de ce capharnaüm. Ensuite, on va emporter tout ça au commissariat et on fera le tri plus tard. Son interlocuteur acquiesça, soulagé de ne pas devoir détailler et inventorier l'ensemble sur place.

Dans la chambre, des livres apparemment anciens étaient entassés à côté d'un chevet. La Guêpe chaussa une paire de gants en latex et se pencha pour les ramasser et les ranger dans un sac à scellés.

Dessert ne quittait pas Svorov du regard, il essayait de déchiffrer ce qui se cachait derrière ce type sans expression. Victime collatérale ou bien tueur méticuleux ? Il avait appris à se méfier des apparences, souvent trompeuses… !

La perquisition se poursuivit par la cuisine et enfin la salle de bain. Cette pièce fournissait en général de nombreux indices aux enquêteurs. Les policiers demandèrent que des prélèvements soient effectués et quelques objets atterrirent eux aussi dans des sacs à scellés.

Ils ne découvrirent cependant rien qui puisse indiquer où pouvait se trouver le propriétaire des lieux : des factures, quelques correspondances, des papiers divers, mais rien de déterminant.

La perquisition s'acheva un peu après vingt et une heures. Ayant commencé avant 20 h, rien n'empêchait les policiers de poursuivre leur mission au-delà de cet horaire tel que le prévoyait l'article 59 du code de procédure pénale. Dessert y mit cependant fin.

– Allez les gars, on a fini ici, on rentre à la maison.

*

Les cellules du commissariat du 18e étaient — comme la plupart des geôles françaises — peu engageantes et surtout inconfortables.

Sergëi Svorov s'était assoupi dans celle qu'on lui avait attribuée, certainement fatigué par tout ce remue-ménage et l'absence d'information sur ce qui se passait. On lui avait retiré ses lacets de chaussures, son ceinturon et tous les objets qu'il portait sur lui au moment de sa mise en cellule, le plongeant ainsi dans un état de stress qui l'avait épuisé.

On lui avait signifié qu'il avait droit d'être assisté d'un avocat, de passer un coup de téléphone et de consulter un médecin. Il avait décliné les deux dernières propositions, mais attendait son défenseur avec une certaine résignation.

Dans une pièce de l'étage supérieur, Dessert s'entretenait avec le divisionnaire Marcel Aumont.

– La perquis' s'est bien passé, tu as eu ce que tu voulais ?

– Oui et non, répondit l'enquêteur lyonnais. Nous avons Svorov, OK ! Mais aucune trace de Vassiliu.

– Tu penses qu'il était au courant ?

– C'est possible, la conférence de presse de l'autre jour l'a certainement alerté. De deux choses l'une : soit il s'agit d'une incroyable coïncidence et ces deux types n'ont rien à voir avec le meurtre, soit ils sont tous les deux complices. Nous avons effectué des prélèvements d'ADN dans l'appartement et nous allons les comparer à ceux trouvés sur le mégot de cigarette et sur le tableau de bord de la voiture de la victime. À partir de là, nous n'aurons plus de doute…

– Tu sais, j'ai bien regardé ce Svorov. Il ne me donne pas l'impression d'être un tueur. Je ne le vois pas planifier un assassinat avec tortures et mise en scène.

– Il a peut-être aidé Vassiliu ? D'après nos informations, c'est un ancien militaire russe à la retraite.

– Je suis quand même sceptique, c'est ma conviction, répondit le commissaire divisionnaire.

Ils furent interrompus par Gus qui venait de frapper à la porte.

– L'avocat est arrivé.

Ils descendirent tous les trois.

Vingt-cinq ans à peine, petites lunettes cerclées à montures dorées, costard sur mesure et pompes JM Weston, l'avocat commis d'office posa son attaché-case sur le premier bureau qu'il trouva.

– Bonsoir messieurs. Maître Duchaussois, je représente les intérêts de monsieur Svorov. Puis-je le voir ?

Dessert l'observa du coin de l'œil. «*Je vais le bouffer tout cru celui-là*» !

– Vous avez cinq minutes.

– Le code précise que….

– Vous avez cinq minutes. C'est trop ?

L'avocat prit une première salve en pleine tête sans comprendre ce qui lui arrivait. Puis les trois flics le laissèrent planté là, l'obligeant à trouver lui-même la direction des cellules. Deuxième salve, ça commençait très mal pour lui.

L'entretien de Maître Duchaussois et de Sergëi Svorov fut de courte durée comme l'avait prédit Dessert. Ce dernier pointa son nez au bout de 5 minutes — montre en main — pour annoncer que la visite était terminée malgré les protestations de l'avocat. Le gardé à vue fut extirpé de sa cellule et conduit dans une salle réservée aux interrogatoires.

– Mon client désire connaître les motifs de sa mise à l'isolement. La formule avait été prononcée avec le plus de circonspection possible.

Les protagonistes se faisaient face. La salle n'était pas très grande. Un grand miroir occupait la presque totalité du mur du fond, orienté vers l'avocat et son client. Sombre, meublée sommairement, cette pièce n'était à l'évidence pas faite pour mettre les témoins en confiance, ce qui était le cas en ce premier novembre 2018 à 21 h 45.

Dessert avait décidé de la jouer en mode agressif.

– Votre client comme vous dites, a été trouvé dans un appartement visé par une perquisition dans le cadre d'une commission rogatoire délivrée par le juge Lambert. Voici le document. Gus et Aumont n'avaient pas bronché…

L'avocat y jeta un coup d'œil.

– Monsieur Svorov n'habite pas cet appartement, il n'est pas concerné par cette perquisition.

– Sans blague ! Est-ce que vous connaissez ce type ? Le flic avait déposé un portait de Vassiliu sur la table, face à Svorov.

– Oui, il s'agit d'Anatoli Vassiliu. C'est lui le propriétaire.

– Ce monsieur est certainement impliqué dans une affaire de séquestration suivie de tortures et de meurtre. Il est activement recherché par la police française.

Gus approcha une seconde photo représentant la dépouille de Pierre Debrut suivie de plusieurs autres pour lesquelles on ne pouvait se méprendre sur les circonstances du décès.

Svorov avait blêmi. Ses yeux exorbités fixaient les photos, il était au bord de la nausée.

– Je n'ai rien à voir avec ça ! C'est insensé ! cria-t-il.

L'avocat s'était tassé sur lui-même.

– Avouez que c'est curieux ! Vous êtes ami avec un type soupçonné de meurtre et on vous retrouve dans son appartement ? Ça sent la complicité, non ?

– J'étais juste venu arroser les plantes. Il faut me croire.

– Vous êtes d'origine russe et vous êtes un ancien militaire ?

– Oui ...?

– Où étiez-vous dans la nuit du 12 au 13 octobre 2018 ?

Les questions fusaient et partaient dans toutes les directions. Il y avait de quoi déstabiliser un témoin, mais cette technique avait fait ses preuves et Dessert était un expert en la matière. Il espérait amener Svorov à se contredire ou à lâcher des informations qu'il souhaitait cacher.

Ce dernier réfléchit un instant avant de donner sa réponse, il était visiblement tendu.

– C'était le jour de l'assemblée générale de l'Alliance Franco-Russe. C'est cela ! Les membres se sont réunis dans l'après-midi — je suis membre du conseil d'administration — et il y a eu un repas de clôture, dit-il dans un souffle.

– Ça s'est fini à quelle heure ?

– Tard. Un peu après minuit.

– Nous allons vérifier. Vous étiez avec Vassiliu ?

– Non, il a eu un empêchement.

– Revenons à l'appartement. Qu'est-ce que vous y faisiez ?

– Je vous l'ai dit, c'était pour arroser les plantes !

– Il n'y en a pas chez Vassiliu.

– Elles sont sur le balcon !

– Bon, et après ?

– ... ?

– Après, vous avez rejoint Vassiliu ?

– Mais non ! Il est parti il y a plusieurs jours dans sa famille en Russie. Svorov commençait à transpirer.

– Oui, nous le savons. Une cousine malade, c'est ça ?

– Comment le savez-vous ?

Dessert éluda.

– Pourquoi ne répondez-vous pas aux appels téléphoniques ? Madame Debrut a essayé de vous joindre plusieurs fois, elle vous a même laissé des messages ?

– Madame Debrut… !?

– Répondez à ma question.

– Je me suis fait voler mon portable jeudi dernier, j'ai déposé une plainte à la gendarmerie, vous pouvez vérifier.

– Nous allons le faire.

Le commissaire divisionnaire Aumont, resté en retrait de l'échange, intervint.

– Monsieur Svorov, nous ne demandons qu'à vous croire, mais vous êtes dans une situation compliquée, reconnaissez-le. Il attendit que l'information fasse son effet et reprit. Nous cherchons à localiser Anatoli Vassiliu, vous le connaissez, le mieux est que vous coopériez.

– Mon client est coopératif ! proféra l'avocat.

Les flics lui lancèrent un regard appuyé qui le fit se tasser davantage sur son siège. Il n'y était plus, dépassé par la situation et par le charisme des policiers qui menaient l'interrogatoire à leur guise.

De temps en temps, il jetait un regard en direction de Gus ; ce flic qui avait un léger accent du sud l'impressionnait. Assis en face de lui, sa large carrure et son imposante silhouette lui masquaient la lumière de l'ampoule, projetant son ombre au-delà de la table.

Sergëi Svorov s'aperçut du malaise et comprit qu'il ne devait rien attendre de son défenseur. Il capitula.

– Je connais Anatoli depuis très longtemps. Anatoli est plus jeune que moi et je l'ai un peu aidé par le passé. Il avait perdu son père étant jeune et sa mère ne s'occupait pas de lui ni de son jeune frère d'ailleurs. C'était une lourde responsabilité pour lui. Nous avons été à l'école ensemble quand nous étions petits, nous étions de bons copains. J'ai poursuivi mes études à Moscou tandis que lui s'engageait dans l'armée russe. À l'époque, c'était bien payé et il était fauché… Je l'ai rejoint quelques années plus tard.

Il but une gorgée du café qu'on lui avait apporté. Le fait de « se mettre à table » l'avait déstressé. Les flics le laissèrent poursuivre.

– Il a été affecté dans une unité du génie puis son petit frère s'est aussi engagé dans l'armée russe et a rejoint les troupes aéroportées. Pour ma part, comme j'avais fait des études j'étais à l'État-Major, loin du terrain. Cela a duré quelques années puis il y a eu la deuxième guerre de Tchétchénie en 1999. Elle n'a duré que six mois, mais cela a été effroyable. Il marqua une longue pause avant de reprendre. C'est lors d'une opération de parachutage que son frère s'est fait capturer. Les Tchétchènes l'ont torturé à mort et Anatoli ne l'a jamais revu. Ça l'a brisé et il ne s'en est pas remis. Il n'a plus jamais été le même…

– Que s'est-il passé ensuite ? demanda le divisionnaire.

– Il avait la haine chevillée au corps. Il en voulait à tout le monde… Il a décidé de rejoindre les commandos de la marine pour être en première ligne.

– Vous voulez dire, pour se venger ?

– On peut dire ça oui, car c'est exactement ce qui s'est passé. Au bout de quelques semaines, il était devenu incontrôlable. Ses officiers n'avaient plus d'autorité sur lui et il agissait à sa façon, exécutant les gens sans distinction : militaires, civils, hommes, femmes…

– Et on ne l'a pas stoppé ?

– Quand il a été question de le traduire devant une cour martiale, il a pris la fuite.

– Et vous dans cette histoire ? demanda Dessert.

– J'avais fait mon temps et puis j'en avais marre des décisions politiques de l'époque. Il y avait une volonté de reconstruire « La Grande Russie » à laquelle je n'adhérais pas ; c'était idéologique et on ne pouvait rien y faire. J'ai pris la décision de partir en Europe de l'Ouest.

Il regarda le plafond de la pièce, mais sans le voir, son esprit s'était évadé à une époque qui lui rappelait des souvenirs. Il reprit après quelques secondes.

– J'ai retrouvé Anatoli au moment de partir pour la France. Il errait comme une âme en peine, je l'avais tout juste reconnu.

– Vous nous avez dit qu'il était recherché, il ne se cachait pas ?

– Oh si ! Il valait mieux pour lui. Vous ne connaissez pas la Russie ? Ce n'est plus l'URSS, mais les vieilles habitudes n'ont pas changé. S'il s'était fait prendre, on ne l'aurait plus revu. La justice n'a de justice que le nom… il m'a supplié de l'aider.

– Poursuivez. Qu'avez-vous fait ensuite ?

Svorov se tortillait sur sa chaise. Il était très mal. Les enquêteurs voyaient bien que les explications avaient du mal à sortir. Ils l'encouragèrent.

– Il faut tout nous dire Sergëi.

– Vous me demandez de trahir un ami ! gémit-il.

– Je crains que vous n'ayez guère le choix, asséna Dessert.

– Je l'ai aidé à changer de nom et nous avons fui ensemble !

Les enquêteurs se regardèrent interloqués. Cette révélation arriva comme un coup de massue.

– Comment cela ? demanda Aumont.

– Le vrai nom d'Anatoli est Vitali Vassili. Anatoli est le prénom de son frère décédé. La dernière lettre de son nom a été ajoutée.

– … !?

Les deux commissaires quittèrent la salle d'interrogatoire et se réfugièrent derrière la vitre sans teint, laissant l'avocat et son client sous la surveillance de Gus.

Ils regardaient leur suspect sous un œil différent maintenant.

– Bon sang, Éric, tu te rends compte de ce que cela signifie !

– Oui. Nous ne risquions pas de trouver notre homme… en même temps, ça accrédite la thèse de la complicité.

– Je n'en suis pas sûr. Regarde-le, il a l'air complètement paumé ! Ce type n'est au courant de rien…

– Je vais appeler le proc ».

Antoine Decoin avait longuement écouté les explications du chef de la crim' lyonnaise. Ce dernier lui avait suggéré de perquisitionner le domicile de Svorov à Montrouge, mais n'ayant pas récupéré le résultat des analyses ADN et n'étant pas certain de la culpabilité des deux Russes, il avait préféré être prudent.

– Fais-le mijoter en cellule pour la nuit et récupère-moi ces analyses au plus vite. S'il y a concordance, j'appellerai Lambert pour qu'il t'autorise à perquisitionner. Au fait, tu as pu avoir Interpol ?

– Non, j'appellerai demain, j'ai un contact sur place.

– J'attends ton coup de fil. Le Procureur raccrocha.

Les résultats des analyses ADN étaient tombés le lendemain dans la matinée. Concordance parfaite comme l'équipe s'y attendait. Mégot de cigarette trouvé dans les anciens abattoirs, résidus de pellicules prélevés sur le tableau de bord de la BMW, cheveux provenant de l'appartement : le génome était identique.

– Cette fois, nous le tenons ! Dessert exultait.

– Maintenant, il va falloir lui mettre la main dessus. La Guêpe était pragmatique, pour une fois.

– Il faut qu'on le fasse sortir de son trou. Je vais appeler Interpol pour les mettre sur le coup. Gus voit avec Thierry qu'il épluche ses comptes ; qu'il prenne aussi contact avec son dernier employeur. La Guêpe, fais le tri dans les documents qu'on a retrouvés dans l'appart ».

– OK patron, on s'en occupe.

– On se retrouve dans une heure pour mettre en place la perquis' chez Svorov.

*

On fit sortir Sergëi Svorov de sa cellule pour le conduire dans un bureau du commissariat du 18e mis à disposition de l'équipe lyonnaise le temps de l'enquête.

Il avait passé une mauvaise nuit, ses yeux étaient tirés de n'avoir pu dormir suffisamment. Sa veste était froissée et son pantalon tombait sur ses hanches en l'absence de ceinture. Bref, il n'avait pas fière allure.

Gus le fit asseoir en face du commissaire principal puis rejoignit la Guêpe restée en retrait.

– Monsieur Svorov, comme je vous l'avais annoncé hier, votre ami [Anatoli Vassiliu ou Vitali Vassili] est maintenant recherché pour séquestration, tortures et assassinat. Nous avons retrouvé son ADN sur la scène du crime ; il correspond en tout point à celui prélevé lors de la perquisition. Il regarda le Russe droit dans les yeux. Vous maintenez votre déposition ? Vous n'avez rien à ajouter ?

Svorov lâcha un soupir.

– Je vous ai dit tout ce que je savais. Je ne vous ai pas menti. Je n'ai rien à voir avec cette affaire.

– Vous ne trouvez pas un peu louche qu'il cherche à rejoindre de la famille en Russie — soi-disant sa cousine malade — et qu'il retourne se jeter dans la gueule du loup ?

– Oui, ça m'a semblé bizarre, mais Vitali est rusé. Je pense qu'il savait ce qu'il faisait !

– Je n'en doute pas, mais s'il s'était rendu ailleurs ?

– Dans un autre pays ?

– Oui, par exemple. Il vous l'aurait dit ?

– Je ne sais pas. Puis après quelques secondes. Il me semble qu'il a des connaissances en Biélorussie, mais je n'en suis pas sûr.

Les trois enquêteurs se regardèrent l'espace d'un instant.

– Très bien. Nous allons perquisitionner votre appartement à Montrouge ce matin. Vous allez venir avec nous. Y a-t-il quelqu'un d'autre chez vous ?

– Non, je vis seul. Je n'ai que mon chat !

– Alors, allons-y !

Montrouge se trouvait à l'autre bout de Paris, plein sud. Il fallait donc traverser la capitale pour s'y rendre ce qui promettait d'être sportif à cette heure de la matinée, mais Dessert avait demandé une escorte motorisée pour ne pas perdre de temps inutilement dans les embouteillages.

En traversant les rues de Paname, il se remémorait les années passées à chasser du crâne[14] avec ses collègues de la police parisienne. Installé à l'avant de la Peugeot de service, il regardait défiler les grandes avenues et les secteurs aux noms évocateurs : Barbès, gare de l'Est, République…

Un peu plus loin, ils remontèrent les rues de Beaubourg et du renard avant de traverser le pont Notre-Dame et retrouver l'île de la Cité.

Ah ! le fameux 36 quai des Orfèvres. Il était presque chez lui. Ça le démangeait de faire un petit détour et aller saluer ses anciens collègues. Ceux de la première heure avec lesquels il gardait les meilleurs souvenirs. Les heures de planques interminables, les arrestations musclées, les empoignades, les filatures et les courses poursuites. Mais aussi les enquêtes retentissantes comme celle de la femme politique et antiapartheid sud-africaine Dulcie September, assassinée le 29 mars 1988 de cinq balles dans le corps devant les bureaux de l'ANC, rue des petites écuries et jamais élucidée. Dessert se souvenait aussi de l'affaire Rémy Roy, ce tueur en série surnommé « le tueur du minitel » qui écuma Paris et sa région au début des années 90 où il assassina

14 Expression policière qui signifie : traquer les délinquants

plusieurs homosexuels après des mises en scène sadomasochistes. Il fut arrêté un an plus tard…

Boulevard Saint-Michel et les jardins du Luxembourg. Cet endroit avait une saveur particulière, il y avait rencontré sa seconde épouse durant son épopée parisienne. Pas encore affecté au 36, il avait le temps de flâner à cette époque et de s'interroger sur le monde ; c'était aussi sa période lecture et c'était d'ailleurs à cette occasion que sa promise vint s'asseoir sur le même banc que lui, face au bassin. Ils ne s'étaient plus quittés…

Avenue Denfert Rochereau, on entrait dans le 14e, les escorteurs ne chômaient pas. Dessert les regardait slalomer entre les files de voitures, repoussant celle-ci ou stoppant celle-là. « *Efficaces les gars* » ! pensa-t-il.

Porte d'Orléans, ils y étaient presque, encore quelques encablures…

Les policiers du commissariat de Montrouge avaient été prévenus de l'opération de police, question de courtoisie.

– Vous avez besoin de personnels, avait-on demandé ?

– Non, l'appartement est censé être vide et le propriétaire est sous bonne garde, avait répondu Gus chargé des relations publiques.

Le convoi s'arrêta devant un petit immeuble rue du colonel Grillon à proximité du périphérique. Tout le monde mit pied à terre, Sergëi suivait d'une démarche traînante, sans discuter. Lorsque la petite troupe arriva sur le palier, il tendit sa clef, mais la Guêpe la lui saisit au passage et entreprit d'ouvrir elle-même la porte, petite précaution d'usage, empreinte d'expérience…

Elle pénétra dans les lieux la première et fut accueillie par un miaulement sonore. *Tchoupi*, le gentil chat du propriétaire réclamait son câlin. Il eut droit à une caresse prolongée puis les choses sérieuses commencèrent.

La perquisition dura un peu plus d'une heure sans résultat probant pour les enquêteurs. Côté alibi, la sœur de la veuve avait confirmé la présence de Svorov à l'assemblée générale de son association ainsi qu'au dîner qui suivit. À l'évidence, le Russe avait dit la vérité. Ils ne trouvèrent rien de compromettant le concernant et rien non plus qui puisse le relier à l'affaire. Chou blanc !

Dessert faisait grise mine. Lui qui avait un flair de limier, il s'était planté sur ce coup-là. «*Aumont avait peut-être raison*» ! pensa-t-il.

Ils rentrèrent dans le 18e pour faire le point.

*

Les nouvelles n'étaient pas bonnes. Interpol avait bien retrouvé la trace de Vitali Vassili, recherché pour crimes de guerre en Russie, mais l'organisation internationale n'avait aucune nouvelle de lui depuis plusieurs années. On avait cependant ressorti la « notice rouge » du suspect et prit bonne note que le Russe était susceptible de se déplacer sous une autre identité.

En dernier ressort, le flic lyonnais avait suggéré à son contact que l'intéressé pouvait se trouver en

Biélorussie. « *Une intuition* » ! avait-il précisé à son correspondant.

Un point positif était à mettre au crédit du commandant Schmidt. Ce dernier avait contacté l'ancien employeur de Vassili qui tomba des nues lorsqu'il apprit la véritable identité de son employé — licencié depuis pour absence prolongée au travail — et ne fit aucune difficulté pour transmettre les coordonnées du compte sur lequel était virée la paye de son ex-employé.

– La banque m'a transmis les éléments concernant sa carte de retrait, avait précisé Schmidt. S'il l'utilise dans les jours à venir, nous le localiserons ! Il semble également qu'il a sorti une grosse somme d'argent il y a une dizaine de jours et plus rien depuis.

– Merci Thierry ! Poursuis tes recherches, nous rentrons au bercail demain.

Les heures qui suivirent furent consacrées à régler les détails de la procédure administrative. Le parquet avait demandé la libération de Sergëi Svorov, car aucune charge ne pouvait être retenue contre lui. La Guêpe avait renoncé à fouiller plus en détail le contenu de la saisie effectuée chez Vassili, préférant laisser ce travail à Marlène. Quant à Dessert, il rongeait son frein de n'avoir rien à se mettre sous la dent.

Cette enquête avait encore pris une épaisseur supplémentaire.

Chapitre XXI

Facta est lux
Lablachère, 7 avril 2019, 10 h

Marlène était assise sur un vieux banc en pierre, face au soleil, un livre à la main. Son compagnon était occupé dans le jardin, rassemblant les mauvaises herbes qu'il s'apprêtait à jeter sur le compost. De temps en temps, elle le regardait manipuler la fourche avec dextérité, un chapeau de paille rivé sur la tête, allant et venant dans la nature en fleur.

Le vieux mas en pierre trônait au beau milieu d'un champ d'oliviers dont le tronc des spécimens les plus anciens, tortueux et abîmé, jouait avec les rayons du soleil. À l'angle sud-est, deux grands cyprès veillaient à la quiétude du lieu, telles des sentinelles vertes, dressées vers le ciel.

Un peu plus loin, une fontaine séculaire que les affres du temps n'avaient pas épargnée déversait son eau claire dans une bâchasse abandonnée dans ce coin de garrigue oublié. Le clapotis de l'eau n'était perturbé que par le gazouillis des hirondelles venues nicher sous les génoises du vieux bâtiment. Leur vol vif et rapide contrastait avec celui — pataud — des bourdons agglutinés autour des lavandes et des romarins.

À l'étage de la bâtisse, un des vieux volets vermoulus du grenier grinçait sur ses gonds au bénéfice d'une légère brise venue du nord. Il avait bien été réparé, autrefois, mais il avait depuis été abandonné. On avait sans doute jugé qu'il avait rendu son dernier service. Sa plainte lancinante semblait indiquer aux humains que le moment était venu de le décrocher pour de bon.

Marlène avait hérité de ce coin de paradis de ses grands-parents ardéchois. À leur décès, personne dans la famille n'avait voulu s'occuper de cette masure restée dans son jus, loin de la ville et des commerces, modeste et sans commodité, mais Marlène avait vu là le joyau qui se cache derrière la pierre brute. Aucun parmi ses proches n'avait soulevé d'objection lorsqu'elle décida de s'y intéresser. Elle voyait-là l'occasion de se ressourcer, de retrouver ses racines et celles de ses ancêtres depuis des générations. Ardéchoise au cœur fidèle, elle l'était assurément !

Marlène se leva, posa son livre et s'étira longuement. Elle mesurait la chance qu'elle avait de profiter de cet instant de bonheur, de douceur et de quiétude. « *Ici*, pensa-t-elle, *le temps n'existe pas. L'âme est au repos* » !

Cela n'avait cependant pas été le cas ces six derniers mois. L'affaire du meurtre de Fourvière avait mobilisé toute l'équipe de la crim' lyonnaise jusqu'à la fin de l'année. Perquisitions, saisies, tests ADN et relevés d'empreintes, mais aussi auditions, enquêtes de voisinage, sollicitations d'Interpol, bref, rien n'y avait fait. Le principal suspect Anatoli Vassiliu — Vitali Vassili de son vrai nom — restait introuvable.

Dès le début de l'affaire, elle avait sollicité son chef Éric Dessert pour lui confier le déchiffrage du carnet de la victime Pierre Debrut et avait consacré beaucoup de temps à cette mission. Elle adorait se pencher sur les énigmes, résoudre les mystères, analyser les problèmes mathématiques et possédait une grande compétence en informatique, mais ce carnet avait gardé ses secrets.

Cet échec la minait. Elle sentait bien que ses collègues comptaient sur elle pour avancer. Le décryptage du carnet pouvait les conduire au meurtrier, c'était sans doute leur dernière chance d'y parvenir. Alors que tous les membres de l'équipe avaient repris leurs habitudes quotidiennes après les fêtes de fin d'année, Marlène avait conservé la confiance du patron qui l'avait, seule, autorisée à poursuivre son travail.

Vers la mi-mars, déçue et épuisée, elle avait capitulé. Le commandant Schmidt avait suggéré à son supérieur de lui octroyer quelques jours de congés.

– Éric, avait-il dit, on va avoir besoin d'elle plus tard, il faut qu'elle fasse une pause. Qu'en penses-tu ?

– D'accord, laisse-la partir. Je suis sûr qu'à son retour, elle va nous trouver quelque chose !

Marlène achevait ses derniers jours de vacances ardéchoises. Cette parenthèse lui avait fait du bien.

Ce matin elle s'était levée tôt pour faire le marché. Son panier en osier à la main, elle avait déambulé parmi les étals des marchands accompagnée de son compagnon. Confiture de châtaigne, miel de pays, croquants de Joyeuse, oignons doux des Cévennes, le panier se remplissait petit à petit. En passant devant le vendeur de livres d'occasion, elle repéra un exemplaire ancien traitant de franc-maçonnerie et de chevalerie. Elle décida de l'acheter, par curiosité.

C'était justement ce même livre qu'elle venait de poser négligemment sur le banc. Bien que lui rappelant les recherches qu'elle avait récemment effectuées dans ce domaine abscons, elle avait pris plaisir à lire cet ouvrage. Elle avait parcouru les pages l'esprit détendu, le corps réchauffé par le soleil d'avril, bien calée sur un épais coussin bariolé. Cet ouvrage était, certes, d'un intérêt modeste, écrit sous une forme romancée et sans contenu technique, mais il lui avait plu. Au détour d'un chapitre, il y était mentionné que les anciens ouvriers du bâtiment avaient mis au point des codes de langage pour se faire comprendre ou reconnaître entre initiés. Cette information anodine l'avait interpellée. Elle repensa immédiatement à l'enquête.

« C'est peut-être cela la clef» ? pensa-t-elle. *« Ces phrases incompréhensibles que je ne parviens pas à déchiffrer ne sont peut-être tout simplement qu'un langage mis au point pour cacher des informations ! Il faut que je rencontre un expert. »*

Elle voyait maintenant sa mission sous un autre angle et cela la rasséréna.

– Je vais m'y remettre ! s'exclama-t-elle tout haut.

– Que dis-tu chérie ?

Chapitre XXII

Marlène
Lyon, 10 avril 2019, 7 h

La Porsche Targa avait repris du service. Dessert s'était enfin décidé à la faire réparer. Il y avait laissé quelques billets au passage et avait grincé des dents au moment de payer la facture. «*Cette foutue bagnole me ruine*»!

Il se rendait comme d'habitude au 40 de la rue Marius Berliet où l'attendaient les dossiers, les enquêtes, les emmerdes… D'habitude il n'était pas pressé, mais là, c'était un peu différent, car il avait reçu des nouvelles d'Interpol.

Son contact avait fait jouer ses connaissances internationales et il y avait peut-être du nouveau dans l'affaire du meurtre de Fourvière; il devait rappeler d'urgence.

«*Cela fait maintenant plusieurs mois que j'ai lancé la recherche de Vitalli Vassili. J'espère qu'il y aura du concret*»! Se disait-il tout en roulant.

Les autorités de tous bords ne s'étaient pas privées de le critiquer et de le placer devant ses responsabilités de chef enquêteur dans cette affaire. On lui avait reproché l'interview désastreuse — c'étaient les mots de Paffin — qui avait probablement ruiné les chances de retrouver le suspect ainsi que la légèreté avec laquelle les investigations avaient été menées — encore selon Paffin —. Du côté du clergé, on était bien embarrassé de se retrouver au centre d'une affaire de meurtre — non résolue de surcroît — et de devoir expliquer aux fidèles que la basilique leur serait inaccessible pendant un temps indéterminé ; on l'avait fait savoir en haut lieu. Même le Grand Orient de France dont un de ses membres avait été — ignoblement — assassiné ne lâchait pas le ministère de l'Intérieur. Bref, pour Dessert c'était la chienlit !

On s'était même posé la question, place Beauvau, de l'opportunité de le maintenir à son poste. Sa réputation avait cependant joué en sa faveur.

Il n'y avait que le Procureur de la République qui croyait encore aux chances de réussite du flic lyonnais. Les pressions étaient terribles même pour un type endurci comme Dessert, habitué à se retrouver sous les feux de la critique. Le soutien de Decoin l'avait aidé à tenir le coup.

Et puis, pour lui, la perspective de l'échec n'était tout simplement pas possible. Aussi loin qu'il se souvienne, il ne s'était jamais retrouvé dans une telle situation. Son orgueil en avait pris un coup !

Le 6 cylindres à plat de 2994 cm^3 rugit à la sortie d'un carrefour. Pas le temps de s'appesantir sur son sort, il engrangea les vitesses de son bolide les unes après les autres pour se sortir de la circulation encombrée des abords de la place Bellecour.

7 h 30, les locaux étaient particulièrement calmes à cette heure de la journée. Thierry Schmidt, pourtant très matinal n'était pas encore arrivé. Quelques tasses de café froid traînaient négligemment sur un des coins resté inoccupé du bureau du patron. La femme de ménage avait réussi à vider la poubelle, c'était déjà pas si mal !

Il alluma une cigarette. Le coup de fil, maintenant !

– Allô, Daniel ? Dessert à l'appareil.

– Salut Éric. Merci de me rappeler…

– Ton SMS avait l'air urgent, vous avez trouvé quelque chose ?

– Ton gars, Vitali Vassili, on l'a peut-être localisé !

– Enfin… ! Le grand flic poussa un long soupir.

– Ne t'emballe pas, ça reste une hypothèse, mais l'information est sérieuse.

– Où se trouve-t-il ?

– En Biélorussie. Ton intuition était bonne, comment as-tu su ?

– Trop long à t'expliquer. Raconte-moi plutôt.

– J'ai enquêté en Russie d'abord. Ça n'a pas été facile, le type est marqué d'une croix rouge là-bas. Si le GRU[15] lui tombe dessus, je ne donne pas cher de sa peau ! Ils voulaient savoir pourquoi je m'intéressais à lui, où les Français avaient découvert ce nom, et tout le tralala… Bref, il a fallu faire preuve de diplomatie…

– S'il te plaît Daniel, à l'essentiel !

– Bon OK. Quand il était militaire, il envoyait des colis en Biélorussie à des amis soi-disant et j'ai pu récupérer le nom de ces gens. Il semble qu'ils l'ont aidé lorsque, petit, il avait perdu son père. Je te passe les détails… ensuite, mon service a contacté la police locale biélorusse et je leur ai envoyé une photo du type que tu recherches.

– Et alors ?

15 Service de renseignement militaire russe

– Ça leur a pris plusieurs semaines pour qu'ils se mettent en action. Tu sais, les Biélorusses ne font rien sur le plan international sans l'aval des Russes. Je t'explique pas le cinéma, mais ils ont fini par dénicher l'adresse d'une famille avec une concordance possible pour Vassili.

– Les flics ont vu l'individu ?

– Disons qu'ils ont observé la présence répétée d'un type chez ces gens. Il pourrait correspondre à Vassili.

– Pourquoi ne l'arrêtent-ils pas, il est soupçonné de meurtre en France !

– Ce n'est pas aussi simple, Éric… Il leur faut un mandat d'arrêt international, ça prend du temps et puis il y a les Russes au milieu. Eux aussi sont intéressés.

– Merde ! Ces cosaques, ils font ch…

– Ce n'est pas tout. Comme ils ont assuré des planques à proximité du village ou de la maison pour le surveiller — je n'ai pas eu de précision sur le mode opératoire — le chef du district local que j'ai eu au téléphone pense que ses gars ont été repérés. Ils ne le voient plus depuis deux ou trois jours, c'est pour ça que je t'ai appelé.

– Pffffff ! Ça me fatigue tout ça…

– Je comprends ton agacement Éric. J'ai demandé de maintenir les recherches en attendant de savoir ce que tu comptais faire.

Dessert s'était pris la tête entre les mains. Il essayait de mettre de l'ordre dans ses idées et de réfléchir à ce que cette information pouvait bien signifier. Il ne pouvait pas se permettre de se tromper une seconde fois.

– Vassili est en fuite, il sait qu'il est recherché à l'Est. S'il s'est aperçu qu'on le filait, il s'est barré le plus loin possible. J'aurais fait la même chose… Il n'est pas bête, il sait aussi que les flics biélorusses vont collaborer avec les Russes, il en a certainement déduit qu'il n'était plus en sécurité dans aucun des deux pays.

– Le raisonnement se tient, répondit son homologue.

Dessert marqua un temps d'arrêt puis il lâcha :

– Il va rentrer en France !

Ses paroles étaient apparues comme une évidence. Non pas qu'il serait plus en sécurité en France, mais il chercherait à récupérer son butin avant de disparaître définitivement.

– Ce type n'a pas fait tout ça pour rien, il ne renoncera pas.

– Je peux lancer une surveillance renforcée aux frontières si tu veux. Qu'est-ce qu'il a comme option ?

– L'avion, la voiture, le train… Il pourrait aussi choisir de faire du stop et là, ce sera difficile de le coincer ! Dessert réfléchissait à toute vitesse. On va devoir surveiller les mouvements de son compte bancaire. Il aura besoin de fric, il va utiliser sa carte bleue… Il faut qu'on le coince !

La nouvelle de la probable réapparition du suspect russe avait fait le tour du service ; le chef ne tenait plus en place. Il donnait des ordres à ses collaborateurs et gesticulait à tout va, passait des coups de fil, s'absentait plusieurs heures avant de revenir et de s'enfermer dans son bureau.

Ce dernier ressemblait d'ailleurs de plus en plus à l'antre d'une bête sauvage. Une épaisse fumée de cigarette stagnait à mi-hauteur de la pièce rendant tout déplacement dans cet espace hasardeux. Personne dans le service n'aurait même osé s'y aventurer ! Les cendriers étaient pleins de mégots froids, les étagères étaient pleines de vieux dossiers poussiéreux, la poubelle — pourtant vidée de bonne heure — était déjà pleine de papiers froissés. Des restes de pizza de la veille servaient de piste d'atterrissage pour nuisibles volants… Un enfer !

Dessert était passé en mode « chasseur de crâne ».

*

Quelque part dans le deuxième arrondissement de Lyon, Marlène marchait d'un bon pas. Elle s'apprêtait à traverser la place Bellecour pour emprunter la rue Émile Zola et remonter en direction de la place des Célestins. Sur son chemin, des touristes et des étudiants s'étaient rassemblés en petits groupes, profitant de la douceur passagère de ce printemps naissant.

En dépassant la statue équestre de Louis XIV, elle se remémorait ses années d'études à la fac' où elle et ses amis se donnaient rendez-vous « sous la queue du cheval », petits moments de retrouvailles avant les partiels ou les examens de fin d'année ou tout simplement pour passer une soirée entre copains. Même si les racines de sa famille étaient ardéchoises, Marlène avait toujours eu une attirance naturelle pour la capitale des Gaules.

Son regard se tourna machinalement vers la colline de Fourvière. Là-haut, quelques mois auparavant, s'était joué dans la basilique un drame qui l'avait plongée ainsi que ses collègues de service dans une enquête complexe et sordide qui n'avait toujours pas trouvé d'issue. Ce n'était pas faute d'y avoir passé du temps, elle était bien placée pour le savoir. Elle avait même frôlé le surmenage et avait dû prendre quelques jours de repos avant de reprendre du service.

À son retour de congés, elle avait fait part au commissaire de l'idée qui lui était venue de reprendre l'analyse des documents et des indices sous un autre angle. Plutôt que d'assumer seule ce travail, elle avait proposé de s'adjoindre un expert, plus à même de découvrir le sens caché des énigmes. C'était un peu risqué d'impliquer un civil dans une enquête de meurtre, mais Dessert avait accepté — avec l'aval du Procureur — et lui avait suggéré dans un premier temps de se rapprocher de Damien Sénéchat, ce qu'elle avait fait.

– Si je comprends bien madame, vous n'avez pas abandonné la piste du trésor comme mobile principal du meurtre de Pierre? s'était étonné l'historien.

– C'est exact. Mon chef pense que cette hypothèse est vraisemblable.

– Éric Dessert, c'est bien son nom?

– Oui.

– Il m'a fait bonne impression lorsqu'il est venu m'interroger. Je lui ai communiqué les éléments dont je disposais — sur le plan historique, bien sûr — mais comme je le lui ai expliqué, la chasse au trésor n'entre pas dans le champ de mes compétences.

– En réalité, j'étais surtout venue vous solliciter, car je recherche un expert dans ce genre de domaine qui pourrait m'aider. Vous voyez ce que je veux dire : déchiffrage de codes secrets, décryptages de documents anciens, numérologie…

Il réfléchit quelques instants…

– Je pense connaître la personne qui pourrait sans doute vous aider. Je n'avais pas jugé utile d'en parler à votre commissaire il y a quelques mois, car il n'était qu'au début de son enquête. Il s'agit de mon ancien professeur d'histoire médiévale lorsque j'étais étudiant. Il doit bien avoir quatre-vingts ans maintenant, mais c'était un passionné de vieilles légendes et je pense qu'il l'est resté. Il a longtemps dirigé l'École Nationale Supérieure de l'Information et des Bibliothèques sur le campus de la « Doua »[16] avant d'enseigner et il s'occupe toujours d'une petite librairie sur les quais de Saône. C'est un véritable érudit, mais il est pratiquement sourd, il faudra parler très fort !

Marlène avait suivi son conseil et avait tout de suite compris qu'elle avait frappé à la bonne porte. Le professeur Henri Ronda était un vieux monsieur de 82 ans, un peu tassé sur lui-même, mais avec un regard pétillant qui laissait entrevoir un cerveau brillant.

16 Faculté de Lyon 1

On entrait dans sa boutique par une porte en bois sculptée, il fallait aussi descendre quelques marches. Il s'agissait d'un espace hétéroclite où les bouquins côtoyaient les vieilles peintures et les bibelots en tout genre. Le propriétaire des lieux s'était volontairement attaché à ne pas ranger la pièce de telle sorte que le visiteur était obligé de passer par son expertise pour dénicher un ouvrage.

Dès que Marlène eut poussé la porte et posé son pied sur la première marche en bois, le libraire leva la tête.

– Bonjour mademoiselle, que puis-je pour vous ?

– Je souhaiterais obtenir votre expertise ; je viens de la part de monsieur Sénéchat.

– Je ne connais pas ce monsieur, dit-il en haussant les sourcils.

– Vous étiez son professeur d'histoire, m'a-t-il dit.

– Alors, cela remonte à loin. Et il vous a conseillé de venir me voir ?

– Oui. Je suis enquêtrice à la police judiciaire de Lyon. Notre service a été amené à rencontrer monsieur Sénéchat en qualité de témoin dans une affaire de meurtre. Les circonstances de la découverte de la victime étaient particulières, accompagnées de symboles et d'énigmes difficiles à déchiffrer. Monsieur Sénéchat nous a indiqué que vous étiez expert en interprétation de manuscrits anciens et en symbolique de la période médiévale.

– Alors, votre ami vous a bien conseillé, dit-il avec un sourire empreint de bonté. Asseyez-vous donc !

Marlène avait passé beaucoup de temps avec son interlocuteur. Elle lui avait parlé du meurtre et des conditions de découverte du corps du défunt. Elle avait mentionné les éléments de mise en scène et les symboles qui avaient accompagné la dépouille. Le professeur Ronda avait écouté le récit de l'enquêtrice avec grand intérêt et sans jamais l'interrompre. Elle termina son propos par la suggestion de l'hypothèse retenue par le service : la mort de la victime était consécutive à la découverte de l'existence probable du trésor des Templiers.

Le vieux bonhomme se leva sans dire un mot et sans manifester la moindre désapprobation. Il se dirigea à pas lents vers le fond de sa librairie et revint quelques instants plus tard avec une pipe et une blague à tabac.

Il se passa plusieurs minutes avant que l'un d'eux ne prenne la parole. Marlène se demandait si le libraire n'allait pas la traiter de folle et lui demander de sortir de sa boutique.

– Vous êtes jeune mademoiselle. Lorsque j'avais votre âge, j'aurais aimé disposer du temps nécessaire pour poursuivre une enquête comme celle dont vous venez de me parler ; pour ce qui est de la partie historique, bien sûr ! Il tira une bonne bouffée sur sa pipe qui dégagea des volutes de fumée bleutées. Je prends vos propos très au sérieux. J'ai moi-même effectué des recherches sur les Templiers, car j'ai toujours pensé que leur ordre avait — d'une façon ou d'une autre — survécu. Je me suis aussi intéressé au mystère de Rennes-le-château et de l'abbé Saunière ; j'étais passionné à l'époque, mais j'ai manqué de temps…

Marlène n'osait pas l'interrompre.

– Qu'est-ce qui vous permet de supposer que ce trésor a réellement existé et que votre victime l'aurait découvert ? Il se cala confortablement dans son fauteuil à accoudoirs, recula son siège, plissa les yeux et attendit la réponse.

Voyant que le libraire était tout ouïe, l'enquêtrice sortit les documents et ouvrages de son sac et les exposa sur le bureau devant elle. Elle entreprit ensuite de les détailler un par un, dans l'ordre chronologique de leur découverte, et avança ses arguments de preuves, photos et diagrammes à l'appui. Il fallait être convaincante.

– Aujourd'hui, l'enquête est au point mort. Nous pensons que la résolution de ces différentes énigmes pourrait nous mener au meurtrier.

Le professeur chaussa ses lunettes et se rapprocha du bureau. Marlène attendait patiemment.

Il s'était saisi d'un ouvrage.

- *Introductio Ad Symbolic* ! Je connais cet ouvrage, remarquable. Vous l'avez lu ?

– Non, il est écrit en latin.

– Ah oui, pardonnez-moi.

Il le reposa et poursuivit son inspection. Il regarda longtemps le carnet de Pierre Debrut, le scrutant d'un peu plus près comme s'il avait décelé des inscriptions miniatures et passa à un autre document.

Il termina par les différents symboles photographiés sur la scène du crime puis regarda Marlène.

– Qu'attendez-vous de moi ?

– Je souhaiterais que vous trouviez une explication pour toutes ces énigmes et que vous découvriez le lien qui unit tous ces documents. En un mot, je voudrais savoir où tout cela nous mène !

*

Marlène traversa la place des célestins et se dirigea vers les quais de Saône. La boutique était proche et elle avait hâte de savoir ce que le professeur avait découvert. Son coup de téléphone matinal était de bon augure, du moins le pensait-elle !

Au moment de quitter le service, tous ses collègues étaient venus lui souhaiter bonne chance et espéraient vraiment qu'elle ramène quelque chose. Dessert lui faisait confiance, mais quelle pression !

– Bonjour professeur.

– Bonjour mademoiselle, comment allez-vous ?

– Bien merci, mais je vous avoue que je suis un peu tendue.

– Asseyez-vous, je vous prie. Cela va prendre un peu de temps, dit-il avec un large sourire.

Il avait étalé tous les documents que lui avait remis Marlène sur le bureau. Beaucoup d'entre eux étaient annotés et des marque-pages étaient insérés dans certains ouvrages.

– D'abord, permettez-moi de vous remercier de m'avoir permis de replonger dans ce qui a été, pendant longtemps, une véritable passion. Aujourd'hui, je ne suis qu'un modeste et vieux libraire, mais lorsque j'étais plus jeune, je passais beaucoup de temps à rechercher des livres anciens et rares, à les traduire et les interpréter. J'adorais déchiffrer les énigmes qu'ils contenaient ; tout cela me rappelle des vieux souvenirs !

Marlène le laissa poursuivre.

– Pour en revenir à votre enquête et aussi surprenant que cela puisse paraître, je crois que votre victime — Pierre Debrut — avait bel et bien découvert l'existence du trésor des Templiers avant d'être assassiné.

– Alors, ce n'est plus qu'une simple hypothèse ?

– Non. Selon mon analyse, c'est tout à fait réel. Les documents que vous m'avez apportés sont exceptionnels. Le travail de recherche que cet historien amateur avait entrepris est considérable. Je ne parle pas tant de la quantité, mais surtout de la qualité du matériel qu'il avait amassé. Cela a certainement dû lui prendre des années. Comprenez-moi, analyser un document est avant tout un travail d'expert qui nécessite de la connaissance et de l'expérience, mais rassembler des supports de qualité est beaucoup plus fastidieux et aléatoire…

– Qu'avez-vous découvert ?

– D'abord, laissez-moi vous raconter une histoire. Une histoire que, finalement, vous m'avez servie sur un plateau…

Le professeur s'était soudain érigé en vieux sage, adoptant une attitude de réflexion profonde, doigts croisés sous le menton, buste légèrement penché vers l'avant.

« Ce qu'il s'apprête à me dévoiler est d'une importance capitale », songea Marlène.

– Cette histoire trouve ses origines dans les premières années du quatorzième siècle. Il s'agissait d'une période assez trouble où la religion était omnipotente, où les puissants étaient les maîtres du monde tandis que le bas peuple avait tout à craindre du bras séculier, toujours prompt à punir l'hérétique. À cette époque, les chevaliers-templiers étaient devenus un ordre très puissant et très riche. Ils commerçaient dans toute l'Europe et même au-delà de ce qui attirait la convoitise, la jalousie et la cupidité. C'est d'ailleurs ce qui a conduit à leur arrestation en 1307 et la perte de la totalité de leurs dignitaires, selon les anciens écrits. Une vieille légende raconte cependant que certains d'entre eux se sont réunis peu avant leur chute qu'ils sentaient proche, peut-être pour préparer la succession du Grand Maître Jacques de Molay, bien que cette hypothèse ne soit pas certaine. J'avais effectivement eu connaissance de cette légende à l'époque où je m'intéressais à cette période de l'histoire, mais je n'avais pas approfondi pour en vérifier la source.

Il marqua un temps d'arrêt et proposa un verre d'eau à son interlocutrice qui refusa, trop absorbée par le récit de l'expert. Il se servit lui-même et poursuivit.

– J'ai découvert qu'il s'agissait d'une réunion d'une tout autre nature. Les Templiers préparaient en réalité l'exfiltration de leurs richesses amassées depuis des dizaines d'années.

– Nous avions envisagé cette éventualité, mais sans pouvoir le prouver, intervint Marlène.

– Je reconnais qu'il m'a fallu un peu de temps pour trouver le lien. Regardez la copie du vélin dont vous m'avez expliqué que la victime l'avait extirpée de l'ouvrage *Exegi Monumentum,* que voyez-vous ?

– Il pourrait s'agir d'une liste d'objets ou un inventaire… enfin, d'après ce que nous a dit Damien Sénéchat. Pierre Debrut l'aurait fait authentifier par un spécialiste.

– Regardez attentivement !

– Il y a cette fameuse inscription incompréhensible et les trois lettres « GDV », tout aussi énigmatiques.

– Ces trois lettres, mademoiselle, sont les initiales du templier Gérard de Villers. Le fait que cette liste signée de ce dignitaire se trouve dans l'ouvrage écrit en 1310 par Robert de Coucy n'est pas un hasard.

Les yeux du vieux professeur pétillaient de mille feux. Il semblait plongé dans une aventure comme un enfant qui découvre les œufs de Pâques dans son jardin.

– J'en ai eu la confirmation en lisant *Secretum Templariorum.* Cet essai n'a pas été signé, mais il regorge d'informations novatrices. J'y ai notamment déniché une reproduction d'un blason dont voici le dessin.

Il ouvrit le livre à la page adéquate. Marlène vit apparaître le blason en question.

– On dirait une sorte de bouclier.

Le dessin représentait en effet un bouclier de forme plus ou moins triangulaire, dont le sommet était inversé. Une croix rouge sur fond blanc y occupait le centre et des lettres de l'alphabet étaient réparties de chaque côté de l'arme défensive. Du côté gauche et de haut en bas, on remarquait un « J » suivi des lettres « G, G, P, R, G, R » ; à droite et réparties de façon identique, les lettres « M, C, V, A, C, G et C ». Enfin, un « D » en haut et au centre complétait le dessin.

– C'est effectivement une reproduction d'un bouclier de templier reconnaissable à la croix pattée en son centre. Mais observez aussi les lettres ; y voyez-vous quelque information ?

– À vrai dire, non.

– Il faut être en effet très au fait de cette période de l'histoire de France pour le remarquer. Les lettres situées de part et d'autre du blason sont associées deux à deux à la lettre « D » du sommet du blason et sont toutes des initiales de chevaliers-templiers : J-D-M pour Jacques de Molay / G-D-C pour Geoffroy de Charnay / G-D-V pour Gérard de Villers / P-D-A pour Pierre d'Aumont / R-D-C pour Rimbau de Caron et G-D-G pour Geoffroy de Gonneville.

– Vous avez oublié le dernier !

Henri Ronda la regarda en souriant.

– R-D-C pour Robert de Coucy, l'architecte auteur du fameux ouvrage *Exegi Monumuntum.*

– C'est absolument incroyable ! s'exclama l'enquêtrice. Mais qu'est-ce que ça signifie selon vous ?

– Que la fameuse réunion n'est pas qu'une légende, elle a bien eu lieu et je viens de vous énumérer ses participants.

– Comment avez-vous fait ?

– Je lis le grec et le latin couramment, je peux aussi traduire les parchemins en araméen et quelques autres dialectes mésopotamiens. À partir du moment où j'ai eu ces documents en main, le reste était une affaire de patience…

Le libraire laissa à son interlocutrice le temps d'assimiler cette information capitale. À le regarder se trémousser sur son siège, on voyait bien qu'il avait d'autres découvertes à proposer.

– Venons-en maintenant à la formule codée du parchemin. Il s'agissait de l'idéogramme accompagnant le document séculaire. J'ai un temps pensé qu'il pouvait s'agir d'une écriture ancienne, mais je n'ai rien trouvé de tels. Puis je me suis souvenu de ce que vous m'aviez dit lorsque vous êtes venu la première fois : l'existence de codes de reconnaissance des ouvriers du bâtiment que vous aviez lus dans un livre acheté en Ardèche. J'avais négligé ce détail et cela m'a rappelé un autre livre que j'avais étudié autrefois et que vous m'avez confié, « *Introductio Ad Symbolis* ». La réponse était là, à portée de main !

Il ressortit le dessin retrouvé sur le bras de la victime : le damier à neuf cases.

– Je vous présente le « carré de saturne ».

– Vous avez découvert sa signification ?

– Oui, ce carré m'a permis de déchiffrer la phrase codée ! Il se frotta les mains de satisfaction.

Marlène ouvrait de grands yeux. Elle s'était cassé les dents sur cette énigme et sur son sens.

– Ne vous blâmez pas, dit-il en voyant son air contrit. Vous n'auriez de toute façon pas pu déchiffrer la phrase sans posséder « la croix de Saint-André » qui est le complément nécessaire à ce carré magique et ne figurait pas dans le carnet. Il s'agit des lettres manquantes. Ces codes sont en apparence assez récents, ils étaient utilisés par les maçons opératifs comme un art directement inspiré de la tradition cabalistique juive. On en trouve une explication dans le *Khatam Pharouq* ou *Sceau Rompu* publié en 1745. Un peu plus tôt, Blaise de Vigenère, cryptographe et cabaliste français en parle dans son « *traicté des chiffres* » de 1586. Il y cite le philosophe allemand Cornélius Agrippa, ce savant ésotériste lui aussi passionné d'alchimie. Mais si on cherche un peu, on découvre que les mathématiciens chinois utilisaient ce genre de carré vers 650 avant Jésus-Christ donc avant l'alphabet latin. Vous n'étiez pas près de trouver la réponse !

Devant la mine songeuse de Marlène, il ajouta :

– Je reconnais que c'est plutôt singulier, mais je vais vous expliquer comment ça fonctionne. Prenons la deuxième case du damier, c'est-à-dire la partie haute et centrale du carré de saturne. On trouve un « c » accolé à la lettre « d » laquelle est associée à un point. Elles forment le binôme « cd. ». Ces deux lettres sont isolées les unes des autres par la case constituée de trois traits, l'un horizontal et les autres verticaux formant ainsi un « U ».

Il dessina l'ensemble sur une feuille.

– Pour déchiffrer le code, il suffit de faire correspondre le « c » au « U » et le « d. » au « U » avec le point au centre. Comme ceci « Ů », il dessina l'étrange caractère. Regardez ce que ça donne avec la troisième case, le binôme « ef. » est inséré dans un « L » ce qui donne le code suivant : le « e » pour le « L » et le « f. » pour le « Ŀ » lui aussi pourvu d'un point. Procédez ainsi pour l'ensemble des lettres et complétez-le de la même façon par la « croix de Saint-André » que voici.

Henri Ronda présenta le fameux « X » pourvu des dernières lettres de l'alphabet.

– Lorsque vous aurez remplacé tous les signes des deux diagrammes par les lettres correspondantes, votre travail sera terminé. Maintenant que vous possédez la clef, à vous de déchiffrer la phrase.

Le vieux professeur était visiblement excité de soumettre ce petit exercice à son hôte. Il la regarda décrypter une à une les lettres ainsi dévoilées ; il attendait le verdict.

– Que lisez-vous ?

– « Dieu le veut Dieu le veut ». C'est plutôt surprenant, mais qu'est-ce que cela veut dire ?

– C'était le cri de guerre du chevalier Godefroy de Bouillon qui se fit connaître lors de la première croisade en terre sainte au XIe siècle.

– Mais pourquoi sur ce parchemin ?

– Le templier était considéré comme un héros en son temps, les rédacteurs du document ont certainement voulu lui rendre hommage. Je pense sans trop me tromper, qu'il s'agit d'un mot de reconnaissance qui devait être prononcé de vive voix par le porteur dudit document pour l'authentifier et en faire éventuellement usage.

Marlène fixait le libraire sans pouvoir prononcer un mot. Cette explication était d'une logique implacable. L'expert reprit son explication.

– Je pense également que le parchemin n'est qu'une partie du vélin que vous m'avez confié. J'ai tenté d'en déchiffrer l'écriture qui est presque illisible, mais il en manque assurément plusieurs feuillets.

– L'historien lyonnais nous a dit qu'il s'agirait — selon l'affirmation de Pierre Debrut — d'une liste d'objets parmi lesquels du mobilier, des monnaies, des bijoux, etc, que ce dernier aurait qualifiés de trésor.

– Il y était répertorié certainement beaucoup plus de choses, c'est donc tout à fait possible. Votre victime a sans doute eu l'ensemble des feuillets entre les mains.

– Nous n'avons qu'une copie de ce vélin. Cependant, ça ne nous aide pas à connaître le lieu où pourrait se trouver ce soi-disant trésor !

– Je ne serais pas aussi catégorique, mademoiselle.

Henri Ronda avait esquissé un sourire en présentant le cd-rom contenant le manuscrit *Exegi Monumentum*.

– Voyez-vous, ma chère, un évènement n'arrive en général jamais seul. Il fallait bien que ce parchemin puisse servir à quelque chose. Je suis parvenu à le replacer dans son contexte et je dois dire, sans fausse modestie, que je ne suis pas peu fier de ce que j'ai découvert.

Il tira plusieurs fois sur sa pipe et prit son temps avant de poursuivre.

– Lorsque l'on se penche sur les sept noms figurant sur le bouclier, on voit tout de suite que tous sont des moines guerriers sauf un : Robert de Coucy. Les templiers se sentant menacés avaient probablement décidé de mettre un civil dans la confidence. Quand on sait ce qui arriva en octobre 1307 avec l'arrestation des principaux responsables de l'Ordre, on imagine assez facilement la réaction qu'a pu avoir l'architecte, finalement seul dépositaire du secret.

L'expert regarda son interlocutrice par-dessus ses lunettes.

– Il a décidé de cacher le document ! proposa Marlène.

– Non seulement cela, mais je pense qu'il a imaginé un moyen de retrouver la trace du trésor et plus précisément sa destination. *Exegi Monumentum* est un traité d'architecture qui détaille la fin de la construction de la cathédrale de Reims et le vélin a été retrouvé à l'intérieur… Il laissa volontairement ses paroles en suspension.

– Vous pensez que la cathédrale a quelque chose à voir avec le trésor ?

Il ne répondit pas, mais son regard en disait long sur ce qu'il pensait de cette suggestion. Il attendait que Marlène fasse elle-même les déductions.

– La victime a été trouvée dans la basilique de Fourvière… !

– Vous brûlez mademoiselle, se contenta-t-il de répondre.

– Mais comment être sûr ?

– C'est ce que je me suis dit. Puis je me suis rapproché de la liste des principaux manuscrits que votre victime avait consultés dans la bibliothèque et je suis tombé sur «*Aesthicus*», l'ouvrage traitant d'esthétique en architecture. Pourquoi s'était-il intéressé à ce livre en particulier, à votre avis ?

L'enquêtrice attendait qu'il se décide. Elle n'en avait pas la moindre idée.

– Cet ouvrage ancien est un répertoire des détails architecturaux et leur signification que l'on retrouve dans les bâtiments du clergé et plus particulièrement dans les cathédrales : le langage des vitraux ou la symbolique sacrée par exemple, mais pour un bâtisseur, il s'agit aussi d'un formidable recueil des techniques employées à l'époque par les architectes pour édifier les structures et les décorer. Ce traité est une mine de renseignements techniques et artistiques. Je l'ai donc traduit avec application et je suis tombé sur cela.

Le professeur ouvrit le livre avec précaution et exhiba un symbole.

– Qu'en pensez-vous ?

– Ce dessin représente un labyrinthe. Un labyrinthe carré…

– Oui absolument, il s'agit du labyrinthe de la cathédrale de Reims, mais ne vous fait-il penser à rien de plus ?

– Pierre Debrut en possédait un tatoué sous le bras gauche.

– Voilà qui est intéressant, n'est-ce pas ?

– Oui, mais ce n'est pas le même motif, me semble-t-il !

– Tout à fait exact, voici le motif tatoué, celui dont vous m'avez fourni la photographie.

Le libraire exhiba un labyrinthe, rond cette fois-ci. On distinguait nettement le chemin à suivre partant du bord gauche d'un cercle et se rapprochant du centre pour s'en éloigner immédiatement et y revenir ensuite après avoir changé de direction à plusieurs reprises.

– Je ne comprends pas très bien où vous voulez en venir, dit-elle un peu perplexe.

– Parmi tous les documents et ouvrages que vous m'avez remis, le labyrinthe est le seul symbole qui figure à la fois dans «*Aesthicus*» ce même livre ancien consulté de nombreuses fois par l'historien défunt, «*Exegi Monumentum*» dans lequel il a retrouvé le vélin et enfin sur son propre corps… Il laissa sa phrase en suspens.

– Ne pensez-vous pas professeur, que tout cela n'est peut-être qu'une coïncidence ? Marlène essayait de mettre de l'ordre dans ses idées malgré la complexité de la démonstration, car elle ne voyait toujours pas ce que l'expert en avait déduit. J'aime beaucoup les énigmes, mais je trouve celle-ci assez absconse. Ajouta-t-elle.

– Je vais vous aider à y voir plus clair, dit-il en reprenant sa position solennelle. Les labyrinthes sont des symboles très anciens, ce ne sont pas que des dessins ou des objets de décoration. Ils ont une signification spirituelle ; pour certains ils expriment un message ou même une philosophie. À qui sait décrypter son sens, le labyrinthe apparaît comme un chemin de sagesse et d'humilité où l'homme — en le parcourant — est confronté à lui-même, à ses défauts, à sa propre existence... Il agit comme une véritable introspection. Dans un labyrinthe, la certitude n'existe pas, le doute est permanent ; il faut accepter de s'y perdre pour espérer y découvrir ses secrets, qui sont en fin de compte la connaissance de soi.

L'homme érudit avait élevé son discours, pour passer du symbole matériel à sa signification spirituelle, mais Marlène, bien qu'attentive et à l'écoute, n'y entendait pas grand-chose. Le bibliothécaire redescendit sur terre.

– Voyez-vous, l'architecte Robert de Coucy souhaitait laisser un message fort, mais il devait être pressé. En choisissant de déposer le parchemin dans son ouvrage de 1310 et d'accorder un chapitre entier à la description du labyrinthe, il voulait sans doute éveiller l'attention de l'initié tandis que le message serait resté fermé pour le profane. Car si vous regardez bien, le labyrinthe décrit dans *Exegi Monumentum* n'est pas celui de Reims, aussi surprenant que cela puisse paraître, mais celui de Chartres !

– Ce n'est pas très logique !

– En effet, mais je pense qu'il a agi volontairement. Je suis presque sûr que la solution se trouve à Chartres.

– Pourquoi à Chartres ?

– Parce que cette cathédrale tient une place à part dans la chrétienté comme Cluny ou la chapelle Sixtine à Rome. D'abord romanes puis gothiques, ses origines se perdent dans la nuit des temps, là où se mêlent l'histoire et la légende. Elle a été plusieurs fois reconstruite à la suite d'incendies au XIe et XIIe siècle, notamment celui de 1194 qui nécessita des travaux d'ampleur même si toute l'infrastructure fut conservée comme le portail royal et ses trois verrières ainsi que les tours adjacentes. Il but une gorgée avant de reprendre. Elle possède entre autres la plus haute tour romane jamais construite à la gloire du Très-Haut. La largeur de sa nef est exceptionnelle — 16 mètres 40 de pilier à pilier — le nombre de vitraux impressionnant — plus de 175 — dans tout l'édifice. Aller à Chartres pour un pèlerin c'est vivre une expérience mystique particulière, car elle agit comme un trait d'union entre l'humain et son créateur.

Le professeur Ronda transpirait. Ce sujet lui tenait à cœur, c'était visible et il aurait certainement pu discourir plusieurs heures sans l'intervention d'une petite voix.

– Professeur, il aurait pu choisir Sens, Amiens ou Saint-Omer ?

– Je ne pense pas. Chartres possède le plus grand labyrinthe et le mieux conservé de toute la chrétienté, le plus mystérieux aussi. Songez que son développement et de 261 mètres 50 et sa circonférence est de plus de 12 mètres, presque la même taille que la rosace du vitrail ouest. Son centre et celui du vitrail sont d'ailleurs à égale distance de l'entrée de la nef, de sorte que si on étalait la façade ouest sur le sol, la rosace et le labyrinthe se superposeraient. En choisissant Chartres, Robert de Cousy savait ce qu'il faisait.

– Comment a-t-il pu se retrouver sur son bras ?

– Difficile d'être catégorique. Il s'est peut-être transmis de génération en génération de maçons et son histoire originelle s'est sans doute perdue avec le temps.

– Et que va-t-on trouver à Chartres ?

Le pragmatisme de l'enquêtrice avait un peu cassé le rêve du vieux bonhomme.

– Malheureusement, je n'en sais rien. Dit-il tristement. Il nous manque des éléments de preuve, mais je jurerais qu'à Chartres se trouve un indice déterminant. On ne trouvera probablement pas le trésor, car les Templiers l'ont vraisemblablement expédié outre-Manche, mais l'architecte du Moyen Âge avait forcément pris toutes les précautions pour qu'on puisse suivre sa trace. Allez à Chartres, mademoiselle, trouvez cet indice !

*

– Aller à Chartres, maintenant ?

Le commissaire principal Éric Dessert avait réuni toute son équipe au retour de la Souris. Cette dernière leur avait fait part de sa rencontre avec le professeur Ronda, sans rien omettre des détails de leur discussion. Chaque explication de Marlène se ponctuait d'un « incroyable ! », « pas possible ! » ou « il t'a vraiment dit cela ? ».

À la fin de son exposé, les enquêteurs avaient été impressionnés par le tour de force qu'elle avait réalisé, alors que tous n'y croyaient plus vraiment, persuadés que les choses en resteraient là. Elle reçut une *standing ovation* de la part de ses collègues et Dessert y alla même de sa petite accolade. Mais de là se rendre à Chartres séance tenante !

– Ton bibliothécaire n'est même pas sûr de ce qu'on est censé y trouver !

– Il a effectué un travail de Romain pour me proposer sa théorie et je la trouve pertinente, mais il n'a effectivement pas pu me fournir plus d'explications que celles que je vous ai transmises. D'après lui, une fois sur place, il pense que la magie opérera.

– Hmmm ! Je reconnais que maintenant, le mobile du crime est réglé, mais ça fait court pour impliquer davantage le service. D'ailleurs, je me vois mal téléphoner au juge Lambert pour lui annoncer qu'on a découvert l'existence du trésor des Templiers ; il va me rire au nez ! Nous enquêtons sur un meurtre et notre objectif prioritaire est d'arrêter un assassin, pas de trouver un trésor… !

L'enquêtrice était un peu déçue par les propos de son chef, mais c'était une explication réaliste.

Thierry Schmidt était alors intervenu, toujours prompt à proposer des solutions cartésiennes.

– D'après ce que vient de nous expliquer Marlène, l'idée d'aller à Chartres n'est pas si dénuée de fondement Éric. Le tueur va chercher à récupérer le trésor et il va forcément passer par la cathédrale, si c'est bien là-bas que se cache un indice. C'est d'autant plus vrai que s'il détient le dossier de Pierre Debrut, il est certainement arrivé à la même conclusion que nous. D'ailleurs, ce dossier renferme vraisemblablement plus d'indices que ceux que nous possédons déjà. Le tout est de savoir à quel moment intervenir.

– Ouais ! Mais pour l'instant, il est dans la nature.

– Et les gars d'Interpol, ils en sont où exactement ? demanda Phil.

– Je suis en contact avec eux. Vassili s'est probablement barré de Biélorussie à l'heure qu'il est. J'ai fait suspendre la surveillance sur place, mais les frontières sont en alerte. Je pense qu'il va traverser la Pologne et l'Allemagne avant d'arriver en France, c'est le chemin le plus direct et je ne pense pas qu'il prendra le risque de faire un détour.

– À moins qu'il ne prenne l'avion… ? suggéra Gus.

– J'en doute ! répondit Dessert. Le train non plus. Ces moyens de transport sont trop risqués pour un fugitif recherché comme Vassili. Il va utiliser une voiture comme il l'a déjà fait à plusieurs reprises, j'en suis convaincu. De toute façon, il y a un mandat d'arrêt contre lui, s'il commet le moindre faux pas, nous serons prévenus.

– Autrement dit, proposa la Guêpe, on n'a plus qu'à attendre ?

– Ne te bile pas, ça va pas tarder à bouger… !

Lyon, 200 quai Charles de Gaulle,
INTERPOL
13 avril 2019, 5 h

– Allô Éric ?

– P… ! Qui m'appelle ?

– Désolé de te réveiller mon vieux, c'est Daniel d'Interpol. J'ai du nouveau.

Le patron de la crim' se redressa d'un coup sur son lit. Pas question de laisser passer cet appel…

– Vassili ?

– Oui.

– Vous l'avez localisé ?

– Détends-toi et va te servir un café. Je vais t'expliquer.

Dessert se leva et passa un peignoir puis il se dirigea vers sa cuisine et attrapa la cafetière à café, le tout avec son portable coincé entre son épaule et sa joue. Le jour n'était pas encore levé et il dut allumer la veilleuse de la hotte aspirante pour se diriger sans encombre. La lumière l'aveugla tandis qu'il se servait une tasse d'un restant de café froid.

– Tu es toujours là ? demanda le policier qui ne percevait que des bruits diffus.

– Oui, oui, je t'écoute, mais pas trop vite…

– Il y a eu un incident à la frontière allemande dans la nuit.

– Tu veux dire, la frontière franco-allemande ?

– Oui. Un type a tenté de franchir de force un point de contrôle dans la nuit à hauteur de la centrale hydroélectrique de Marckosheim.

– Et c'est où ça ?

– À la limite entre le Bas-Rhin et le Haut-Rhin, à un peu plus de 20 km au nord-est de Colmar. Précisa Daniel.

– Les gars de la Police Aux Frontières ?

– Figure-toi que non. C'était un contrôle de routine des douaniers sur une route secondaire. Ils n'ont pas cherché à l'intercepter pour des raisons de sécurité, mais ils ont relevé la plaque du véhicule. Il s'agit d'une Toyota signalée volée à Bialystok en Pologne.

– Comment t'as eu ces infos ? demanda Dessert en bâillant.

– Laisse tomber, ce serait trop long à t'expliquer…

– Et tu penses que c'est Vassili ?

– Bialystok est la plus grande ville du nord-est de la Pologne, elle se trouve à environ 40 kilomètres de la frontière avec la Biélorussie, j'ai vérifié. Si tu rajoutes à cela 1400 kilomètres et deux pays traversés, un passage en force, alors oui, ton fugitif a un excellent profil !

– Bon d'accord. Laisse-moi les coordonnées de ton contact à la douane, je vais tenter de les joindre. Ensuite, j'appellerai le proc' et on va sortir l'artillerie lourde. Merci pour l'info, à plus…

Les douaniers avaient donné des informations précises au policier. Une de leur patrouille avait pris position sur une petite départementale française juste après la frontière et effectuait des contrôles liés aux trafics de produits non déclarés. La Toyota avait ralenti à la hauteur du contrôle puis le conducteur avait démarré en trombe avant que les fonctionnaires n'aient pu vérifier son identité. Ils avaient cependant relevé une immatriculation.

Antoine Decoin avait écouté les explications que le patron de la crim' lui avait fournies et avait conseillé à ce dernier de se rapprocher du juge Lambert pour mettre en place un dispositif de surveillance renforcée.

– Éric !

– Oui.

– Ne te plante pas cette fois-ci !

– T'inquiète pas, on va pas le lâcher…

*

Le commissaire principal Éric Dessert avait une nouvelle fois réuni son équipe au complet. Le début de matinée avait été consacré à un résumé des éléments nouveaux qu'il avait collectés. Cette fois-ci, le Russe avait réapparu sur le sol français et il n'était pas question de rester inactif.

Thierry Schmidt en avait profité pour détailler tous les indices que le service détenait sur le suspect Vassili. Il avait aussi précisé aux enquêteurs qu'un signalement du véhicule avait été transmis à toutes les polices de France, mais que l'individu recherché pouvait s'en être débarrassé au profit d'un autre.

– Il ne va certainement pas continuer à circuler avec une plaque polonaise. Il nous a habitués à en changer régulièrement, avait-il précisé.

Dessert se manifesta à son tour.

– Nous ne savons pas exactement ce que Vassili va faire dans les heures qui viennent. Si nous ne nous sommes pas trompés, il lui manque encore des billes pour s'emparer du butin, mais avec le dossier de la victime, que détient-il comme informations que nous ne connaissons pas ? Et où va-t-il aller ? Marlène, une idée ?

La Souris avait encore travaillé sur le dossier ces derniers jours pour affiner ses recherches ; elle prit la parole sans se presser.

– Tous les éléments que nous avons recueillis sur les richesses accumulées par les Templiers montrent que ces derniers les avaient probablement exportées hors de France et plus précisément en Écosse, dans un lieu tenu secret. Elle consulta ses notes avant de reprendre. Comme je vous l'ai expliqué il y a quelques jours, le professeur Ronda pense que nous trouverons la solution à Chartres, mais sans pouvoir être catégorique.

– Ça pourrait aussi être à Reims puisque le fameux manuscrit en parle ! s'exclama Gus.

– C'est aussi ce que j'ai pensé au début, mais je me suis depuis rangée à l'avis du professeur. En fait, toutes les pistes mènent à Chartres. Je suis même presque certaine que la cathédrale renferme un élément indispensable et déterminant pour résoudre l'énigme. Même si nous ne savons pas encore ce qui s'y trouve, je pense que c'est là-bas qu'il faut aller et c'est aussi là-bas que le tueur va se rendre.

Les enquêteurs avaient tous manifesté un signe d'approbation. Dessert récapitula la situation.

– Quoi qu'il en soit, le juge Lambert ne nous accordera pas d'autorisation pour mobiliser du personnel à plusieurs endroits. Nous allons donc nous concentrer sur Chartres, mais nous devons attendre…

Son portable sonna, l'interrompant dans ses explications.

– Dessert à l'appareil. …………..Oui…………, vous en êtes sûrs ? Bon, envoyez-moi le cliché au service. Merci. Il se tourna vers ses collègues. Vassili vient de se faire flasher sur une petite départementale à Saint-Dizier avec la voiture volée. Les gendarmes nous envoient la photo.

Après quelques secondes…

– C'est quand même curieux qu'il ait pris le risque de traverser la France avec la même bagnole volée ; ou bien il est inconscient, ou bien il est aux abois ! En tout cas, c'est son problème.

Le commandant sortit une carte de France et tous s'y penchèrent d'un élan commun.

– Merde ! Impossible de savoir où il va aller, gronda Dessert. Depuis Saint-Dizier, il peut remonter sur Reims ou poursuivre vers Paris. On n'est pas plus avancé.

La matinée était bien entamée lorsque le commissariat du 8e reçut le cliché envoyé par les gendarmes. Après vérification, il s'agissait bien de la même Toyota ayant forcé le contrôle en Alsace.

La photo était même suffisamment nette pour que les enquêteurs reconnaissent le visage anguleux du Russe.

– P… ! Cet enfoiré n'a pas froid aux yeux ! Il ne prend même plus la peine de se cacher. Il faut le coincer et vite !

La décision fut prise sur le champ de préparer un départ dans l'Eure-et-Loire. Dessert était conscient de prendre un risque sur le choix de la destination finale, mais vu l'empressement du tueur, il fallait agir vite. Et puis, son instinct de limier lui dictait de suivre l'avis de son enquêtrice.

Le bureau de la crim' lyonnaise se transforma en une petite fourmilière en deux temps, trois mouvements.

Chapitre XXIII

Le cylindre de plomb
Chartres, 15 avril 2019, 11 h

Le petit bourdon Joseph sonnait 12 heures lorsque le Russe stationna sa Toyota Corolla rue du cardinal Pie, au nord-ouest de la cathédrale. Il fut surpris d'être parvenu à traverser toute l'Europe aussi facilement — à l'exception de sa mésaventure frontalière — et de pouvoir enfin toucher au but.

Il était épuisé, nerveusement et physiquement. Il avait parcouru presque deux mille kilomètres, traversé plusieurs frontières avec le risque de se faire arrêter. Il n'avait pratiquement pas dormi, était mal rasé et ne s'était pas lavé depuis plusieurs jours, mais avait-il le choix ?
Lorsqu'il avait rejoint quelques mois plus tôt la ville de Chtchoutchyn, petit bourg biélorusse de 15 000 habitants, il avait eu plaisir à retrouver ses vieux amis qu'il n'avait plus vus depuis longtemps. Les Ivanov étaient paysans de père en fils et vivaient à la campagne des maigres revenus de leurs terres. Ils avaient aidé Vitali lorsqu'il était jeune et qu'il avait perdu son père — ami d'enfance de cette famille d'émigrés russes — s'occupant de lui comme s'il avait été leur propre enfant. Vassili avait une dette envers eux, mais c'est encore sur eux qu'il espérait pouvoir compter…

Les Ivanov l'avaient accueilli à bras ouverts sans poser de questions. Ils lui avaient réservé un coin sommaire dans leur ferme et l'acceptaient à leur table ; en contrepartie, le Russe aidait pour les travaux de la ferme. Il se plaisait bien dans cet environnement campagnard. Il en avait presque oublié sa condition de fuyard jusqu'au jour où, par hasard, il repéra cette voiture sombre stationnée à l'entrée du hameau alors qu'il rentrait des champs sur son tracteur.

Il n'y prêta pas plus attention sur le moment, mais le lendemain matin, la voiture était toujours là alors que les Ivanov ne l'avaient jamais vue auparavant. Il décida de faire preuve de prudence et se terra le reste de la journée. Bien lui en prit, car le soir même, il s'était rapproché discrètement du véhicule et reconnu tout de suite l'uniforme d'un policier sorti précipitamment de l'habitacle pour se soulager… Il ne douta pas un instant qu'ils étaient là pour lui.

*

Assis au volant de sa Toyota, le Russe coupa le contact et rassembla ses affaires.

Un peu plus tôt dans la matinée, Vitali s'était arrêté dans la rue centrale de Béville-Le-Comte, petite commune située à une demi-heure de sa prestigieuse voisine. Il était à la recherche d'un distributeur de billets et avait repéré celui de la poste dans ce petit village du Centre-Val de Loire. Il lui fallait du liquide à tout prix.

À vrai dire, il avait décidé de récupérer ses maigres économies avant de disparaître définitivement. Son escapade biélorusse lui avait permis de se soustraire à la police française, mais lui avait financièrement coûté très cher.

Il était conscient qu'il prenait un risque en effectuant un retrait bancaire — surtout si son compte était surveillé — mais d'après lui, ce qu'il avait à faire à Chartres ne lui prendrait que peu de temps. «*Plus que suffisant*, pensa-t-il, *pour échapper aux flics* ».

Au moment de retirer l'argent, il s'aperçut que sa carte bancaire ne fonctionnait pas au distributeur. «*je n'ai pas le temps de m'adresser au guichet, nous verrons plus tard*», décida-t-il. Il reprit sa route.

*

La veille, une fourgonnette banalisée avait pris place en fin d'après-midi devant le parvis de la cathédrale à une cinquantaine de mètres juste devant le collège Jean Moulin. De cette position, on pouvait voir la façade ouest et vérifier les entrées et les sorties des visiteurs. Le patron de la crim' lyonnaise avait négocié — non sans mal - que les accès à l'édifice fussent fermés au public à l'exception du portail royal.

Un autre véhicule, stationné devant le Cloître Notre-Dame — côté sud — complétait le dispositif et pouvait intervenir en renfort du premier si nécessaire, Dessert ne voulant rien laisser au hasard. Il était toutefois persuadé que le suspect ne pourrait rien tenter avant la fin de la journée.

La Guêpe s'était portée volontaire pour assurer le premier «quart» de la surveillance avec Gus jusqu'à minuit. Ensuite, le commandant Schmidt et Phil étaient censés les remplacer jusqu'à cinq heures avant que Dessert ne prenne le relais jusqu'en début de matinée. Personne n'avait protesté lorsqu'il avait annoncé prendre seul son tour de garde. Tous savaient que le vieux avait ses côtés mystérieux et qu'il valait mieux ne pas le contrarier. De toute façon, l'officier responsable des unités de voie publique du commissariat local ayant mis à disposition du personnel dans le deuxième véhicule à la demande des enquêteurs lyonnais, le grand flic ne serait pas seul. Quant à Marlène, Dessert lui avait demandé d'aller se reposer pour reprendre des forces après leur déplacement en Eure-et-Loir et avoir l'esprit clair le moment venu.

La soirée s'était déroulée sans encombre. La cathédrale avait cependant subi toute la journée l'assaut des touristes pressés d'admirer le majestueux bâtiment en ce dimanche ensoleillé du mois d'octobre. La messe de 11 heures avait également attiré de nombreux fidèles, mais vers 17 heures, le parvis commençait à se vider tranquillement à l'exception de quelques promeneurs, désireux de prendre quelques clichés avant l'arrivée de la nuit.

La Guêpe et Gus avaient passé la fin de l'après-midi à scruter les passants et observer leurs réactions ou leur attitude, mais sans déceler le moindre comportement anormal. À l'approche de 23 heures, la fatigue commençait à gagner les corps et Gus poussa un bâillement sonore qui semblait signifier « vivement la relève » !

Le reste de la nuit fut également tranquille. Deux clochards s'étaient disputé une bouteille de vin après minuit et Phil avait dû intervenir avant que l'escarmouche ne se termine sur le capot de la fourgonnette. Vers la fin de la permanence du patron, la sempiternelle ronde des chiens domestiques avait commencé ; les carrés de verdure de la place étaient bien arrosés ainsi que les roues de la Peugeot banalisée ce qui avait eu le don d'agacer le flic lyonnais, mais il était resté — par flemme — dans sa voiture. Il faillit toutefois en descendre lorsque l'un des maîtres entreprit d'imiter son animal, mais l'individu se ravisa au dernier moment, s'apercevant que de la fumée de cigarette sortait de l'habitacle par une vitre entrouverte. Une nouvelle journée s'annonçait déjà…

Trois petits coups furent frappés sur la vitre avant du véhicule de planque, tirant le flic de ses pensées matinales.

– Un petit café ne vous fera pas de mal, monsieur le principal. Je pense que la journée va être longue.

– Merci Marlène, je vais en avoir besoin.

– Faites attention, il est brûlant… dit-elle en dévissant la bouteille Thermos.

*

Avant de descendre de la Toyota, Vassili s'assura que la rue du cardinal Pie était claire. En langage militaire, cela signifiait qu'elle n'était pas sous surveillance. Il chaussa une paire de lunettes de soleil, se coiffa d'un chapeau qu'il ajusta le plus bas possible sur son front et enfila un vêtement sombre passe-partout.

De là où il se trouvait, en plein centre historique de Chartres, il savait qu'il pourrait s'échapper si nécessaire par les petites ruelles étroites de la ville avant de repartir avec une nouvelle voiture, sûrement la dernière… il fit donc le tour de la cathédrale par la rue du cloître en direction du nord. Il avait bien l'intention de prendre quelques précautions au cas où, même s'il n'imaginait pas que la police l'ait devancé.

Il traversa d'abord le parc au-delà de la chapelle Saint-Piat puis récupéra le haut de la rue des acacias par une contre-allée. C'est là qu'il la vit.

Une voiture du commissariat, bien visible avec sa rampe d'éclairage, son gyrophare et son logo stationnait sur la placette de la crypte. « *Impossible de ne pas passer devant sans se faire remarquer* », pensa-t-il. Il fit demi-tour en direction du parc pour réfléchir à une stratégie d'évitement.

« *Qu'est-ce que cette bagnole peut bien faire ici* », se dit-il. « *Nous sommes lundi, ça ne peut pas être une surveillance de routine. Et pourquoi en retrait, elle devrait être au moins à proximité de l'entrée principale* »*!* Après quelques minutes d'observation, il se rendit compte que les accès secondaires de la cathédrale semblaient fermés, de sorte qu'on ne pouvait sans doute y pénétrer que par la porte royale. « *Ça ne va pas faciliter mon déplacement et ça veut aussi dire que les flics sont sur mes talons. ПЛОХОй день* » ! pesta-t-il.

Il relut ses notes pour se rafraîchir la mémoire. Il y avait peut-être une entrée dérobée quelque part ?

Le dossier qu'il avait arraché à sa victime était un imposant recueil de documents en tout genre qu'il avait à maintes reprises et sans succès tenté de déchiffrer. Sans clef, sans code et sans marche à suivre, la solution finale était demeurée inaccessible.

Durant sa fuite à l'Est, il avait eu tout le temps cependant de réfléchir à la façon d'aborder sous un autre angle la piste qu'avait suivie son supplicié. Plutôt que d'essayer de percer les codes secrets, il s'était attaché à recouper les informations répétitives de lieux, bâtiments ou monuments qui revenaient dans ses lectures. Une évidence avait ainsi germé : il devait se rendre à la cathédrale de Chartres.

Il n'avait pas vraiment cherché à comprendre pourquoi l'objet de sa quête devait s'y trouver, mais peu importait, il était sûr d'y trouver un indice lui permettant de mettre la main sur le trésor. C'est en tout cas ce qui était mentionné dans le dossier.

Il ressortit son plan.

« *D'après mes calculs, il faut se rendre dans la nef. Si je ne me trompe pas, elle comprend sept travées et c'est entre la troisième et la quatrième que se trouve le labyrinthe* ».

Vassili s'était renseigné sur sa signification mythologique.

Construit par Dédale, le labyrinthe renfermait le Minotaure, monstre fabuleux au corps d'homme et à la tête de taureau. Selon la légende, le héros grec Thésée tua le Minotaure et trouva le chemin de sortie grâce à un fil que lui fournit Ariane.

Cette légende ne donnait aucune explication sur l'évocation du labyrinthe dans les recherches de Pierre Debrut et un quelconque indice. Toutefois, Vassili fit la connaissance d'un vieux prêtre orthodoxe durant son séjour à l'Est qui lui fournit une piste.

« *Mon cher fils* », lui avait-il dit, « *il faut avoir une lecture plus symbolique de ce mythe. Il s'agit en fait d'une parabole. Le combat de Thésée contre le Minotaure figure la quête du héros qui veut vaincre ses pulsions. Son but est de parcourir le labyrinthe de son inconscient pour vaincre sa nature animale à l'intérieur de soi. Il n'y a qu'un seul chemin, compliqué certes, mais qui mène à une destination finale ; une sorte de cheminement de la naissance à la mort. Toutefois, dans les labyrinthes chrétiens, la mort n'est pas une fin, c'est une porte de sortie vers le ciel... ! Si tu souhaites obtenir des réponses aux questions que tu te poses, parcourt le labyrinthe et place-toi en son centre, la solution t'apparaîtra naturellement* ».

Les propos du vieux sage avaient laissé le Russe perplexe, mais il n'avait rien d'autre à se mettre sous la dent. « *Nous verrons bien sur place...* », s'était-il dit.

Pendant qu'il relisait ses notes, un groupe de touristes britanniques était passé devant lui. Constitué d'une vingtaine de personnes, il se déplaçait lentement, effectuant de nombreux arrêts, le temps pour le guide qui le précédait de commenter la visite extérieure du bâtiment.

- Now, we are going inside the catedral....

Il n'attendit pas que la phrase se termine et rejoignit les visiteurs étrangers sans se faire remarquer. C'était son ticket d'entrée.

Un peu plus loin, La Guêpe et Gus revenaient de leur promenade matinale après une nuit courte. Dessert leur avait demandé de faire une petite incursion dans l'édifice pour se faire une idée des lieux, scruter le déplacement des visiteurs et déceler un éventuel comportement suspect. Marlène les avait accompagnés.

– Tout est calme patron, on n'a rien vu d'anormal…

– Attendez une seconde… Le portable venait de vibrer.

– ……. Ah, bon ! Tu es sûr Jean Pierre ?

Le flic raccrocha et se tourna vers ses collaborateurs.

– C'était le major Dôme. Vassili vient de faire une tentative de retrait d'argent dans un distributeur à Béville il y a une heure !

Les trois enquêteurs regardèrent leur chef sans piper mot.

– Il est là !

Puis, après quelques secondes.

– Gus, appelle Thierry et Phil, dis-leur de rappliquer dare-dare. Annabelle, récupère un gardien devant la crypte et faites le tour de la cathédrale. Jetez un œil sur les ruelles adjacentes, il y a peut-être encore sa bagnole ! Magnez-vous, j'attends le reste de la troupe avec Marlène…

*

Vassili franchit le narthex de la cathédrale et fut subjugué par ce qu'il avait sous les yeux. C'était encore plus majestueux que ce qu'il avait pu entrevoir de sa petite sœur de Fourvière même s'il avait d'autres préoccupations à ce moment-là.

La hauteur de la voûte, le nombre et la beauté des vitraux multicolores ; tout ici était gigantesque. Il se rapprocha du cœur et put constater que l'édifice se prolongeait par deux transepts latéraux au nord et au sud. Il était dominé par des siècles d'histoire ; c'était tout bonnement prodigieux !

Au moment de s'avancer vers le déambulatoire, il se rappela soudain les raisons de sa présence dans ce lieu sacré. Le labyrinthe !

Il fit demi-tour.

Face à l'entrée, occupant toute la largeur de la travée centrale, un cercle hiératique se dessinait au sol, bien visible malgré le peu de clarté de cette partie de la cathédrale. Quelques croyants, visiblement engagés dans une méditation profonde, parcouraient ses méandres dans une démarche spirituelle, à pas lents et réguliers, récitant le *miserere*[17].

Le Russe ne prit pas la peine d'effectuer le parcours depuis la porte ouest, comme le voulait la tradition, mais il se déplaça directement vers le centre du symbole. Parvenu au cœur de la rosace à six pétales, il s'y maintint, respira un grand coup, ferma les yeux puis les rouvrit. Rien, il ne se passa rien !

Il tourna sur lui-même, à 360°, scrutant les parties visibles de l'édifice : piliers, ornements, vitraux,

17 Nom commun donné au Psaume 50

décorations et sculptures. Pas d'apparition, pas d'illumination, pas de miracle ! La magie suggérée par le prêtre orthodoxe n'opérait pas. Il resta ainsi immobile plusieurs minutes. C'était une impasse…

Sans se préoccuper des pèlerins qui se rapprochaient à leur tour du centre, Vitali fixa son regard sur le vitrail de la porte ouest, juste en face de lui, celui du jugement dernier. Cette rosace possédait les caractéristiques dimensionnelles semblables à celle du labyrinthe, mais contrairement à celui-ci, elle était dressée vers le haut. « *Le jugement dernier, le moyen pour l'élu de transcender le temps et la mort* ». Une phrase lui revint à l'esprit.

« *… c'est une porte de sortie vers le ciel...* » !

Son regard se porta soudain au-dessus de sa tête. Il comprit.

Bousculant presque un visiteur perdu dans ses pensées, Vassili se dirigea vers un enfant de chœur qui se déplaçait vers la sacristie, un cierge à la main.

– Dis-moi, petit, comment fait-on pour monter sur le toit ?

– Mais c'est pas possible monsieur, l'archevêque nous interdit de nous y rendre. Il dit que c'est trop dangereux !

– Bien sûr, bien sûr. C'est juste par curiosité !

– Il faut aller dans la tour sud, il y a un escalier, mais on ne peut pas passer à cause de la chaîne…

Il ne fallut pas longtemps au Russe pour parvenir au 3e étage de la tour duquel on pouvait accéder à la toiture. En gravissant les escaliers, Vassili réfléchissait à une cachette possible dans ce vaste édifice.

«*Au-dessus du labyrinthe se trouve la charpente. Le dépositaire du secret ne peut pas avoir choisi cet endroit à cause des risques d'incendie. À moins que ce ne soit à l'aplomb de la rosace*».

Vassili n'était pas stupide, il avait pris la précaution d'étudier l'histoire de la cathédrale et savait que la cachette ne pouvait se trouver que dans une partie très ancienne, ce qui était le cas de la face ouest et accessible pour un homme. Débouchant sur la coursive, à l'air libre, il se retrouva face à la galerie des Rois et au pignon; il dominait ainsi le parvis.

S'imaginant en train de cacher un objet à cet endroit, il élimina d'emblée la façade et son vitrail, inaccessibles depuis le toit. Son attention se reporta sur le pignon et sa sculpture : une vierge entourée de deux anges céroféraires. Après une inspection minutieuse de plusieurs minutes, le Russe ne trouva aucune cachette ni aucun indice. Levant les yeux vers le Christ qui coiffait le pignon, il se dit que cette statue de pierre devait être, elle aussi, inaccessible pour le commun des mortels. Il renonça.

Plus bas sur l'esplanade, quelques promeneurs s'étaient attardés — le regard tourné vers le haut — scrutant ses faits et gestes avec étonnement. L'aventurier prit soudain la mesure de la situation.

«*Je n'aurai bientôt plus le temps*»! pensa-t-il.

Il s'attarda sur la galerie des Rois. Il s'agissait de seize statues alignées dans des arcatures face à l'ouest. Il avait lu que cette sorte de fresque datait de 1250, ça pouvait coller !

Il s'approcha du centre et repéra tout de suite une statue plus petite que les autres. Et pour cause, les pieds du personnage reposaient sur un lion. Il se souvint alors que Pierre Debrut avait consigné dans ses documents un dessin représentant une telle scène. Ressortant à toute vitesse ses propres notes, il vit apparaître ce dignitaire inconnu sur un feuillet, coiffé de sa couronne.

Le cylindre de plomb était là, enserré entre les pointes de la couronne et légèrement déformé par des siècles d'exposition aux éléments. Il fallait savoir où chercher pour le découvrir. En le saisissant, un frisson le parcourut de la tête aux pieds. «*Побéда*» ! s'exclama-t-il. Il décida alors d'ouvrir l'objet, mais celui-ci lui résista plus qu'il ne s'y attendait.

Après plusieurs minutes d'acharnement, le couvercle du cylindre céda et il en tomba une feuille repliée, un peu rabougrie et noircie par le temps. Il la ramassa et la déplia. Il mit un moment à réaliser ce qu'il avait sous les yeux et resta pétrifié, incapable de bouger.

Ses yeux demeuraient fixés sur cet étrange papier. Il le tenait fermement. Il avait là, sous les yeux, une succession d'indications chiffrées permettant visiblement de suivre un itinéraire ainsi qu'une carte, grossièrement dessinée, mais au sujet de laquelle il était impossible de se méprendre : Vassili distingua nettement les contours des côtes Normandes françaises ainsi que les îles Anglo-Normandes, une croix indiquant un emplacement sur l'une d'entre elles. Il ne prit pas le temps d'en lire plus…

Plus bas, le commandant Schmidt et Phil avaient rejoint le commissaire principal et sa collègue.

– Les gars, le Russe est sûrement quelque part par là.

– On est au courant, Gus nous a briefés.

– Annabelle est partie par le sud avec un gars du commissariat… Dessert fut interrompu par la remarque d'une petite fille qui passait à proximité de la fourgonnette avec sa mère.

– Dis maman, qu'est-ce qu'il fait sur le toit le monsieur ?

La gamine tendait son doigt vers la cathédrale sans quitter des yeux le petit bonhomme qui se déplaçait dans cet endroit insolite pour elle.

– Nom de…. !

Le vieux se rua sur sa radio tandis que les deux enquêteurs partaient en courant en direction du parvis ouest.

– À toutes les unités, le suspect se trouve sur le toit de la cathédrale. Attention, il est peut-être armé !

– OK patron, on prend le portail sud. Répondit la Guêpe.

– Je vais au nord avec Gus et toi Thierry, coupe-lui la retraite dans le bâtiment.

– Reçu ! cracha le commandant dans le micro en courant. Phil, tu grimpes dans la tour nord, je prends la sud.

Pendant ce temps, Marlène — qui avait récupéré la paire de jumelles de son patron — observait les faits et gestes du fugitif depuis l'esplanade.

– On dirait qu'il tient quelque chose dans les mains… Dit-elle tout haut. Il a trouvé l'indice !

Vassili repéra immédiatement le déplacement des flics depuis les toits. Impossible pour lui de redescendre par où il était venu. Il décida de contourner l'imposante toiture en cuivre par les petites coursives adjacentes en direction de l'est.

« *Ils ne sont pas assez nombreux pour encercler tout le périmètre, si je parviens à redescendre par les clochetons de la sacristie, je me fondrai dans la foule* ».

La course-poursuite s'était engagée entre les chasseurs et leur gibier, mais ce dernier, bien que fatigué par son voyage, avait des ressources. Ancien militaire devenu quelques années plus tard mercenaire, Vitali Vassili avait physiquement quelques bons restes et la faculté de s'adapter aux situations les plus extrêmes. Il mit peu de temps pour rejoindre l'extrémité de la coursive, celle qui menait au premier clocheton de la porte nord.

Dans le même instant, Phil et Thierry débouchaient à leur tour sur le toit, pistolet automatique en main, prêts à faire feu.

Phil aperçut le fugitif le premier. « Halte, police » ! Pour toute réponse, le Russe lui balança sans hésiter deux balles qui se fichèrent dans la pierre juste au-dessus de sa tête. L'enquêteur n'eut pas le temps de riposter, il le vit s'engouffrer dans la tourelle et disparaître de son champ de vision ; il s'engagea à son tour sur la coursive.

Thierry Schmidt, qui avait assisté à la scène, se précipita à son tour derrière son collègue.

La résonance des coups de feu, amplifiée par la voûte, avait créé la panique dans la cathédrale. Impossible de se méprendre sur l'origine des détonations. Les gens couraient dans tous les sens sans savoir où aller, cherchant les sorties ou des membres de leur famille, se bousculant, s'entrechoquant dans une panique indescriptible.

Côté nord, Dessert avait compris que les évènements avaient pris une nouvelle tournure, mais d'où il était, il ne pouvait rien distinguer. «*B... de merde, ces conneries, c'est plus de mon âge*» ! Il se précipita vers la porte nord.

– Merde, elle est fermée ! dit-il à son collègue, se rappelant soudain qu'il en avait lui-même donné l'ordre. Il hurla dans sa radio. Vous êtes où, nom de D... ?

C'est la Guêpe qui lui répondit.

– Porte sud, patron. On est coincés, on essaie d'ouvrir !

– Laisse tomber, va lui barrer le passage à l'entrée principale !

– Toi, tu restes là. Demande des renforts... Dit-elle au gardien de la paix médusé qui l'accompagnait.

Vassili avait pris de l'avance. Il avait déjà rejoint l'autre partie de la toiture — côté Est — et s'apprêtait à descendre par la structure du contrefort nord, sorte de tour carrée pourvue à son extrémité d'une petite tourelle tandis que le binôme des poursuivants hésitait à franchir le sommet de la façade nord. De là où ils étaient, ils ne pouvaient pas le voir.

– Phil, ne prends pas de risques inutiles ! avait crié Thierry.

La descente du contrefort fut une formalité pour le Russe qui se retrouva au premier niveau dans une espèce de salle ouverte, soutenue par des piliers gigantesques. Il se précipita à l'extérieur et se retrouva sur une nouvelle coursive. La sacristie n'était qu'à une portée de main, mais il fallait franchir un espace à découvert.

Il scruta les hauteurs et vit les deux flics hésiter sur la suite à donner à leur poursuite. Profitant d'un moment d'inattention de leur part, il s'engagea sur une dizaine de mètres et rejoignit la passerelle d'accès au clocher de la sacristie au moment où ses poursuivants se déplaçaient en direction de l'est du côté de la chapelle Saint-Piat.

Parvenu à couvert, Vassili descendit tranquillement les escaliers et rejoignit l'intérieur de la petite chapelle où il ne vit personne. Le prélat était absent, probablement occupé à protéger ses ouailles de ce tumulte inattendu.

Le Russe sortit par une petite cour contiguë et disparut dans le parc.

La Guêpe était postée devant le portail royal lorsqu'elle vit arriver Dessert tout essoufflé. De nombreuses personnes paniquées s'étaient rassemblées sur l'esplanade. Elles étaient canalisées par une équipe de gardiens arrivés en renfort. Les derniers pèlerins sortaient juste de l'édifice.

– Tu as repéré quelqu'un ? Lui demanda-t-il.

– Non, je suis arrivée peu après le début de la bousculade, mais je l'aurais reconnu si je l'avais croisé !

Leur discussion fut interrompue par un appel radio.

– Éric, il y a un type qui se barre dans le parc !

– Merde. Vous êtes où ?

– Encore sur le toit. On a suivi la coursive jusqu'au bout et on l'a vu sortir de la sacristie, mais de là où on est, impossible d'affirmer que c'est Vassili.

Dessert n'eut pas besoin de dire quoi que ce soit, la Guêpe avait démarré en trombe. Longeant la cathédrale par la gauche, l'athlète se précipita en direction de la sacristie avec l'espoir de rattraper le fugitif. Sans trop savoir où elle allait, elle la dépassa et se retrouva à l'arrière du bâtiment des beaux-arts dans une petite cour gravillonnée. Elle poursuivit vers le parc et, se retournant par instinct, vit ses collègues sur le toit de la cathédrale lui faisant de grands gestes en direction du nord. Elle fonça vers les escaliers qui fermaient le parc.

Au moment d'aborder la première marche, elle eut juste le temps d'apercevoir une ombre dépassant l'angle d'un mur d'enceinte.

De son côté, Vassili avait débouché dans la rue du Tertre Saint-Nicolas. Il ne se doutait pas qu'il était pris en chasse et hésitait à remonter la rue ou à emprunter la volée de marches d'un escalier raide qui permettait autrefois aux mariniers de rejoindre la partie haute de la vieille ville depuis l'ancien port de la batellerie. Il choisit de dévaler l'escalier et de s'éloigner du centre… « *Il faut que je rejoigne Paris au plus vite, mais d'abord, trouver une nouvelle voiture »,* pensa-t-il.

La Guêpe avait forcé l'allure. Traversant les pelouses à grandes enjambées, elle franchit une lourde grille en fer forgé et prit pied à son tour dans la rue du Tertre. Tournant elle aussi à droite, elle comprit qu'elle avait fait le bon choix. À trente mètres environ, un homme de grande taille — portant un large chapeau — s'éloignait à petites foulées.

– Vassili ! cria-t-elle en sortant son arme.

L'individu fit volte-face et, avec une rapidité qui surprit la flic, pointa son pistolet dans sa direction et tira deux coups de feu.

Un échange de tirs eut lieu dans ce passage étroit. Les balles avaient ricoché sur les parois du mur sans toucher les protagonistes, mais les détonations furent amplifiées par la configuration du lieu, parvenant jusqu'au parvis de la cathédrale où le chef de la crim' était posté.

Ce dernier comprit tout de suite que sa collègue avait rattrapé le tueur. Étant lui-même resté en arrière pour s'assurer que la cathédrale avait été évacuée — par pure précaution — il saisit de nouveau sa radio.

– Thierry, Phil, magnez-vous ! Annabelle est en train de se faire canarder…

– OK patron, on fonce !

Vassili avait repris sa fuite en avant. Arme au poing, il arriva dans la rue Saint-André, juste à proximité de la collégiale du même nom. Il repéra un parking d'une douzaine de véhicules sur sa droite et s'y engagea. Cette placette, bien à l'ombre d'une poignée de grands platanes, était déserte, mais le Russe vit une jeune femme montant dans sa voiture. Il n'hésita pas une seconde, bouscula la conductrice et l'obligea à se serrer sur le siège passager en la menaçant avec son arme.

Cette manœuvre ne lui prit que quelques secondes, suffisamment pour échapper à sa poursuivante. Cette dernière eut à peine le temps de voir démarrer un véhicule blanc franchissant le parking et s'engageant sur le pont des minimes un peu plus loin dans un crissement strident de pneumatiques.

Dépitée de n'avoir pu au moins relever la plaque minéralogique, la flic rengaina son flingue, elle venait de perdre son combat.

*

L'équipe s'était réunie devant la cathédrale pour faire le point tandis que les gardiens du commissariat accompagnaient les dernières personnes qui n'étaient plus vraiment motivées pour poursuivre leur visite.

Il fallait se rendre à l'évidence, Vassili avait été plus malin qu'eux une nouvelle fois.

– J'ai sous-estimé ce type. J'aurais dû prévoir de boucler le secteur dès le début… Dessert pestait tout haut.

– Je vais appeler les gars de l'hôtel de police pour qu'ils sollicitent les brigades locales de gendarmerie. On a encore une chance de le coincer, intervint le commandant.

– Dis-leur de placer des barrages à 30 kilomètres à la ronde. Précise-leur qu'il a pris un otage.

– *Bueno*, y'a plus qu'à attendre, souffla Gus.

– Non, lui répondit Dessert. On va pas rester les bras croisés sans rien faire ! Puis, s'adressant à son adjoint. Qu'est-ce que tu ferais Thierry si tu étais à sa place ?

– J'en sais rien. Ce type est imprévisible.

– Je pense avoir une petite idée. Marlène s'était manifestée le plus simplement du monde, comme elle avait coutume de le faire, sans élever la voix. Il y a de fortes chances pour qu'il se rende outre-Manche depuis Paris. Je l'ai observé à la jumelle manipuler un objet sur la coursive de la cathédrale pendant que vous vous lanciez à sa poursuite.

– Pourquoi Paris ? demanda le commandant.

– Parce que je suis à peu près sûre que l'objet en question renfermait un indice de lieu et que nous avons déduit que le trésor se trouve probablement sur le sol britannique. Pour s'y rendre, il va passer par la capitale. Le professeur Ronda ne s'était pas trompé lorsqu'il m'a suggéré de nous rendre à Chartres.

Une fois de plus, la Souris avait débloqué la situation.

– C'est aussi mon avis. Alors on fonce !

Chapitre XXIV

Le feu sacré
Quelque part sur l'autoroute,
15 avril 2019, 15 h

L'Audi roulait bon train sur l'autoroute en direction de Paris. Vassili avait longtemps hésité avant de prendre une décision : poursuivre sur les routes secondaires ou bien tenter sa chance sur l'A11.

Après le franchissement du pont des minimes, le GPS de l'Audi indiquait de prendre à gauche puis tout de suite à droite la rue des fontaines jusqu'à un carrefour. Parvenu sur la rue du maréchal Foch, il n'avait plus eu qu'à la suivre pour récupérer la rue d'Ablis et enfin l'avenue Jean Mermoz; un itinéraire plutôt discret et rapide pour regagner le péage de l'autoroute.

«*Impossible que les flics m'aient devancé*», pensa-t-il.

Sa décision était prise. Il récupéra un ticket de passage à la borne automatique.

La chance était de son côté. Tout d'abord le véhicule : l'Audi rsQ3 qu'il avait subtilisée sur la placette Saint-André était puissante. Il aurait pu tomber sur une Renault 4 L et sa trentaine de chevaux au lieu des 409 CV sous le capot de la sportive allemande et les choses se seraient un peu compliquées pour lui. Ensuite, avec le choix d'un itinéraire empruntant l'autoroute; il était sûr d'éviter les barrages de gendarmerie qui auraient pu se trouver sur les petits axes de campagne. Il n'y avait qu'à espérer que la maréchaussée ne fasse pas décoller un hélicoptère et même dans cette hypothèse, les chances de repérer une Audi blanche dans le flot de la circulation aux abords de Paris étaient minces… Quant au peloton autoroutier du Val de Loire, toutes ses équipes avaient été mobilisées pour faire face à un accident mortel de la circulation sur l'A10 en amont d'Orléans. Dessert avait sollicité en vain une demande de renfort, mais ça, le Russe ne le savait pas.

Ce dernier avait également eu beaucoup de chance lors de sa cavalcade sur les toits de la cathédrale de Chartres quelques dizaines de minutes auparavant. Les flics n'avaient pas pu rivaliser avec cet ancien militaire rompu aux opérations spéciales. Sauf peut-être cette fliquette décidément très tenace. Les échanges de coups de feu l'avaient tenue à distance, mais quand même, la course poursuite de Vassili aurait pu trouver une issue moins favorable pour lui…

Il y avait pourtant laissé quelques plumes au passage, car il était vidé. Une sorte d'épuisement général qui risquait de fausser son jugement au moment où il lui faudrait prendre des décisions importantes.

« *Il faut que j'me calme. Il suffit que je franchisse le péage de Saint-Arnoult et les risques de me stopper s'amenuiseront* », se dit-il.

Dans l'Audi rsQ3, la passagère était terrorisée. Ne sachant pas ce que voulait son kidnappeur, elle s'était tassée sur son siège, serrant son sac à main contre son corps et jetant de temps en temps un coup d'œil au pistolet posé sur le tableau de bord. Elle ne parlait pas, se contentant d'attendre, prostrée. Vassili, lui, était un peu nerveux, car il était bien conscient que sa couverture n'opérait plus. Pour ne rien arranger, il n'avait plus d'argent liquide et n'était pas sûr que sa carte bancaire fonctionne encore. «*Je vais sortir de l'autoroute, larguer la passagère et trouver de l'argent, ensuite nous verrons bien*»...

15 h 47. Le bolide sortit de l'A6b en direction d'Arcueil. Il se fondit dans la circulation qui était encore relativement fluide à cette heure de la journée. Vassili espérait rejoindre Montrouge et tenter de contacter son vieil ami Sergëi. Après moult réflexions, il avait pris une décision : puisqu'il n'avait presque plus d'argent, que son compte bancaire était certainement sous surveillance et qu'il lui était désormais impossible d'utiliser sa carte bancaire, il ne lui restait que cette option.

«*Il ne pourra pas me refuser une petite aide. J'ai juste besoin de quelques billets avant de disparaître*».

Son plan était relativement simple. Acheter un billet de train avec l'argent prêté par son ami et se rendre ensuite à Calais pour embarquer sur un ferry pour l'Angleterre. Il y avait peu de risque que la police française le suive sur ce terrain-là et surtout, qu'elle anticipe ses décisions ; en tout cas, le pensait-il.

Il s'arrêta à un carrefour en face d'un fast-food. Se tournant vers la jeune femme.

– Tu as un portable ?

– Heu, non… Je l'ai oublié…

– Laisse tomber. Bon, descends maintenant !

– Mais… !

– Descends, je vais pas le répéter deux fois.

La femme s'exécuta et sortit de sa propre voiture. Réalisant qu'elle était soudain libre, elle s'effondra en larmes sur le trottoir. Le bolide redémarra en trombe.

Des jeunes qui avaient assisté à la scène se précipitèrent pour la soutenir et la firent asseoir.

– Qu'est-ce qui vous est arrivé madame ?

– Je viens de me faire kidnapper et on m'a volé ma voiture.

– J'appelle les flics ! lança l'un d'eux.

*

16 h 15. S'il n'y avait pas eu les gyrophares sur le toit des deux voitures qui se suivaient de prêt — à vive allure — sur la voie de gauche, on aurait pu penser à deux *go fast* tentant d'échapper à une patrouille de gendarmerie autoroutière. La Guêpe, Phil et Thierry ouvraient la voie au volant de la 508, suivis de près par Marlène, Thierry et leur chef dans l'espace Renault. On avait jugé plus prudent de laisser la petite fourgonnette au commissariat.

Peu de temps auparavant, l'équipe de la PJ lyonnaise avait dû se rendre à l'évidence : leur principal suspect était encore parvenu à leur filer entre les mains.

– Qu'est-ce qui a merdé ? s'était exclamé Dessert durant le trajet.

Ce dernier tournait en boucle les évènements de ces derniers jours. La réapparition du Russe sur le sol français — inespéré après les atermoiements de l'enquête — mais que les flics lyonnais n'avaient pas su exploiter. La course poursuite sur le toit de la cathédrale de Chartres, les échanges de coups de feu dans les ruelles de la ville, le vol d'un véhicule en plein jour et pour finir, une nouvelle désillusion pour le patron… !

Il était conscient d'avoir une nouvelle fois sous-estimé son adversaire, préférant s'en remettre à l'expérience et au dynamisme de son équipe, mais cela n'avait pas suffi. Après coup, il s'était dit qu'il aurait pu faire appel aux services spécialisés d'interventions comme lors de la perquisition dans l'appartement du Russe, mais par fierté ou par excès d'optimisme, il avait choisi une autre option. Une mauvaise option, assurément…

Le Procureur Decoin avait écouté les explications de son protégé sans jamais l'interrompre. À la fin de son rapport téléphonique, le magistrat était demeuré silencieux. Dessert aurait préféré se prendre une bonne engueulade, plus facile à digérer, mais pas ce silence pesant. Au bout d'un moment, il s'adressa à lui sur un ton froid, inhabituel s'agissant de lui.

– Très bien Éric, mais à partir de maintenant, je ne pourrai plus te couvrir. Je te laisse jusqu'à demain, ensuite tu seras dessaisi de l'affaire.

Dessert encaissa le coup sans broncher. Pour un policier de sa trempe, c'était plus qu'un échec, c'était une déroute. Il fut tiré de ses réflexions par la voix de son adjoint.

– Bon, et à Paris qu'est-ce qu'on fait ? demanda le commandant.

– On se sépare et on file vers les aéroports d'Orly et de Roissy. Si ce lascar a récupéré ce qu'il est venu chercher à Chartres — comme l'a suggéré Marlène —, il va tenter de prendre un avion.

– Et pourquoi pas le train ou la voiture ?

– Vu les méthodes auxquelles il nous a habitués, je suis à peu près certain qu'il va chercher à nous provoquer une nouvelle fois en choisissant un mode de transport risqué. Mais ce coup-ci, j'ai fait appel à l'artillerie lourde : il y a deux équipes de la BRI sur place et les gars de la Police Aux Frontières ont été briefés. C'est notre dernière chance de nous rattraper dans cette affaire avant que ça tourne au fiasco.

Par honnêteté, Dessert avait fait part des propos du Procureur de la République à ses enquêteurs et s'était excusé auprès d'eux, ce qui était inhabituel de sa part. Ils avaient tous eu un sentiment de gâchis, mais n'avaient pas donné l'impression de baisser les bras pour autant. Leur patron l'avait lu dans leur regard, ce qui lui avait redonné un peu d'espoir…

*

16 h 31. L'Audi était garée un peu à l'écart de la rue du colonel Grillon. Vassili avait décidé de faire le reste du chemin à pied jusqu'à l'appartement de son ami.

Il prit le temps d'inspecter les alentours. La rapidité avec laquelle la police l'avait retrouvé depuis son arrivée sur le sol français le rendait plus prudent.

Il fuma une cigarette en attendant qu'un voisin pénètre dans le hall d'entrée de l'immeuble, mais en réalité, il avait besoin de faire tomber le stress.

« Il faut absolument que je voie Sergëi », se dit-il à lui-même. *« C'est le seul qui peut m'aider à quitter Paris ».*

Il sonna plusieurs fois à la porte de l'appartement, mais n'entendit que Tchoupi, le chat de son ami qui s'impatientait de voir revenir son maître. Pas la peine d'insister…

Il retourna rue de la République où il avait garé l'Audi, mais hésitait à se remettre au volant. Il avisa un bar au coin de la rue. « *Un café, voilà ce qu'il me faut* » !

Vassili prétexta la perte de son téléphone portable auprès du barman qui ne vit pas d'objection à l'autoriser à téléphoner depuis le comptoir.

– Allô, Sergëi, c'est Vitali, dit-il en russe.

– Vitali ? Mais tu m'appelles d'où ?

– Je suis passé chez toi…

– Tu es à Paris ? Les flics te cherchent depuis des mois. Qu'est-ce que t'as foutu ?

– C'est une longue histoire que je préfère ne pas te raconter. On peut se voir ?

– Tu me fais prendre des risques. La police m'a interrogé et raconté des trucs invraisemblables te concernant. Elle est venue chez moi…

– Je sais, mais c'est urgent. Où es-tu ?

Svorov mit un temps avant de répondre, pesant le pour et le contre.

– Sur l'île de la Cité, dit-il enfin. Mais qu'est-ce que tu veux ?

– Je t'expliquerai quand nous nous verrons. Tu as du fric sur toi, ma CB ne fonctionne plus ?

– Oui, j'ai un peu d'argent, mais je ne comprends pas ce que tu…

– Rendez-vous sur le parvis de la cathédrale et laisse-moi une bonne demi-heure, j'arrive ! Il raccrocha.

L'île de la Cité. Notre-Dame-de-Paris. Les lieux sacrés lui avaient plutôt réussi jusqu'à présent.

Ayant raccroché à son tour, Sergëi Svorov dut s'asseoir pour digérer l'information : son ami d'enfance était réapparu après des mois de cavale. Avec ce que lui avaient raconté les flics, ce retour n'était pas une bonne nouvelle, mais que faire ? C'était son ami de toujours. Ils avaient tout connu ensemble, l'école, l'armée, l'exil… Pouvait-il cependant prendre le risque de se rendre coupable d'assistance à un criminel, lui qui avait refait sa vie en France et menait une existence rangée ?

Assis seul sur un banc à l'écart des touristes, il regardait droit devant lui, le regard un peu vide, son portable toujours en mains. Après plusieurs minutes, il fit défiler le répertoire et s'arrêta sur un nom : commissaire principal Éric Dessert. Il hésitait encore…

– Allô, ici Sergëi Svorov.

– Bonjour monsieur Svorov. Que puis-je pour vous ?

– .....

– Monsieur Svorov, vous êtes toujours là ?

– Je sais où est Vitali Vassili, dit-il d'un ton las.

– Je vous demande pardon ?

– J'ai rendez-vous avec mon ami dans 30 minutes.

– Où êtes-vous ?

– Devant la cathédrale Notre-Dame-de-Paris.

– J'arrive !

Le commandant Schmidt s'était tourné, interrogateur, vers son collègue.

– Qu'est-ce qu'il se passe ?

– Mets-le « deux tons » et fonce. Je t'expliquerai...

*

16 h 51. Le Russe était assis dans le métro. Il avait mis ses mains dans ses poches. D'un côté il sentit la crosse froide de son pistolet automatique et de l'autre, sa main s'était refermée sur un objet de forme oblongue. Il n'avait pas eu beaucoup de temps pour analyser le papier qui y était enfermé. Là se trouvait l'aboutissement de sa quête. Il se remémora l'espace d'un instant, cette épopée sanglante entreprise des mois auparavant et qui avait fait ressortir ses instincts guerriers, mais il ne regrettait rien.

Quelques minutes plus tôt, il était ressorti du bar après avoir échangé avec son vieil ami. Il ne savait que penser de cette conversation téléphonique qui l'avait laissé dubitatif. Il ne s'attendait certes pas à un accueil chaleureux après des mois de cavale sans avoir donné de nouvelle et surtout, les soupçons de meurtre qui pesaient sur lui et que devait connaître Sergëi, mais il avait décelé autre chose dans la voix du Russe.

Que lui avaient dit les flics ? Que savait-il réellement de ses agissements ? Dans quelle mesure pouvait-il lui faire confiance ?

Ces questions le taraudaient, mais de toute façon, au stade où il en était, Vassili n'avait guère le choix s'il voulait quitter le territoire français. Il lui fallait de l'argent à tout prix et Sergëi Svorov était le seul vers qui se tourner.

Perdu dans ses pensées, il regarda machinalement défiler les arrêts de métro de la ligne Bagneux/Lucie Aubrac/Porte de Clignancourt ; ligne qu'il avait empruntée à la station Mairie de Montrouge et qui le mènerait inexorablement vers sa destination finale : l'arrêt Cité. Il scruta les passagers de la rame autour de lui et vit des visages indifférents, aux traits banals et sans expression… « *Tous ces gens sont enfermés dans leur confort quotidien*, pensa-t-il. *Ils ne se doutent de rien* ».

*

16 h 51. Les deux voitures de police banalisées roulaient à vive allure sur les artères de la capitale — l'une derrière l'autre — en direction de l'île de la Cité. Les deux conducteurs se frayaient un chemin dans la circulation chargée du 5ᵉ arrondissement, slalomant, zigzagant, tantôt

à gauche, tantôt à droite de la chaussée dans un numéro d'équilibristes émérites.

Certains automobilistes, blasés ou agacés d'entendre les sirènes de la police à longueur de temps, déplaçaient mollement leur véhicule pour laisser passer le convoi. D'autres, plus empruntés hésitaient sur la conduite à tenir, obligeant les deux conducteurs à réaliser des manœuvres hasardeuses à la dernière seconde pour les éviter. Il y avait cependant urgence… !

Dessert avait suggéré de se rendre au siège de son ancien service. De là, il espérait disposer du temps juste nécessaire pour mettre en place un dispositif d'interpellation musclé. Il comptait également sur ses vieilles connaissances de la PJ pour lui faciliter le travail et éviter un nouveau raté qu'il ne pouvait se permettre.

Le 36 quai des Orfèvres : un lieu, un nom, un prestige…

Cette adresse légendaire de la police parisienne, siège de la police criminelle de la préfecture de police, avait vu défiler en son sein les plus grands flics de France, mais aussi les truands les plus radicaux. Aussi célèbre que Scotland Yard, connu dans le monde entier, le 36 avait inspiré de nombreux écrivains, mais aussi des cinéastes de renom soucieux de rendre à leur scénario plus d'épaisseur, plus de mystère bref, une atmosphère du crime plus vraie que nature. S'inspirant de faits souvent réels, ils ne manquaient pas de sujets.

Au-delà du mythe, il y avait la réalité d'une imposante structure de la fin du XIXe siècle, attenante au palais de justice de Paris et construite à l'emplacement d'un ancien marché aux volailles dont certains affirmaient qu'il était à l'origine du sobriquet de « poulets » donné aux policiers. Tout dans ce bâtiment ancien et vieillissant interpellait le visiteur. D'abord l'odeur de moisi liée à la vétusté des lieux et qui vous agressait les narines ; ensuite les bureaux étroits des inspecteurs et ces relents de tabac froid présents partout. Il y avait aussi ce fameux escalier en colimaçon et ses 148 marches en bois recouvertes d'un vieux lino râpé dont on imagine aisément qu'il avait vu passer bon nombre de criminels de tous bords, les couloirs étroits et le « séchoir », petite pièce logée sous les toits dans les combles du 36 et qui servait à entreposer des tissus ou des vêtements retrouvés sur les scènes criminelles.

Et enfin ce service : la crim' !

Les policiers eux-mêmes en parlent comme un lieu très spécial qui ne laisse personne indifférent et qui semble posséder une âme…

Le planton de garde du Quai des Orfèvres salua au passage du convoi. Reconnaissant Dessert, il l'interpella.

– Mes respects monsieur le commissaire principal, de retour au service ? Trop concentré sur sa mission, ce dernier lui rendit son salut simplement.

À cette heure de la journée, la cour de la PJ parisienne ressemblait à une véritable fourmilière. C'était un ballet incessant de voitures de police banalisées ou sérigraphiées, de vélos, de scooters ou de motos ; il y avait même des collègues qui quittaient leur service en trottinette électrique… L'arrivée des deux bagnoles de flics, gyrophares allumés, ne passa pourtant pas inaperçue. Dessert fut parcouru d'un petit frisson en descendant de sa voiture : il était de retour sur ses terres.

Il fut accueilli par un petit comité d'enquêteurs, car il était attendu. Il serra quelques mains, se fendit d'une accolade ou deux et se dirigea d'un pas décidé vers le rez-de-chaussée du bâtiment principal tandis que son équipe le suivait de près ; il n'était pas question de le perturber dans son élan.

Parvenu sous les arcades, Dessert croisa le chef de cabinet du directeur de la PJ qu'il connaissait de réputation.

– Bonjour Dessert. On m'a prévenu de votre arrivée et de l'affaire dont vous êtes en charge. J'ai donné des ordres pour qu'on vous prête main-forte… Bonne chance !

– Merci. Répondit simplement le flic qui n'avait pas le temps d'entamer une discussion.

Tous se retrouvèrent dans une petite salle qu'on avait mise à leur disposition. Au téléphone, il avait exposé le topo à l'un de ses anciens collègues du 36, toujours en activité, et surtout, le timing extrêmement serré dont il disposait. Il n'eut qu'à reprendre les principaux éléments de l'enquête devant un parterre de policiers déjà briefés.

Sur le côté, son équipe se tenait silencieuse, observant leur patron en train de détailler les points forts de l'intervention qu'il s'apprêtait à mettre en place. Il avait l'air assez à l'aise dans le rôle du coordonnateur de mission, tel le guide d'une expédition lointaine dans une contrée sauvage, mais pour quelqu'un qui le connaissait bien, c'était moins évident… Cela n'échappa pas en effet au commandant fonctionnel Thierry Schmidt.

– Eh bien ! Il est plutôt en forme le patron. Chuchota Phil à son collègue.

– Tu parles. Je l'ai entendu par hasard s'entretenir avec le Proc' au téléphone et je n'ai pas eu l'impression qu'il était très à l'aise justement. Regarde ses gestes brusques et ses coups de crayon nerveux sur le tableau.

– C'est vrai qu'il est plutôt sombre depuis tout à l'heure et qu'il n'a pas l'air de plaisanter.

– Je pense qu'il doit avoir une pression terrible. Asséna Thierry Schmidt.

Le fameux coup de téléphone avait été tendu. Après les explications de Dessert et sa proposition d'interpellation du suspect, sur l'esplanade de Notre-Dame, au milieu de la foule, en pleine journée, Decoin n'avait pas protesté ni élevé la voix, se contentant de lui dire « bonne chance » et avait raccroché. C'était la deuxième fois aujourd'hui et venant de deux personnalités haut placées. Il aurait préféré une discussion à bâton rompu, pesant le pour et le contre, argumentant, négociant comme à l'accoutumée lors des affaires sensibles, mais pas cette fois-ci. Il savait qu'il s'agissait de sa dernière chance…

Dessert donna les dernières consignes pour boucler la cathédrale et l'esplanade, mais de façon discrète. Surtout, ne pas alerter le suspect ! La BRI avait reçu l'ordre de rejoindre ce point stratégique séance tenante depuis les aéroports où elle était positionnée. Les groupes avaient été formés, la photo des deux protagonistes distribuée à chacun des participants et les consignes de sécurité rappelées brièvement.

– Cette fois, il ne nous échappera pas ! tonna le patron pour se donner du courage.

*

17 h 22. Vassili sortit du métro à l'arrêt « Cité », place Louis Lépine. Il enfonça légèrement son chapeau et tenta de se fondre dans la foule.

Il était aux aguets, avançant prudemment et scrutant les badauds qui se croisaient dans un mouvement désordonné. Il avait l'impression que tous le regardaient et n'était pas à l'aise.

Il traversa la rue de la cité, il était à moins de cent mètres de l'esplanade.

Entre-temps, les équipes du commissaire Dessert s'étaient positionnées de façon stratégique qui avait bénéficié du renfort en personnel que lui avait promis le directeur pour doubler les effectifs sur place et il avait demandé aux gars de la BRI d'abandonner leur tenue de combat, jugée trop voyante.

Un œil non averti n'aurait pu distinguer la présence de flics au milieu de la foule dense, mais ils étaient bien là. Il y avait un binôme au Petit pont Cardinal Lustiger, un autre à l'angle de la place Jean Paul II. Dessert en avait placé un sur la promenade Maurice Carême et un autre rue d'Arcole. Le pont au Double était lui aussi surveillé. Un peu plus loin, le dispositif se prolongeait rue du cloître Notre-Dame jusqu'au pont Saint-Louis et celui de l'Archevêché. La toile était tissée…

À son arrivée sur les lieux, Dessert repéra Sergëi Svorov assis sur un banc, mais il resta en retrait à environ 30 mètres. Il n'avait aucune idée des intentions de Vassili et préféra être prudent. La radio s'anima.

– À tous les effectifs, le contact est sur place. À dix mètres devant la façade ouest sur le côté ; pantalon rouge et veste en jean. Personne ne bouge sans mon ordre !

*

17 h 26. Le Russe déboula sur l'esplanade, face à la cathédrale. Il ne mit que quelques secondes pour repérer son ami et se dirigea vers lui.

Le voyant venir, Svorov se leva et, attendant qu'il soit à quatre ou cinq mètres de lui, adopta une expression de grande surprise. Il fixa Vassili avec les yeux grands ouverts, les faisant bouger dans leurs orbites de gauche à droite pour l'avertir d'un danger. De là où ils étaient, les policiers ne pouvaient pas distinguer leurs visages.

Le fugitif comprit tout de suite qu'il se passait quelque chose d'anormal. Il dépassa son ami et poursuivit sa marche comme si de rien n'était. Des années de pratiques militaires l'avaient habitué à réagir au moindre imprévu. C'est ainsi qu'il vit deux types sur sa droite en bordure de l'esplanade qui convergeaient avec deux autres un peu plus loin dans sa direction.

Dessert qui observait la scène se rapprocha lui aussi de sa cible en attrapant discrètement sa radio. À cet instant précis, Vitali Vassili se rendit compte qu'il était pris. Il plongea la main dans sa poche et se saisit de son arme, mais la relâcha immédiatement. «*Je vais être abattu comme un chien*»*!*

Soudain, une des trois cloches du transept nord se mit à sonner.

Vassili eut un réflexe de survie. Il se mit à courir en direction de l'édifice, bousculant quelques promeneurs sur son passage. Il s'engouffra sous le porche du portail Sainte-Anne et disparut immédiatement.

– Personne ne bouge! avait craché le vieux à l'attention de ses collègues. Thierry, j'ai besoin de toi tout de suite!

Le commandant rappliqua dans la seconde.

– Thierry, on va faire évacuer la cathédrale, on n'a pas le choix. Trouve l'évêque et explique-lui la situation. Je vais organiser la réception des pèlerins sur place comme à Chartres. Quand tout le monde sera dehors, on s'occupera du fugitif. Gus, tu récupères Svorov!

*

17 h 45. Vassili s'était fondu dans la foule encore bien présente au sein de l'édifice religieux. Il savait que dans ce contexte surfréquenté, il ne risquait rien.

Il se déplaça dans la travée centrale puis bifurqua sur la gauche dans l'un des deux déambulatoires pour parvenir jusqu'au transept. Il cherchait le moyen de se cacher.

Il erra quelques minutes en se faisant aussi discret que possible lorsqu'il vit les visiteurs faire demi-tour et se diriger vers la sortie. Du personnel de la cathédrale donnait des consignes d'évacuation, encadré par un type déterminé qui faisait de grands gestes. « *Sûrement un des flics qui sont sur mes talons* », pensa-t-il.

Il essaya de se fondre dans le flot de touristes, mais vit que l'entrée était bien gardée par une rangée de policiers qui contrôlaient tout le monde. Il décida de s'éclipser dans une des deux tours adjacentes.

Dehors, il y avait confusion. Les gens se bousculaient, protestaient et s'agaçaient de cette fermeture prématurée.

Après une vingtaine de minutes, le commandant Schmidt fit jonction avec le rideau de flics sur le parvis. Le Russe n'était pas dans la foule.

– J'ai vraiment fait gaffe Éric, je ne l'ai pas vu !

– Nous non plus. Je suis resté avec Marlène tout le temps et on a vérifié toutes les identités. Que dalle !

– Je parie qu'il va encore essayer de se sauver par le toit.

*

18 h 12. Vassili était monté dans les étages de la cathédrale. Ayant agi par réflexe, il n'avait pas mesuré le risque qu'il prenait en pénétrant dans ce lieu sacré dont les issues seraient aisément et fatalement bien gardées par les flics. Il aurait pu prendre un fidèle en otage et réclamer un moyen

de transport pour s'échapper, mais la fatigue lui avait fait perdre de sa lucidité. De toute façon, il était déjà trop tard… Maintenant, il ne savait pas très bien où se diriger, mais il voulait mettre de la distance avec ses poursuivants. Il scruta les galeries, les coursives, les recoins à la recherche d'une planque, mais il savait intérieurement qu'il lui serait difficile de s'échapper de cet endroit. Il fallait poursuivre malgré tout…

Il gravit les marches d'un escalier séculaire dont les pierres, usées par le temps et disjointes par endroit, donnaient l'impression de s'effriter sous ses pas ; il faillit trébucher. Il se rattrapa sur une sculpture qui dépassait du mur. Elle représentait un ange porteur d'un instrument que le Russe ne reconnut pas et qui semblait le dévisager. Le sourire enfantin de cet ange, sa nudité et la simplicité de sa posture l'effrayèrent et lui donnèrent le tournis ; il était en train de perdre la boule.

Plus bas, Dessert organisait la contre-attaque. Il comptait bien ne pas se faire doubler cette fois-ci.

– Thierry, la Guêpe et Gus vous allez partir à sa recherche. Prenez chacun deux gars de la BRI avec vous et fouillez-moi tout ça minutieusement. Commencez par le bas et tenez-moi au courant de votre progression. Faites quand même gaffe !

La patrouille se dispersa sous le regard des curieux restés à proximité de l'entrée principale. La fouille systématique du rez-de-chaussée — nef, transept, déambulatoires, chœur liturgique, chapelles rayonnantes et sacristie — ne donna rien.

– « R-A-S » Éric, on monte d'un étage.

*

18 h 30. Vassili se sentait acculé. L'imposant édifice plongé dans un silence — de cathédrale — l'oppressait. Il avançait au jugé, fébrile et transpirant. Il jeta son chapeau de rage et poussa un juron en Russe.

Il pouvait encore se déplacer dans les méandres de « la forêt » ; cette imposante charpente en chêne. Après, il ne lui resterait que le toit et l'échafaudage constitué de plus de quarante mille pièces. Cette structure avait été installée pour restaurer une partie de l'édifice, mais située à 40 mètres de haut, s'y aventurer était risqué et il serait tout de suite repéré.

Plus bas, la fouille des tribunes fut une formalité pour les trois équipes qui progressaient en appui mutuel, silencieuses et fonctionnaient aux gestes.

– Éric ! R-A-S, on continue.

*

18 h 44. Vassili était assis sur une poutre. Il s'était presque perdu dans l'immensité de la charpente, se cognant et multipliant les chutes. Il était à bout.

Il baissa la tête et ferma les yeux. Dans ce moment de grande solitude, il vit défiler sa vie et se remémora les instants marquants de sa misérable existence. Il revit en boucle la mort de son père, la déchéance de sa mère, l'assassinat de son frère et enfin, la trahison de son ami.

Il n'avait pas remarqué qu'il s'était arrêté sous la flèche de la cathédrale. Cet ornement de 96 mètres de haut, œuvre de l'architecte Viollet-le-Duc, le dominait de toute sa majesté. Lui, le misérable assassin, ne pouvait accepter en cet instant l'issue fatale qui se refermait progressivement sur lui. Il hurla soudain de désespoir.

Plus bas, les flics s'étaient tous arrêtés. Ils prêtaient l'oreille. Schmidt fit un signe du doigt qui indiquait les étages supérieurs. Ils reprirent leur progression.

Parvenus sous la charpente, ils remarquèrent le chapeau au sol.

– Vassili ! Hurla Schmidt, on sait que t'es là ! Ne complique pas les choses, rends-toi !

*

18 h 51. Vitali sortit son paquet de cigarettes et en fuma une. Il avait le regard vide. Il ne répondit pas à l'injonction du type à l'autre bout de la charpente qui l'avait interpellé et qu'il ne voyait même pas.

En rangeant ses cigarettes, il sentit la coque dure de ce contenant précieux qu'il n'avait pas eu le temps d'examiner, trop occupé à fuir la meute affamée. Il sortit le cylindre, le caressa et se décida à le rouvrir. Il s'était donné beaucoup de mal pour récupérer cet objet et son inestimable contenu ; ce petit bout de parchemin qui était censé changer sa vie. Il le tenait enfin… Mais pour en faire quoi !?

« J'ai été assez stupide pour croire que je pouvais changer ma pitoyable existence... », il poussa un nouveau grognement de désespoir.

– Vassili, rends-toi ! Tu ne peux pas t'échapper…

Impassible, le Russe ne répondit pas.

Il ne s'était pas aperçu qu'il avait lâché sa cigarette et qu'elle ne s'était pas éteinte. Elle commençait à se consumer au sol au bénéfice de quelques brindilles transportées là par les courants d'air. Une petite flamme s'était matérialisée à ses pieds et dégageait une fumée qui commençait à envahir l'espace.

Vitali ne bougeait pas, perdu dans ses pensées.

– Vassili, on arrive !

Cette nouvelle injonction — très proche cette fois-ci — le ramena subitement à la réalité. « *J'y suis arrivé, ça ne peut pas s'arrêter là !* » Cria-t-il tout haut dans sa langue natale.

Cette petite montée d'adrénaline lui avait redonné de l'énergie et de l'espoir. En replaçant le parchemin dans sa coque en plomb, il se rendit compte que la flamme avait gagné en vigueur. Elle se déplaçait maintenant le long de la charpente et l'incendiaire se mit à tousser.

– Y'a d'la fumée ! Vassili, qu'est-ce que tu fous ?

Le feu s'était matérialisé un peu partout, lançant des flammèches qui se fixaient à une rapidité époustouflante. Un peu plus loin, les flics essayaient de comprendre ce qui se passait, mais ne voyant rien, ils n'osaient pas intervenir.

Le Russe eut soudain une idée. Il traversa d'une enjambée le rideau de fumée et s'engagea au plus profond de la charpente protégeant son visage comme il le put. Il sentit la chaleur du feu très proche et dut tapoter sur ses avant-bras pour éteindre les petites flammes qui s'y étaient fixées, mais il était parvenu à s'échapper de ce piège brûlant et s'était ainsi éloigné de ses poursuivants.

Quelque part dans un coin sombre et reculé de la toiture, un individu dépenaillé était assis, une bouteille de mauvais vin à ses côtés. L'esprit échauffé par l'alcool, il parlait tout seul, s'adressant aux insectes volants et aux araignées comme s'il s'était agi de ses congénères de beuverie.

Le personnel de la cathédrale le connaissait bien, car il avait ses habitudes et ne gênait personne. Parfois, lorsqu'il n'était pas saoul, il rendait de menus services et l'Évêque avait finalement décidé par charité de ne pas le congédier. Il s'était donc installé sur un vieux matelas miteux avec ses compagnes liquides d'infortune.

Ragaillardi, Vassili était parvenu à l'autre extrémité de la toiture du bâtiment. Il ne se posait pas de question et filait droit devant lui. Il entendit soudain une voix un peu plus loin et se rapprocha avec prudence. L'homme en haillons, accroupi sous une poutre, le regardait avec de grands yeux étonnés comme s'il avait vu le Pape en personne.

– Eh, mon gars ! dit-il difficilement. Viens boire un coup avec nous.

Le Russe ne s'attarda pas et le dépassa rapidement, laissant le pauvre diable, qui s'était redressé, un peu désorienté. Ce dernier entreprit de le suivre, mais il partit dans la direction opposée. Il se retrouva ainsi face à un mur de flammes impressionnant.

– Qu'est-ce que… !?

De l'autre côté du brasier, masqués par des poutres, les policiers ne voyaient que de la fumée. Gus décida toutefois de s'approcher en contournant un obstacle.

– Putain, y'a l'feu !

Il recula terrorisé par le spectacle qu'il avait devant lui et la chaleur insupportable qui se dégageait des lieux.

À ce moment-là, ils entendirent un hurlement atroce qui satura l'espace et qui leur glaça le sang.

– Barrons-nous, on ne peut plus rien pour lui ! cria un gars de la BRI.

*

18 h 58. Sur le parvis, un passant avait levé les yeux.

– Il y a de la fumée sur le toit de la cathédrale !

Des centaines de paires d'yeux se levèrent dans la même direction. Une fumée épaisse et grise s'élevait d'une partie de la toiture de la cathédrale sous le regard médusé des passants. Attisée par le vent, la colonne de cendres s'échappait en tourbillonnant sur fond de soleil couchant. Les premiers témoins de cette scène étaient sidérés : la cathédrale Notre-Dame-de-Paris était en feu ! Comment se pouvait-il qu'un tel drame puisse survenir ?

Le commissaire principal Éric Dessert mit un certain temps pour réagir, captivé et incrédule comme la plupart des témoins. Il reprit ses esprits.

– Thierry, où êtes-vous ?

– On est sous le toit. La charpente est en flamme ! Y'a d'la fumée partout…

– Et Vassili ?

– On pense qu'il a mis le feu et on l'a entendu hurler puis il a disparu ! On dégage !

*

19 h 10. Les centaines de témoins s'étaient transformées en milliers. Le brasier était incandescent et le feu s'était attaqué à la flèche centrale. Les sirènes des pompiers hurlaient à tout va tandis que rien ne semblait pouvoir arrêter cet incendie monstrueux et dévastateur.

Aux alentours de l'édifice, les policiers dépêchés en renfort pour aider les pompiers avaient beaucoup de mal à canaliser les curieux et établir un périmètre de sécurité. Certains passants priaient, d'autres pleuraient, d'autres enfin demeuraient statiques, incapables de détacher leur regard de ce triste spectacle, mais tous avaient compris qu'il n'y avait plus rien à faire en cet instant.

Après quelques minutes, ceux qui n'avaient pas encore été éloignés par les forces de l'ordre purent voir sortir un petit groupe de flics par le portail central. Thierry, La Guêpe et Gus accompagnés des gars de la BRI étaient parvenus à s'extirper de cet enfer. Couverts de suie, toussant et crachant leurs tripes, les yeux piquants, ils se laissèrent choir sur le parvis de la cathédrale.

*

20 h. La flèche — mangée par le feu — venait de s'effondrer, transperçant la toiture et la voûte dans un fracas assourdissant.

L'équipe de Dessert assistait impuissante à cette tragédie dans une ambiance de plomb, un peu à l'écart de la place, derrière la colonne des véhicules des pompiers de Paris. Les visages étaient tristes et les mines abattues.

– Patron ?

– Oui Gus.

– On n'a rien pu faire pour Vassili.

– Je sais…

Thierry Schmidt tenait dans sa main le chapeau du Russe.

– On ne saura jamais ce qu'il avait trouvé…

– Peut-être rien, répondit la Guêpe.

– J'aurais préféré une autre issue dans cette affaire, s'exclama le commandant Schmidt. Finalement, il sera parvenu à nous échapper une nouvelle fois.

– Cela n'a plus d'importance maintenant, lui répondit Dessert. Venez, nous n'avons plus rien à faire ici.

Épilogue

Trois semaines s'étaient écoulées depuis l'incendie de la cathédrale Notre-Dame-de-Paris. Le commissaire principal Éric Dessert était installé à son bureau de la PJ lyonnaise. La physionomie des lieux n'avait pas beaucoup changé ; poubelles et cendriers pleins, étagères encombrées, odeur de tabac froid, mais le grand flic s'y retrouvait.

Ses collègues et lui avaient repris leur routine quotidienne faite d'enquêtes, d'auditions, de planques ou de filatures bref, le lot habituel d'un service de police judiciaire.

L'affaire Vitali Vassili avait cependant marqué les esprits. Ils en avaient pourtant vu d'autres, à la crim », mais tous les enquêteurs étaient restés sur leur faim. Le meurtrier n'avait pas pu être arrêté ; sa carcasse calcinée devait être éparpillée quelque part dans les travées de l'édifice parisien endommagé, au milieu d'un amoncellement de poutres brûlées et de gravats en tout genre.

Dessert aurait souhaité qu'il en soit autrement. Traduire les délinquants devant la justice est l'aboutissement normal d'une enquête de police. Au lieu de cela, il avait dû rendre compte de l'issue de sa mission à son ami le Procureur Decoin et lui expliquer comment l'individu recherché avait péri corps et âme dans l'incendie de la cathédrale — qu'il avait sans doute lui-même déclenché — et comment il lui avait échappé une nouvelle fois, pour ainsi dire.

Decoin ne le blâma pas. Cette affaire avait tout de même trouvé une issue, même si ce n'était pas celle escomptée. Dessert avait suffisamment ramassé.

Deux jours plus tard, ils furent tous les deux convoqués au siège du ministère de l'Intérieur où les attendaient le ministre lui-même et son conseiller pour la sécurité, accompagnés du secrétaire d'État à la Justice et d'un représentant du ministère de la Culture.

On les avait priés de rendre compte de leurs investigations et des résultats de leur enquête. Quelques questions leur avaient été posées puis le Ministre s'adressa à eux sur un ton solennel.

– Je vous remercie messieurs pour votre enquête et votre travail. Il est toutefois essentiel, dans l'intérêt général de la Nation, que l'incendie de la cathédrale soit d'origine accidentelle. Il ne doit subsister aucun doute sur le fait qu'il s'agit d'un court-circuit lié à la vétusté des lieux. Quant au dénommé Vassili, il a bel et bien péri dans les flammes. J'espère que je me suis bien fait comprendre.
– Mais, il reste les ossements...!? Avait tenté l'enquêteur, bien vite ramené à la raison par un geste du conseiller du Ministre. Le Procureur, quant à lui, n'avait pas bronché.

Il était 11 h 30 lorsque le téléphone retentit sur le bureau du patron.

– Commissaire principal Éric Dessert, police criminelle.

– Bonjour commissaire. Je suis le colonel Desgrange de la brigade des sapeurs-pompiers de

Paris. C'est moi qui suis responsable du groupe d'experts chargé d'enquêter sur les causes de l'incendie de la cathédrale. On m'a dit de vous appeler à l'issue de ma mission.

– Ah oui ! Bonjour mon colonel, qu'est-ce que vous pouvez me dire ?

– D'abord, que le feu s'est déclaré, selon toute vraisemblance, dans la partie haute de la cathédrale, probablement sous la toiture. Mes collègues et moi-même avons trouvé des indices de départ de feu au niveau de la charpente, sous la flèche pour être tout à fait exact. Nous pouvons d'emblée exclure tout acte criminel. Aucune trace d'hydrocarbure ni aucun combustible suspect n'ont été relevés sur les lieux. Par contre, les fils électriques à cet endroit — et plus généralement tout le système électrique du bâtiment — étaient en très mauvais état, ce qui m'a amené à conclure à un court-circuit. Les rongeurs en sont peut-être à l'origine, car nous avons retrouvé de nombreuses carcasses de rats dans les restes de l'incendie.

« *Tu parles, il a bien appris sa leçon, le type* ». Pensa immédiatement Dessert.

– Comme vous le savez certainement, des gars de chez vous ont retrouvé des ossements d'un individu qui ont été emportés pour analyse. Nous n'avons rien trouvé d'autre…

– Oui, je suis au courant et je vous remercie de m'avoir appelé. Ce sont certainement les restes du meurtrier que nous recherchions.

Le flic lyonnais raccrocha et médita quelques instants sur cet appel. « *Ce colonel a certainement été convoqué, comme nous, avant d'effectuer sa mission. En haut lieu, on lui a à coup sûr dicté les conclusions de son rapport. Après tout, qu'est-ce que ça change ? ».* Se dit-il un peu désabusé.

*

Peu de temps après, au 40 de l'avenue Marius Berliet, les enquêteurs vaquaient à leurs occupations habituelles, principalement composées de tâches administratives. Depuis de nombreuses années déjà, les flics se déplaçaient de moins en moins sur le terrain, même dans un service comme celui de la police judiciaire — à l'exception de quelques affaires complexes — ce qui tranchait franchement avec les séries policières télévisées qui enjolivent toujours les choses.

Schmidt et Phil avaient pris quelques jours de congés. La Guêpe se coltinait une affaire de vol de tableaux chez un particulier tandis que Gus rassemblait les procédures d'un dossier pour meurtre : un clochard avait été retrouvé poignardé à mort sur les quais du Rhône.

Marlène était en grande discussion avec son chef lorsqu'ils furent dérangés par la sonnerie d'un portable.

– Allô, monsieur le commissaire principal ?

– Oui, Dessert à l'appareil.

– Alain Travis, technicien à la PTS. J'ai les résultats des prélèvements sur les restes du squelette de la cathédrale.

– À la bonne heure ! Vous les avez comparés avec l'échantillon que je vous avais fait parvenir ?

– Absolument. Mais il n'y a aucun point de concordance. L'ADN que nous avons extrait ne correspond à aucun individu connu dans nos fichiers.

– Bon sang… !

*

L'air frais de la campagne britannique s'était invité dans le village de Roslin, petite bourgade de la proche banlieue d'Édimbourg. Le printemps tardait à s'installer dans cette partie du sud de l'Écosse et il suffisait de regarder passer le peu de villageois emmitouflés dans leurs vêtements pour s'en convaincre. Les arbres se paraient timidement de leur feuillage, n'osant pas se dévoiler avant le retour des rayons du soleil qui jouaient à cache-cache avec les nuages d'altitude.

À l'angle d'une rue, un salon de thé arborait fièrement ses tables de jardin dans l'espoir d'attirer sur sa terrasse quelques passants en quête d'une boisson chaude revigorante. « Dol'ly's tee room », pouvait-on lire sur l'enseigne de ce charmant petit commerce.

Malheureusement pour les propriétaires, les clients se faisaient rares à cette heure matinale de la journée, à l'exception des quelques moineaux turbulents qui se disputaient les dossiers de chaises et d'une silhouette qui avait pris place à l'extrémité de la terrasse quelques minutes auparavant.

Bien couverte par un épais manteau de laine écossaise, coiffée d'un chapeau de feutre à oreillettes, on aurait pu confondre cette personne avec le célèbre Sherlock Holmes plongé dans ses réflexions. Mais là s'arrêtait la comparaison. Une grande tasse de café fumant était posée sur la table, accompagnée de quelques biscuits qui jouxtaient la coque d'un téléphone portable.

Assis confortablement sur un fauteuil, l'individu semblait relaxé, peu pressé et plutôt amusé de regarder les oiseaux se bagarrer. Cette quiétude fut interrompue par le passage d'une fourgonnette bruyante qui fit s'envoler les moineaux et se redresser l'homme au manteau sur son siège.

Il attrapa son téléphone, regarda longuement l'écran lumineux puis composa un numéro.

À plus de mille kilomètres de là, un jardinier s'activait dans son jardin. Chaussé d'une paire de bottes et armé d'un râteau, il préparait son carré de potager en sifflotant. La sonnerie de son portable prépayé sonna dans sa poche.

– Allô ! C'est vous ?

– Da.

– Où êtes-vous ?

– Je suis en Écosse, monsieur Sénéchat. Puis, après quelques secondes. J'ai trouvé ce que vous cherchiez…

Note à l'attention du lecteur

Je tiens à préciser que ce roman est une fiction. Le lecteur a pu découvrir, au fil des chapitres, que certains lieux et bâtiments mentionnés ou décrits existent réellement — ou ont existé — et que leur transcription est proche de la réalité. Il en va de même avec les personnages, plus particulièrement ceux *empruntés* à la période du Moyen Âge. Mais j'ai aussi pris quelques libertés dans l'intérêt de ce livre.

Ainsi, il n'existe aucune Marlène à la PJ de Lyon, ni aucun médecin légiste — tel que je l'ai décrit — se prénommant Carlos ; personne n'a donc de raison sérieuse de se sentir visé. On ne peut cependant pas totalement exclure une ressemblance avec une personne réelle, ce qui serait purement fortuit.

Que les professionnels du monde judiciaire me pardonnent également pour les petits arrangements procéduraux consentis, même si j'ai tenté — chaque fois que cela était possible — de coller à la réalité du terrain.

Remerciements

Je tiens à remercier mon épouse Anne-Laure pour ces précieux conseils et sa patience, ainsi que ma fille Marine pour la pertinence de ses remarques. Elles ont été mes premières lectrices. Merci à mon frère Laurent pour ses suggestions avisées.

Merci à mon ami Daniel qui m'a donné le goût de l'écriture, ce n'est pas rien.

Je remercie également mes amis qui m'ont fait l'honneur de lire la première mouture de ce roman et qui m'ont encouragé à poursuivre : Sophie, Hubert, Sylvie, Alain, Antoine, Valérie, Corinne, Giovani, béa.

Merci enfin à ma mère Paulette d'avoir pris du plaisir — ce sont ses termes — à me lire.

Je remercie chaleureusement mon éditrice Fabienne De Dyn, sans laquelle ce roman ne serait pas entre vos mains.

Couverture : Florence Vandenbrouck
Photo de Bruno Vincent : Daniel Veaux
Police de caractères : Times New Roman
Mise en pages : Atelier Pluriel, 07140 Les Vans

www.leseditionsaupluriel.com

LES ÉDITIONS AU PLURIEL

COLLECTION **ULTRA-VIOLET**

L'assassin habite aux Vans
Annie Laurent

Le bouquet empoisonné
Daniel Veaux

On n'aurait jamais dû lui ouvrir la porte
Romuald Olb

Fucking Melody
Noël Sisinni

Meurtre entre les voûtes
Bruno Vincent